胡適著

白話文學史

疑古玄同題

民國滬上初版書·復制版

白話文學史

胡適 著

上海三联书店

图书在版编目(CIP)数据

白话文学史 / 胡适著. ——上海:上海三联书店,2014.3
(民国沪上初版书·复制版)
ISBN 978-7-5426-4646-0
Ⅰ.①白… Ⅱ.①胡… Ⅲ.①中国文学—古代文学史 Ⅳ.①I209.2
中国版本图书馆 CIP 数据核字(2014)第 038318 号

白话文学史

著　　者 / 胡适
责任编辑 / 陈启甸 王倩怡
封面设计 / 清风
策　　划 / 赵炬
执　　行 / 取映文化
加工整理 / 嘎拉 江岩 牵牛 莉娜
监　　制 / 吴昊
责任校对 / 笑然
出版发行 / 上海三联书店
(201199)中国上海市闵行区都市路 4855 号 2 座 10 楼
网　　址 / http://www.sjpc1932.com
邮购电话 / 021-24175971
印刷装订 / 常熟市人民印刷厂

版　　次 / 2014 年 3 月第 1 版
印　　次 / 2014 年 3 月第 1 次印刷
开　　本 / 650×900　1/16
字　　数 / 382 千字
印　　张 / 33.25
书　　号 / ISBN 978-7-5426-4646-0/I·837
定　　价 / 155.00 元

民国沪上初版书·复制版

出版人的话

如今的沪上，也只有上海三联书店还会使人联想起民国时期的沪上出版。因为那时活跃在沪上的新知书店、生活书店和读书出版社，以至后来结合成为的三联书店，始终是中国进步出版的代表。我们有责任将那时沪上的出版做些梳理，使曾经推动和影响了那个时代中国文化的书籍拂尘再现。出版"民国沪上初版书·复制版"，便是其中的实践。

民国的"初版书"或称"初版本"，体现了民国时期中国新文化的兴起与前行的创作倾向，表现了出版者选题的与时俱进。

民国的某一时段出现了春秋战国以后的又一次百家争鸣的盛况，这使得社会的各种思想、思潮、主义、主张、学科、学术等等得以充分地著书立说并传播。那时的许多初版书是中国现代学科和学术的开山之作，乃至今天仍是中国学科和学术发展的基本命题。重温那一时期的初版书，对应现时相关的研究与探讨，真是会有许多联想和启示。再现初版书的意义在于温故而知新。

初版之后的重版、再版、修订版等等，尽管会使作品的内容及形式趋于完善，但却不是原创的初始形态，再受到社会变动施加的某些影响，多少会有别于最初的表达。这也是选定初版书的原因。

民国版的图书大多为纸皮书，精装（洋装）书不多，而且初版的印量不大，一般在两三千册之间，加之那时印制技术和纸张条件的局限，几十年过来，得以留存下来的有不少成为了善本甚或孤本，能保存完好无损的就更稀缺了。因而在编制这套书时，只能依据辗转找到的初版书复制，尽可能保持初版时的面貌。对于原书的破损和字迹不清之处，尽可能加以技术修复，使之达到不影响阅读的效果。还需说明的是，复制出版的效果，必然会受所用底本的情形所限，不易达到现今书籍制作的某些水准。

民国时期初版的各种图书大约十余万种，并且以沪上最为集中。文化的创作与出版是一个不断筛选、淘汰、积累的过程，我们将尽力使那时初版的精品佳作得以重现。

我们将严格依照《著作权法》的规则，妥善处理出版的相关事务。

感谢上海图书馆和版本收藏者提供了珍贵的版本文献，使"民国沪上初版书·复制版"得以与公众见面。

相信民国初版书的复制出版，不仅可以满足社会阅读与研究的需要，还可以使民国初版书的内容与形态得以更持久地留存。

2014 年 1 月 1 日

一九二八年六月初版

白話文學史 上卷

胡適著

白話文學史

目錄

自序

民國十年（一九二一），教育部辦第三屆國語講習所，要我去講國語文學史。我在八星期之內編了十五篇講義，約有八萬字，有石印的本子，其子目如下：

第一講　我為什麼要講國語文學史呢？

第二講　古文是何時死的？

第三講　第一期（一）漢朝的平民文學

第四講　第一期（二）三國六朝

第五講　第一期（三）唐上

第六講　第一期（三）唐中

第七講　第一期（三）唐下

第八講　第一期（四）五代十國的詞

第九講　第一期（五）北宋（1）文與詩
第十講　第一期（五）北宋（2）宋詞
第十一講　第一期的白話散文
第十二講　總論第二期的白話文學
第十三講　第二期上之一（1）南宋的詩
第十四講　第二期上之一（2）南宋的詞
第十五講　第二期上之一（3）南宋的白話文

後來國語講習所畢業了，我的講義也就停止了。次年（一九二二）三月廿三日，我到天津南開學校去講演，那晚上住在新旅社，我忽然想要修改我的國語文學史稿本。那晚上便把原來的講義删去一部分，歸併作三篇，總目如下：

第一講　漢魏六朝的平民文學
第二講　唐代文學的白話化

我的日記上說：

第三講　兩宋的白話文學

……原書分兩期的計畫，至此一齊打破。原書分北宋歸上期，南宋歸下期，尤無理。禪宗白話文的發現，與宋京本小說的發現，是我這一次改革的大原因。……

但這個改革還不能使我滿意。次日（三月廿四日）我在旅館裏又擬了一個大計畫，定出國語文學史的新綱目如下：

一、引論

二、二千五百年前的白話文學——國風

三、春秋戰國時代的文學是白話的嗎

四、漢魏六朝的民間文學

（1）古文學的死期

(2)漢代的民間文學

(3)三國六朝的平民文學

五、唐代文學的白話化

(1)初唐到盛唐

(2)中唐的詩

(3)中唐的古文與白話散文

(4)晚唐的詩與白話散文

(5)晚唐五代的詞

六、兩宋的白話文學

(1)宋初的文學略論

(2)北宋詩

(3)南宋的白話詩

(4)北宋的白話詞
(5)南宋的白話詞
(6)白話語錄
(7)白話小說
七、金元的白話文學
(1)總論
(2)曲一　小令
(3)曲二　絃索套數
(4)曲三　戲劇
(5)小說
八、明代的白話文學
(1)文學的復古

(2)白話小說的成人時期

九、清代的白話文學

(1)古文學的末路

(2)小說上　清室盛時

(3)小說下　清室末年

十、國語文學的運動

這個計畫很可以代表我當時對於白話文學史的見解。其中最重要的一點自然是加上漢以前的一段，從國風說起。

但這個修改計畫後來竟沒有工夫實行。不久我就辦努力週報了；一年之後，我又病了。重作國語文學史的志願遂一擱六七年，中間十二年（一九二三）暑假中我在南開大學講過一次，有油印本，就是用三月中我的删改本，共分三篇，除去了原有的第一講。同年十二月，教育部開第四屆國語講習所，我又講一次，即用南開油印本作底子，另印一種油印本。這個本子就是後來北京翻印的國語文學史的底本。

我的朋友黎劭西先生在北京師範等處講國語文學史時，曾把我的改訂本增補一點，印作臨時的講義。我的學生在別處作教員的，也有翻印這部講義作教本的。有許多朋友常常勸我把這部書編完付印，我也有這個志願，但我始終不能騰出工夫來做這件事。

去年（民國十六年，一九二七）春間，我在外國，收到家信，說北京文化學社把我的國語文學史講義排印出版了，有疑古玄同先生的題字，有黎劭西先生的長序。當時我很奇怪，便有信去問劭西。後來我回到上海，收着劭西的回信，始知文化學社是他的學生張陳卿李時張希賢等開辦的，他們翻印此書不過是用作同學們的參考講義，並且說明以一千部爲限。他們既不是爲牟利起見，我也不便責備他們。不過拿這種見解不成熟，材料不完備，匆匆趕成的草稿出來問世，實在叫我十分難爲情。我爲自贖這種罪過起見，遂決心修改這部書。

恰巧那時候我的一班朋友在上海創立新月書店。我雖然只有一百塊錢的股本，却也不好意思不盡一點股東的義務。於是我答應他們把這部文學史修改出來，給他們出版。

這書的初稿作于民國十年十一月，十二月，和十一年的一月。中間隔了六年，我多吃了幾十斤鹽，頭髮也多白了幾十莖，見解也應該有點進境了。這六年之中，國內國外添了不少的文學史料。敦煌石室的唐五代寫本的俗文學，經羅振玉先生，王國維先生，伯希和先生，羽田亨博士，董康先生的整理，已有許多篇可以供我們的採用了。我前年（一九二六）在巴黎倫敦也收了一點俗文學的史料。這是一批很重要的新材料。

日本方面也添了不少的中國俗文學的史料。唐人小說遊仙窟在日本流傳甚久，向來不曾得中國學者的注意，近年如魯迅先生，如英國韋來（Waley）先生，都看重這部書。羅振玉先生在日本影印的唐三藏取經詩話是現在大家都知道寶貴的了。近年鹽谷溫博士在內閣文庫及宮內省圖書寮裏發見了全相平話，吳昌齡的西遊記，明人的小說多種，都給我們添了不少史料。此外的發見還不少。這也是一批很重要的新材料。

國內學者的努力也有了很可寶貴的結果。京本通俗小說的出現是文學史上的一件大事，董康先生翻刻的雜劇與小說，不但給我們添了重要史料，還讓我們知道這些書在當日的版本眞相，元人曲子總集太平樂府與陽春白雪的流通也是近年的事。白雪遺音雖不知落在誰家，但鄭振鐸先生的白雪遺音選也夠使我們高興了。在小說的史料方面，我自己也頗有一點點貢獻。但最大的成績自然是魯迅先生的中國小說史略；這是一部開山的創作，搜集甚勤，取材甚精，斷制也甚謹嚴，可以替我們研究文學史的人節省無數精力。近十年內，自從北京大學歌謠研究會發起收集歌謠以來，出版的歌謠至少在一萬首以上。在這一方面，常惠，白啟明，鍾敬文，顧頡剛，董作賓……諸先生的努力最不可磨滅。這些歌謠的出現使我們知道眞正平民文學是個什麼樣子。——以上種種，都是近年國內新添的絕大一批極重要的材料。

這些新材料大都是我六年前不知道的。有了這些新史料作根據，我的文學史自然不能不澈底修改一遍了。新出的證據不但使我格外明白唐代及唐以後的文學變遷大勢，並且逼我重新研究唐以前的文學逐漸演變的線索。六年前的許多假設，有些現在已得着新證據了，有些現在須大大地改動了。如六年前我說寒山的詩應該是晚唐的產品，但敦煌出現的新材料使我不得不懷疑了。懷疑便引我去尋新證據，寒山的時代竟因此得着重新考定了。又如我在國語文學史初稿裏斷定唐朝一代的詩史，由初唐到晚唐，乃是一段逐漸白話化的歷史。敦煌的新史料給我添了無數佐證，同時却又使我知道白話化的趨勢比我六年前所懸想的還更早幾百年！我在六年前不敢把寒山放在初唐，却不料隋唐之際已有了白話詩人王梵志了！我在六年前剛見着南宋的京本通俗小說，還很詫異，却不料唐朝已有不少的通俗小說了！六年前的自以爲大胆驚人的假設，現在看來，竟是過於胆小，過於持重的見解了。

這麼一來，我就索性把我的原稿全部推翻了。原稿十五講之中，第一講（本書的『引子』）是早已删去了的（故北京印本國語文學史無此一章，）現在却完全恢復了，第二講稍有删改，也保留了；第三講與第四講（北京印本的第二第三章）保存了一部分。此外便完全不留一字了。從漢初到白居易，在北京印本只有六十一頁，不滿二萬五千字；在新改本裏却佔了近五百頁，約二十一萬字，增加至九倍之多。我本想把上卷寫到唐末五代才結束的，現在已寫了五百頁，沒有法子，只好把唐代一代分作兩編，上篇偏重韻文，下編從古文運動說起，側重散文方面的演變。依這樣的規模做下去，這部書大概有七十萬字至一百萬字。何時完功，誰也不敢預料。前兩個月，我有信給疑古玄同先生，說了一句戲言道：『且把上卷結束付印，留待十年後再續下去。「十年」是我的中國哲學史大綱的舊例，却不料玄同先生來信提出「嚴重抗議，」他說的話我不好意思引在這裏，但我可以附帶聲明一句：這部文學史的中下卷大概是可以在一二年內繼續編成的。

* * * * *

現在要說明這部書的體例。

第一，這書名爲「白話文學史」，其實是中國文學史。我在本書的引子裏曾說：

> 白話文學史就是中國文學史的中心部分。中國文學史若去掉了白話文學的進化史，就不成中國文學史了，只可叫做「古文傳統史」罷了。……
>
> 我們現在講白話文學史，正是要講明……中國文學史上這一大段最熱鬧，最富於創造性，最可以代表時代的文學史。

但我不能不用那傳統的死文學來做比較，故這部書時時討論到古文學的歷史，叫人知道某種白話文學產生時有什麼傳統的文學作背景。

第二，我把『白話文學』的範圍放的很大，故包括舊文學中那些明白清楚近於說話的作品。我從前曾說過，『白話』有三個意思：一是戲台上說白的『白』，就是說得出，聽得懂的話；二是清白的『白』，就是不加粉飾的話；三是明白的『白』，就是明白曉暢的話。依這三個標準，我認定史記漢書裏有許多白話，古樂府歌辭大部分是白話的，佛書譯本的文字也是當時的白話或很近於白話，唐人的詩歌——尤其是樂府絕句——也有很多的白話作品。這樣寬大的範圍之下，還有不及格而被排斥的，那眞是僵死的文學了。

第三，我這部文學史裏，每討論一人或一派的文學，一定要舉出這人或這派的作品作爲例子。故這部書不但是文學史，還可算是一部中國文學名著選本。文學史的著作者決不可假定讀者手頭案上總堆著無數名家的專集或總集。這個毛病是很普遍的。西洋的文學史家也往往不肯多舉例；單說某人的某一篇詩是如何如何；所以這種文學史上只看見許多人名，詩題，書名，正同舊式朝代史上堆着無數人名年號一樣。這種抽象的文學史是沒有趣味的，也沒有多大實用的。

第四，我很抱歉，此書不曾從三百篇做起。這是因爲我去年從外國回來，手頭沒有書籍，不敢做這一段很難做的研究。但我希望將來能補作一篇古代文學史，卽作爲這書的『前編』。我的朋友陸侃如先生和馮沅君女士不久要出版一部古代文學史。他們的見地與工力都是很適宜於做這種工作的，我盼望他們的書能早日出來，好補我的書的缺陷。

此外，這部書裏有許多見解是我個人的見地，雖然是辛苦得來的居多，却也難保沒有錯誤。例如我說一切新文學的來源都在民間（頁一九），又如說建安文學的主要事業在於制作樂府歌辭（頁五八以下），又如說故事詩起來的時代（頁七五以下），又如說佛教文學發生影響之晚（頁二〇一以下）與『唱導』『梵唄』的方法的重要（二〇四－二一五），又如說白話詩的四種來源（頁二一七－二二九），又如王梵志與寒山的考證（頁二二九—二五一），李杜的優劣論（二頁九〇—二九三），天寶大亂後的文學的特別色彩說（頁三〇九—三一二），盧仝張籍的特別注重（頁三七九—四一〇），……這些見解，我很盼望讀者特別注意，並且很誠懇地盼望他們批評指教。

* * * * *

在客中寫二十萬字的書，隨寫隨付排印，那是很苦的事。往往一章書剛排好時，我又發見新證據，或新材料了。有些地方，我已在每章之後，加個後記，如第六章，第九章，第十一章，都有後記一節。有時候，發現太遲了，書已印好，只有在正誤表裏加上改正。如第十一章（頁二四四）裏，我曾說『後唐無保大年號，五代時也沒有一個年號有十一年之長的；保大乃遼時年號，當宋宣和三年至六年。』當時我檢查陳垣先生的中西回史日曆，只見一個保大年號。後來我在廬山，偶然翻到廬山志裏的彭濱舍利塔記，忽見有南唐保大的年號，便記下來；回上海後，我又檢查別的書，始知南唐李氏果有保大年號。這一段只好列在正誤表裏，等到再版時再挖改了。

我開始改作此書時，北京的藏書都不曾搬來，全靠朋友借書給我參考。張菊生先生（元濟）借書最多；他家中沒有的，便往東方圖書館轉借來給我用。這是我最感激的。余上沅先生，程萬孚先生，還有新月書店的幾位朋友，都幫我校對這部書，都是應該道謝的。疑古玄同先生給此書題字，我也要謝謝他。

一九二八，六，五。

白話文學史

引子

我爲什麼要講白話文學史呢？

第一，我要大家知道白話文學不是這三四年來幾個人憑空捏造出來的；我要大家知道白話文學是有歷史的，是有很長又很光榮的歷史的。我要人人都知道國語文學乃是一千幾百年歷史進化的產兒。國語文學若沒有這一千幾百年的歷史，若不是歷史進化的結果，這幾年來的運動決不會有那樣的容易，決不能在那麼短的時期內變成一種全國的運動，決不能在三五年內引起那麼多的人的響應與贊助。現在有些人不明白這個歷史的背景，以爲文學的運動是這幾年來某人某人提倡的功效，這是大錯的。我們要知道，一千八百年前的時候，就有人用白話做書了；一千年前，就有許多詩人用白話做詩做詞了；八九百年前，就有人用白話講學了；七八百年前，就有人用白話做小說了；六百年前，就有白話的戲曲了；水滸，三國，西遊，金瓶梅，是三四百年前的作品；儒林外史，紅樓夢，是一百四五十年前的作品。我們要知道，這幾百年來，中國社會裏銷行最廣，勢力最大的書籍，並不是四書五經，也不是程朱語錄，也不是韓柳文章，乃是那些『言之不文，行之最遠』的白話小說！這就是國語文學的歷史的背景。這個背景早已造成了，水滸紅樓夢……已經在社會上養成了白話文學的信用了，時機已成熟了，故國語文學的運動者能於短時期中坐收很大的功效。我們今日收的功效，其實大部分全靠那無數白話文人白話詩人替我們種下了種子，造成了空氣。我們現在研究這一二千年的白話文學史，正是要我們明白這個歷史進化的趨勢。我們懂得了這段歷史，便可以知道我們現在參加的運動已經有了無數的前輩，無數的先鋒了；便可以知道我們現在的責任是要繼續那無數開路先鋒沒有做完的事業，要替他們修殘補闕，要替他們發揮光大。

第二，我要大家知道白話文學在中國文學史上佔一個什麼地位。老實說罷，我要大家都知道白話文學史就是中國文學史的中心部分。中國文學史若去掉了白話文學的進化史，就不成中國文學史了，只可叫做『古文傳統史』罷了。前天有個學生來問我道：『西洋每一個時代有一個時代的文學；一個時代的文學總代表那一個時代的精神。何以我們中國的文學不能代表時代呢？何以姚鼐的文章和韓愈的文章沒有什麼時代的差別呢？』我回答道：『你自己錯讀了文學史，所以你覺得中國文學不代表時代了。其實你看的「文學史」，只是「古文傳統史」。在那「古文傳統史」上，做文的只會模做韓柳歐蘇，做詩的只會模做李杜蘇黃：一代模做一代，人人只想做「肖子肖孫」，自然不能代表時代的變遷了。你要想尋那可以代表時代的文學，千萬不要去尋那「肖子」的文學家，你應該去尋那「不肖子」的文學！你要曉得，當吳汝綸馬其昶林紓正在努力做方苞姚鼐的「肖子」

的時候，有個李伯元也正在做官場現形記，有個劉鶚也正在做老殘遊記，有個吳趼人也正在做二十年目覩之怪現狀。你要尋清末的時代文學的代表，還是尋吳汝綸呢？還是尋吳趼人呢？你要曉得，當方苞姚鼐正在努力做韓愈歐陽修的「肖子」的時候，有個吳敬梓也正在做儒林外史，有個曹雪芹也正在做紅樓夢。那個雍正乾隆時代的代表文學，究竟是望溪文集與惜抱軒文集呢？還是儒林外史與紅樓夢呢？再回頭一兩百年，當明朝李夢陽何景明極力模倣秦漢，唐順之歸有光極力恢復唐宋的時候，水滸傳也出來了，金瓶梅也出來了。你想，還是拿那假古董的古文來代表時代呢？還是拿水滸傳與金瓶梅來代表時代呢？——這樣倒數上去，明朝的傳奇，元朝的雜劇與小曲，宋朝的詞，都是如此。中國文學史上何嘗沒有代表時代的文學？但我們不該向那「古文傳統史」裏去尋，應該向那旁行斜出的「不肖」文學裏去尋。因爲不肖古人，所以能代表當世！』我們現在講白話文學史，正是要講明這一大串不肯替古人做「肖子」的文學家的文學，正是要講明中國文學史上這一大段最熱鬧、最富於創造性，最可以代表時代的文學史。「古文傳統史」乃是模倣的文學史，乃是死文學的歷史；我們講的白話文學史乃是創造的文學史，乃是活文學的歷史。因此，我說：國語文學的進化，在中國近代文學史上，是最重要的中心部分。換句話說，這一千多年中國文學史是古文文學的末路史，是白話文學的發達史。

・　・　・　・　・

有人說：「照你那樣說，白話文學既是歷史進化的自然趨勢，那麼，白話文學遲早總會成立的，——也可以說白話文學當水滸紅樓夢風行的時候，早已成立了，——又何必要我們來做國語文學的運動呢？何不聽其自然呢？豈不更省事嗎？」

這又錯了。歷史進化有兩種：一種是完全自然的演化；一種是順着自然的趨勢，加上人力的督促。前者可叫做演進，後者可叫做革命。演進是無意識的，很遲緩的，很不經濟的，難保不退化的。有時候，自然的演進到了一個時期，有少數人出來，認清了這個自然的趨勢，再加上一種有意的鼓吹，加上人工的促進，使這個自然進化的趨勢趕快實現；時間可以縮短十年百年，成效可以增加十倍百倍。因爲時間忽然縮短了，因爲成效忽然增加了，故表面上看去很像一個革命。其實革命不過是人力在那自然演進的緩步徐行的歷程上，有意的加上了一鞭。白話文學的歷史也是如此。那自然演進的趨勢是很明瞭的；有眼珠的都應該看得出。但是這一千多年以來，人們仍舊做他們的駢文古文，元曲出來了，又漸漸的退回去，變成貴族的崑曲；水滸傳與西遊記出來了，人們仍舊做他們的駢文古文；儒林外史與紅樓夢出來了，人們仍舊做他們的駢文古文；甚至於官場現形記與二十年目覩之怪現狀出來了，人們還仍舊做他們的駢文古文！爲什麼呢？因爲這一千多年的白話文學史，只有自然的演進，沒有有意的革命；沒有人明明白白的喊道：『你瞧！這是活文學，那是死文學；這是眞文學，那是假文學！』因爲沒有這種有意的鼓吹。故有眼珠的和沒眼珠的一樣，都看不出那自然進化的方向。這幾年來的『文學革命』，所以當得起『革命』二字，正因爲這是一種有意的主張，是一種人力的促進。新青年的貢獻只在他在那緩步徐行的文學演進的歷程上，猛力加上了一鞭。這一鞭就把人們的眼珠子打出火來了。從前他們可以不保水滸傳，可以不保紅樓夢；現在他們可不能不保新青年了。這一保可不得了了。因爲那一千多年的啞子，從此以後，便都大吹大擂的做有意的鼓吹了。因爲是有意的人力促進，故白話文學的運動能在這十年之中收穫一千多年收不到的成績。假使十年前我們不加上這一鞭，遲早總有人出來加上這一鞭的；也許十年之後，也許五十年之後，這個革命總免不掉的。但是這十年或五十年的寶貴光陰豈不要白白的糟場了嗎？

故一千多年的白話文學種下了近年文學革命的種子；近年的文學革命不過是給一段長歷史作一個小結束：從此以後，中國文學永永脫離了盲目的自然演化的老路，走上了有意的創作的新路了。

白話文學史

第一編　唐以前

第一章　古文是何時死的？

我們研究古代文字，可以推知當戰國的時候中國的文體已不能與語體一致了。戰國時，各地方言很不統一。孟軻說：

> 有楚大夫于此，欲其子之齊語也，則使齊人傅諸？使楚人傅諸？
>
> 曰，使齊人傅之。
>
> 曰，一齊人傅之，衆楚人咻之，雖日撻而求其齊也，不可得矣。引而置之莊嶽之間數年，雖日撻而求其楚，亦不可得矣。

孟子書中又提及「南蠻鴃舌之人」，也是指楚人。

又韓非子『鄭人謂玉未理者璞，周人謂鼠未臘者璞』，可見當時的各地方言很不同。方言不同而當時文字上的交通甚繁甚密，可見文字與語言已不能不分開了。

戰國時文體與語體已分開，故秦始皇統一中國時，有『同文書』的必要。史記記始皇事，屢提及『同書文字』(琅琊石刻)，『同文書』(李斯傳)『車同軌，書同文字』(始皇本紀)。後人往往以爲秦同文書不過是字體上的改變。但我們看當時的時勢，看李斯的政治思想，可以知道當日『書同文』必不止于字體上的改變，必是想用一種文字作爲統一的文字，因爲要做到這一步，故字體的變簡也是一種必要。

史記描寫人物時，往往保留一兩句方言，例如漢高祖與陳涉的鄉人所說。史記引用古文，也往往改作當時的文字。當時疆域日廣，方言自然也更多。我們翻開揚雄的方言，便可想見當日方言的差異。例如方言的第三節云：

娥，嬿，好也。秦曰娥，宋魏之間謂之嬿；秦晉之間，凡好而輕者，謂之娥。自關而東，河濟之間謂之媌，或謂之姣。趙魏燕代之間曰姝，或曰妦。自關而西，秦晉之故都曰妍。好，其通語也。

「通語」二字屢見於方言全書中。通語即是當時比較最普通的話。最可注意的是第十二節：

敦，豐，厖，夵，憮，般，嘏，奕，戎，京，奘，將，大也。凡物之大貌曰豐。厖，深之大也。東齊海岱之間曰夵，或曰憮。宋魯陳衛之間謂之嘏，或曰戎。秦晉之間，凡人之大謂之奘，或謂之壯。燕之北鄙，齊楚之郊，或曰京，或曰將，皆古今語也，初別國不相往來之言也。今或同；而舊書雅記故俗，語不失其方，而後人不知，故爲之作釋也。

此可見一統之後，有許多方言上的怪僻之點漸漸被淘汰了，故曰『今或同』。但這種語言上的統一，究竟只限于一小部分，故揚雄當漢成帝時常常拿着一管筆，四尺布去尋『天下上計孝廉，及內郡衞卒會者』，訪問他們各地的異語，做成十五卷方言。

當時的方言既如此不統一，『國語統一』自然是做不到的。故當時的政府只能用『文言』來做全國交通的媒介。漢武帝時，公孫弘做丞相，奏曰：

……臣謹案詔書律令下者，明天人分際，通古今之誼，文章爾雅，訓辭深厚，恩施甚美。小吏淺聞，弗能究宣，無以明布諭下。（史記漢書儒林傳參用。）

這可見當時不但小百姓看不懂那『文章爾雅』的詔書律令，就是那班小官也不懂得。這可見古文在那個時候已成了一種死文字了。因此，政府不得不想出一種政策，叫各郡縣挑選可以造就的少年人，送到京師，讀書一年，畢業之後，補『文學掌故』缺。（也見儒林傳）。又把這些『文學掌故』放到外任去做郡國的『卒史』與『屬』。當時太學，武帝時只有博士弟子五十人，昭帝加至百人，宣帝加至二百人，元帝加至千人，成帝加至三千人。凡能通一經的，都可免去徭役，又可做官。做官資格是『先用誦多者』。這樣的提倡，自然把古文的智識傳播到各地了。從此以後，政府都只消照樣提倡，各地方的人若想做官，自然是不能不讀古書。自然不能不做那『文章爾雅』的古文。

這個方法——後來時時加上修改，總名叫做科舉，——眞是保存古文的絕妙方法。皇帝只消下一個命令，定一種科舉的標準，四方的人自然會開學堂，自然會把子弟送去讀古書，做科舉的文章。政府可以不費一個錢的學校經費，就可以使全國少年人的心思精力都歸到這一條路上去。漢武帝到現在，足足的二千年，古體文的勢力也就保存了足足的二千年。元朝把科舉停了近八十年，白話的文學就蓬蓬勃勃的興起來了；科舉回來了，古文的勢力也回來了，直到現在，科舉廢了十幾年了，國語文學的運動方才起來。科舉若不廢止，國語的運動決不能這樣容易勝利。這是我從二千年的歷史裏得來的一個保存古文的秘訣。

科舉的政策把古文保存了二千年。這固然是國語文學的大不幸。但我們平心而論，這件事也未嘗沒有絕大好處。中國的民族自從秦漢以來，土地漸漸擴大，吸收了無數的民族。中國的文明在北方征服了匈奴，鮮卑，拓跋，羌人，契丹，女眞，蒙古，滿洲，在南方征服了無數小民族，從江浙直到湖廣，從湖廣直到雲貴。這個開化的事業，不但遍於中國本部，還推廣到高麗，日本，安南等國。這個極偉大開化事業，足足費了兩千年。在這兩千年之中，中國民族拿來開化這些民族的材料，只是中國的古文明。而傳播這個古文明的工具，在當日不能不靠古文。故我們可以說，古文不但作了二千年中國民族教育自己子孫的工具，還做了二千年中國民族教育無數亞洲民族的工具。

這件事業的偉大，在世界史上沒有別的比例。只有希臘羅馬的古文化，靠着拉丁文做教育的工具，費了一千年的工夫，開化北歐的無數野蠻民族：只有這一件事可以說是有同等的偉大。這兩件事——中國古文明開化亞東，與歐洲古文明開化歐洲，——是世界史上兩件無比的大事。但是有一個大不同之點。歐洲各民族從中古時代爬出來的時候，雖然還用拉丁文做公用的文字，但是不久意大利就有國語的文學了，不久法國英國西班牙德國也有國語的文學了，不久北歐東歐各國也都有國語的文學了。拉丁文從此『作古』了。何以中國古文的勢力能支持二千年之久？何以中國的國語文學到今日方才成爲有意的運動呢？

我想，這個問題有兩個答案。第一，歐洲各種新民族從那開化時代爬出來的時候，那神聖羅馬帝國早已支不住了，早已無有能力統一全歐了，故歐洲分爲許多獨立小國，故各國的國語文學能自由發展。但中國自從漢以後，分裂的時候很短，統一的時間極長，故沒有一種方言能有採用作國語的機會。第二，歐洲人不曾發明科舉的政策。況且沒有統一的帝國，統一的科舉政策也不能實行。拉丁文沒有科舉的維持，故死的早。中國的古文有科舉的維持，故能保存二千年的權威。

中國自元朝統一南北之後，六百多年，不再分裂：況且科舉的制度自明太祖以來，五百多年，不曾停止。在這個絕對的權威之下，應該不會有國語文學發生了。做白話文學的人，不但不能拿白話文來應攷求功名，有時還不敢叫人知道他曾做過白話的作品。故水滸金瓶梅等書的作者至今無人知道。白話文學既不能求實利，又不能得虛名，而那無數的白話文學作家只因爲實在忍不住那文學的衝動，只因爲實在瞧不起那不中用的古文，寧可犧牲功名富貴，寧可犧牲一時的榮譽，勤勤懇懇的替中國創作了許多的國語文學作品。政府的權力，科第的引誘，文人的毀譽，都壓不住這一點國語文學的衝動。這不是國語文學史上最純潔，最光榮的一段歷史嗎？

還有一層，中國的統一帝國與科舉制度維持了二千年的古文勢力，使國語的文學遲至今日方能正式成立，這件事於國語本身的進化也有一種間接的好影響。因爲國語經過二千年的自由進化，不曾受文人學者的干涉，不曾受太早熟的寫定與規定，故國語的文法越變越簡易，越變越方便，就成了一種全世界最簡易最有理的文法。（參看胡適文存卷三，國語文法概論。）古人說，『大器晚成』，我不能不拿這四個字來恭賀我們的國語了！

第二章　白話文學的背景

因爲公孫弘的一篇奏章（引見上章）證明了古文在漢武帝時已死了，所以我們記載白話文學的歷史也就可以從這個時代講起。其實古代的文學如詩經裏的許多民歌也都是當時的白話文學。不過詩經到了漢朝已成了古文學了，故我們只好把他撇開。俗語說的好：『一部廿四史，從何處說起！』我們不能不有一個起點，而漢朝恰當古文學的死耗初次發覺的時期，恰好做我們的起點。

漢高祖本是一個無賴子弟，乘着亂世的機會，建立帝國，做了皇帝。他的親戚子弟，故人功臣，都是從民間來的。開國功臣之中，除了張良等極少數舊家子弟之外，有的是屠狗的，有的是衙門裏當差的，有的是在人胯下爬過來的。這個朝廷是一羣無賴的朝廷，劉邦便是無賴的頭兒，史記說：

沛公不喜儒。諸客冠儒冠來者，沛公輒解其冠，溺其中。與人言，常大屌。

這裏活畫出一副無賴相。史記又說，天下平定之後，羣臣飲．爭功，醉或妄呼，拔劍擊柱。

這又是一羣無賴的寫生。

在這一個朝廷之下，民間文學應該可以發達。高祖十二年（西曆前一九五），上還過沛，留置酒沛宮，悉召故人父老。子弟佐酒，發沛中兒，得百二十人教之歌。酒酣上擊筑，自歌曰：

大風起兮雲飛揚。

威加海內兮歸故鄉。

安得猛士兮守四方。

令兒皆和習之。上乃起舞，忼慨傷懷，泣數行下。（高祖本紀）

這雖是皇帝做下的歌，却是道地的平民文學。

後來高祖的妻妾吃醋，呂后把戚姬囚在永巷裏，剪去她的頭髮，穿着赭衣，做舂米的苦工。戚姬想念她的兒子趙王如意，一面舂，一面唱歌道：

子爲王，母爲虜，
終日舂薄暮，
常與死爲伍。
相離三千里，
當誰使告汝！（漢書卷九十七上）

這也是當日的白話文學。

後來呂后擅權，諸呂用事，朱虛侯劉章替他們劉家抱不平。有一天，他伺候呂后飲宴，太后派他監酒；酒酣之後，他起來歌舞。唱一隻耕田歌：

深耕，穊種，
立苗欲疏。

非其種者，

鋤而去之。

這也是一首白話的無韻詩。

這些例子都可以表示當時應該有白話文學的產生。但當時白話文學有兩種阻力：一是帝國初統一，方言太多，故政府不能不提倡古文作爲教育的工具，作爲官書的語言。一是一班文人因白話沒有標準，不能不模倣古文辭；故當時文人的詩賦都是模倣古文學的。風氣旣成，一時不容易改革。到了武帝的時候，許多文學的淸客，或在朝廷，或在諸王封邑，大家競爭作倣古的辭賦，古文學更時髦了。後來王莽的時代，處處託古改制，所以事事更要模倣古人，詔書法令與辭賦詩歌便都成了假古董，但求像尙書周頌，而不問人能懂不能懂了。

我們且引一兩首漢朝的郊祀歌，使讀者知道當時那些仿古的廟堂文學是個什麼樣子：

后皇嘉壇，立玄黃服。物發冀州，兆蒙祉福。沇沇四塞，徦狄合處。經營萬億，咸遂厥宇。（漢郊祀歌）

天地並況，惟予有慕。爰熙紫壇，思求厥路。恭承禋祀，縕豫爲紛。黼繡周張，承神至尊。（同上）

但廟堂的文學終壓不住田野的文學；貴族的文學終打不死平民的文學。司馬遷的外孫楊惲曾說過當日的民間文學的環境：

……田家作苦；歲時伏臘；烹羊炰羔；斗酒自勞 家本秦也，能爲秦聲。婦，趙女也，雅善鼓瑟。奴婢歌者數人。酒後耳熱，仰天拊缶而呼烏烏。其歌曰：

田彼南山，蕪穢不治。

種一頃豆，落而爲萁。

人生行樂耳！須富貴何時！

是日也，拂衣而喜，奮袖低卬，頓足起舞。……

這裏面寫的環境，是和那廟堂文學不相宜的。這種環境裏產生的文學自然是民間的白話文學。那無數的小百姓的喜怒悲歡，決不是那子虛上林的文體達得出的。他們到了『酒後耳熱，仰天叩缶，拂衣而喜，頓足起舞』的時候，自然會有白話文學出來。還有癡男怨女的歡腸熱淚，征夫棄婦的生離死別，刀兵苛政的痛苦煎熬，都是產生平民文學的爺娘。廟堂的文學可以取功名富貴，但達不出小百姓的悲歡哀怨：不但不能引出小百姓的一滴眼淚，竟不能引起普通人的開口一笑。因此，廟堂的文學儘管時髦，儘管勝利，終究沒有『生氣』，終究沒有『人的意味』。二千年的文學史上，所以能有一點生氣，所以能有一點人味，全靠有那無數小百姓和那無數小百姓的代表的平民文學在那裏打一點底子。

從此以後，中國的文學便分出了兩條路子：一條是那模倣的，沿襲的，沒有生氣的古文文學，一條是那自然的，活潑潑的，表現人生的白話文學。向來的文學史只認得那前一條路，不承認那後一條路。我們現在講的是活文學史，是白話文學史，正是那後一條路。

第三章　漢朝的民歌

一切新文學的來源都在民間。民間的小兒女，村夫農婦，痴男怨女，歌童舞妓，彈唱的，說書的，都是文學上的新形式與新風格的創造者。這是文學史的通例，古今中外都逃不出這條通例。

國風來自民間，楚辭裏的九歌來自民間。漢魏六朝的樂府歌辭也來自民間。以後的詞是起于歌妓舞女的，元曲也是起于歌妓舞女的。彈詞起于街上的唱鼓詞的，小說起于街上說書講史的——中國三千年的文學史上，那一樣新文學不是從民間來的？

漢朝的文人正在做古做辭賦的時候，四方的平民很不管那些皇帝的清客們做的什麼假古董，他們只要唱他們自己懂得的歌曲。例如漢文帝待他的小兄弟淮南王長太忍了一點，民間就造出一隻歌道：

一尺布，尚可縫。
一斗米，尚可舂。
兄弟二人不相容。

又如武帝時，衛子夫做了皇后，她的兄弟衛青的威權可以壓倒一國，民間也造作歌謠道：

生男無喜，
生女無怒，
獨不見衛子夫霸天下？

這種民歌便是文學的淵泉。武帝時有個歌舞的子弟李延年得寵于武帝，有一天，他在皇帝面前起舞，唱了這一隻很美的歌：

北方有佳人，
絕世而獨立，

一顧傾人城，
再顧傾人國。——
甯不知傾城與傾國？
佳人難再得！

李延年兄妹都是歌舞伎的一流（漢書卷九十三云，李延年身及父母兄弟皆故倡也。）；他們的歌曲正是民間的文學。

漢代民間的歌曲很有許多被保存的。故晉書樂志說：

凡樂章古辭，今之存者，並漢世街陌謠謳。江南可採蓮，烏生十五子，白頭吟之屬也。

今舉江南可採蓮爲例：

江南可採蓮，蓮葉何田田！魚戲蓮葉間。
魚戲蓮葉東，

魚戲蓮葉西，

魚戲蓮葉南，

魚戲蓮葉北。

這種民歌祇取音節和美好聽，不必有什麽深遠的意義。這首採蓮歌，很像周南裏的芣苢，正是這一類的民歌。

有一些古歌辭是有很可動人的內容的。例如戰城南一篇：

戰城南，死郭北，野死不葬烏可食。

爲我謂烏：「且爲客豪。野死諒不葬，腐肉安能去子逃？」

水深激激，蒲葦冥冥。梟騎戰鬭死，駑馬徘徊鳴。

梁築室，何以南？何以北？禾黍不獲君何食？願爲忠臣安可得？

思子良臣。良臣誠可思！朝行出攻，暮不夜歸！

這種反抗戰爭的抗議，是很有價值的民歌。同樣的還有十五從軍征一篇：

十五從軍征，八十始得歸，道逢鄉里人，「家中有阿誰？」「遙望是君家，松柏冢纍纍：」兔從狗竇入，雉從梁上飛。中庭生旅穀，井上生旅葵。」——烹穀持作飯，采葵持作羹。羹飯一時熟，不知貽阿誰。出門東向望，淚落沾我衣。

漢代的平民文學之中，艷歌也不少。例如有所思一篇：

有所思，乃在大海南。何用問遺君？雙珠玳瑁簪，用玉紹繚之。聞君有他心，拉雜摧燒之。摧燒之！當風揚其灰！從今以往，勿復相思！相思與君絕。雞鳴犬吠，兄嫂當知之。妃呼豨，（妃呼豨大概是有音無義的感歎詞。）秋風肅肅晨風颸，東方須臾高知之。

又如豔歌行：

翩翩堂前燕，冬藏夏來見。兄弟兩三人，流蕩在他縣。故衣誰當補？新衣誰當綻？賴得賢主人，覽取為吾綻。夫壻（主人是女主人；夫壻是她的丈夫）從門來。斜柯西北眄（丁福保說：『斜柯』是古語，當爲欹側之意。梁簡文帝遙望詩『散誕垂紅帔，斜柯插玉簪』。）『語卿且勿眄：水淸石自見。』——石見何纍纍！遠行不如歸。

這兩首詩都保存着民歌的形式，如前一首的『妃呼豨』，如後一首的開頭十個字，都可證他們是眞正民間文學。

豔詩之中，陌上桑要算是無上上品。這首詩可分做三段：第一段寫羅敷出去采桑，接着寫她的美麗：

日出東南隅，照我秦氏樓。秦氏有好女，自名爲羅敷，羅敷善蠶桑，採桑城南隅。青絲爲籠系，桂枝爲籠鉤。頭上倭墮髻，耳中明月珠；緗綺爲下裙，紫綺爲上襦。行者見羅敷，下擔捋髭鬚。少年見羅敷，脫帽著帩頭。耕者忘其犂，鋤者忘其鋤；來歸相怨怒，但坐觀羅敷。

這種天眞爛縵的寫法，眞是民歌的獨到之處。後來許多文人模倣此詩，只能模倣前十二句，終不能模做後八句、第二段寫一位過路的官人要調戲羅敷她作謝絕的回答：

使君從南來，五馬立踟躕。使君遣吏往，問是誰家姝。『秦氏有好女，自名爲羅敷。』『羅敷年幾何？』『二十尙不足，十五頗有餘。』使君謝羅敷：『寧可共載不？』羅敷前致辭：「使君一何愚！使君自有婦、羅敷自有夫。』

末段完全描寫她的丈夫：

東方千餘騎，夫婿居上頭。何用識夫婿？白馬從驪駒，青絲繫馬尾，黃金絡馬頭；腰中鹿盧劍，可値千萬餘。十五府小史，二十朝大夫，三十侍中郎，四十專城居。爲人潔白晳，鬑鬑頗有鬚。盈盈公府步，冉冉府中趨。坐中數千人，皆言夫婿殊。

『坐中數千人，都說俺的夫婿特別漂亮，』——這也是天眞爛縵的民歌寫法，決不是主持名敎的道學先生們想得出的結尾法。

古歌辭中還有許多寫社會風俗與家庭痛苦的。如隴西行寫西北的婦女當家：

天上何所有？歷歷種白楡。桂樹夾道生，青龍對道隅。鳳皇鳴啾啾，一母將九雛。顧視世間人，爲樂甚獨殊。

好婦出迎客，顏色正敷愉，伸腰再拜跪，問客平安不。請客北堂上，坐客氈氍毹。淸白各異尊，酒上正華疏。（此句不易懂得）酒持與客，客言主人持，却略再拜跪，然後持一杯。談笑未及竟，左顧勅中廚。促令辦麤飯，愼莫使稽留。廢禮送客出，盈盈府中趨。送客亦不遠，足不過門樞。取婦得如此，齊姜亦不如。健婦持門戶，勝一大丈夫。

首八句也是民歌的形式。古人說詩三百篇有『興』的一體，就是這一種無意義的起頭話。

東門行寫一個不得意的白髮小官僚和他的賢德的妻子：

出東門，不顧歸。來入門，悵欲悲，盎中無斗米儲，還視架上無懸衣。拔劍出門去，舍中兒母牽衣啼：『他家但願富貴，賤妾與君共餔糜。』上用倉浪天，故下當用此黃口兒！（倉浪是青色。黃口兒是小孩子。）今非咄行，吾去爲遲。——白髮時下難久居！

在這種寫社會情形的平民文學之中，最動人的自然要算孤兒行了。孤兒行的全文如下：

孤兒生。孤子遇生，命獨當苦。父母在時，乘堅車，駕駟馬。父母已去，兄嫂令我行賈：南到九江，東到齊與魯。臘月來歸，不敢自言苦。頭多蟣蝨，面目多塵。大兄言辦飯，大嫂言視馬。上高堂行取殿，下堂孤兒淚下如雨。使我朝行汲，暮得水來歸，手爲錯，足爲無菲，愴愴履霜，中多蒺藜。拔斷蒺藜，腸肉中愴欲悲。淚下渫渫，淸涕纍纍。多無複襦，夏無單衣。居生不樂，不如早去，下從地下黃泉。

春氣動，草萌芽。三月桑蠶，六月收瓜。將是瓜車，來到還家。瓜車反覆，助我者少，啗瓜者多。『願還我蒂！兄與嫂嚴，獨且急歸，當興校計。』

亂曰：里中一何譊譊！願欲寄尺書，將與地下父母，兄嫂難與久居。

這種悲哀的作品。眞實的情感充分流露在樸素的文字之中，故是上品的文學。

從文學的技術上說，我最愛上山採蘼蕪一篇：

上山采蘼蕪，下山逢故夫。長跪問故夫，『新人復何如？』『新人雖言好，未若故人姝。顏色類相似，手爪不相如。新人從門入，故人從閤去。新人工織縑，故人工織素。織縑日一匹，織素五丈餘。將縑來比素，新人不如故。』

這裏只有八十個字，卻已能寫出一家夫婦三個人的性格與歷史，寫的是那棄婦從山上下來遇着故夫時幾分鐘的談話，然而那三個人的歷史與那一個家庭的情形，尤其是那無心肝的丈夫沾沾計較錙銖的心理，都充分寫出來了。

* * * * *

以上略舉向來相傳的漢代民歌，可以證明當日在士大夫的貴族文學之外還有不少的民間文學。我們現在距離漢朝太遠了，保存的材料又太少，沒有法子可以考見當時民間文學產生的詳細狀況。但從這些民歌裏，我們可以看出一些活的問題，真的哀怨，真的情感，自從地產出這些活的文學。小孩睡在睡籃裏哭，母親要編隻兒歌哄他睡着；大孩子在地上吵，母親要說個故事哄他不吵；小兒女要唱山歌，農夫要唱曲子；癡男怨女要歌唱他們的戀愛，孤兒棄婦要敘述他們的痛苦；征夫離婦要聲訴他們的離情別恨；舞女要舞曲，歌伎要新歌——這些人大都是不識字的平民，他們不能等候二十年先去學了古文再來唱歌說故事。所以他們只真率地說了他們的歌，真率地說了他們的故事。這是一切平民文學的起點。散文的故事不容易流傳，故很少被保存的。韻文的歌曲却越傳越遠；你改一句，他

改一句；你添一個花頭，他翻一個花樣，越傳越有趣了，越傳越好聽了。遂有人傳寫下來，遂有人收到『樂府』裏去

『樂府』即是後世所謂『教坊』。漢書卷二十二說，

〔武帝〕乃立樂府，採詩夜誦，有趙代秦楚之謳。以李延年的協律都尉。多舉司馬相如等造爲詩賦，略論律呂，以合八音之調，作十九章之歌。

又卷九十三云：

李延年，中山人；身及父母兄弟皆故倡也。延年坐法腐刑（受閹割之刑），給事狗監中。女弟得幸于上，號李夫人。……延年善歌，爲新變聲。是時上方興天地諸祠，欲造樂，令司馬相如等作詩頌，延年輒承意弦歌所造詩，爲之新聲曲。

又卷九十七上說李夫人死後，武帝思念她，令方士少翁把她的鬼招來；那晚上，彿彷有鬼來，却不能近看她。武帝更想念她，

爲作詩曰：

是邪？非邪？

立而望之。

偏何姍姍其來遲？

令樂府諸音家弦歌之。

總看這幾段記載，樂府即是唐以後所謂敎坊，那是毫無疑義的。李延年的全家都是倡；延年自己是閹割了的倡工，在狗監裏當差。司馬相如也不是什麼上等人，他不但曾『著犢鼻褌，與傭保雜作，』在他的太太開的酒店裏洗碗盞；他的進身也是靠他的同鄉狗監楊得意推荐的。（漢書卷五十七上）這一班狗監的朋友組織的『樂府』便成了一個俗樂的機關，民歌的保存所。

漢書卷二十二又說：

是時（成帝時）鄭聲尤甚。黃門名倡丙彊景武之屬富顯于世。貴戚五侯定陵富平外戚之家淫侈過度，至與人主爭女樂。哀帝自爲定陶王時疾之，又性不好音，及即位，下詔曰，『……鄭衞之聲興則淫僻之化興，而欲黎庶敦朴，家給，猶濁其源而求其清流，豈不難哉？……其罷樂府官。郊祭樂及古兵法武樂在經非鄭衞之樂者，條奏，別屬他官。』

因恨淫聲而遂廢『樂府』，可見樂府是俗樂的中心。當時丞相孔光奏覆，把『樂府』中八百二十九人之中，裁去了四百四十一人！漢書記此事，接着說：

> 然百姓漸漬日久，又不制雅樂有以相變，豪富吏民湛沔自若。

這可見當時俗樂民歌的勢力之大。『樂府』這種制度在文學史上很有關係。第一，民間歌曲因此得了寫定的機會。第二，民間的文學因此有機會同文人接觸，文人從此不能不受民歌的影響。第三，文人感覺民歌的可愛，有時因爲音樂的關係不能不把民歌更改添減，使他協律；有時因爲文學上的衝動，文人忍不住要模做民歌，因此他們的作品便也往往帶有『平民化』的趨勢，因此便添了不少的白話或近于白話的詩歌。這三種關係，自漢至唐，繼續存在。故民間的樂歌收在樂府的，叫做『樂府』；而文人模倣民歌做的樂歌，也叫做『樂府』；而後來文人模倣古樂府作的不能入樂的詩歌，也叫做『樂府』或『新樂府』。

從漢到唐的白話韻文可以叫做『樂府』時期。樂府是平民文學的徵集所，保存館。這些平民的歌曲層出不窮地供給了無數新花樣，新形式，新體裁；引起了當代的文人的新興趣，使他們不能不愛玩，不能不佩服，不能不模倣。漢以後的韻文的文學所以能保存得一點生氣，一點新生命，全靠有民間的歌曲時時供給活的體裁和新的風趣。

第四章　漢朝的散文

無論在那一國的文學史上，散文的發達總在韻文之後，散文的平民文學發達總在韻文的平民文學之後。這裡面的理由很容易明白。韻文是抒情的，歌唱的，所以小百姓的歌哭哀怨都從這裡面發洩出來，所以民間的韻文發達的最早。然而韻文却又是不大關實用的，所以容易被無聊的清客文丐拿去巴結帝王卿相，拿去歌功頌德，獻媚奉承；所以韻文又最容易貴族化，最容易變成無內容的裝飾品與奢侈品。因此，沒有一個時代不發生平民的韻文文學，然而僵化而貴族化的辭賦詩歌也最容易產生。

散文却不然。散文最初的用處不是抒情的，乃是實用的。記事，達意，說理，都是實際的用途。這幾種用途却都和一般老百姓沒有多大的直接關係。老百姓自然要說白話，却用不着白話的散文。他愛哼隻把曲子，愛唱隻把山歌，但告示有人讀給他聽，鄉約有人講給他聽，家信可以托人寫，狀子可以托人做　所以散文簡直和他沒多大關係。因此，民間的散文起來最遲；在中國因爲文字不易書寫，又不易記憶，故民間散文文學的起來比別國更遲。然而散文究竟因爲是實用的，所以不能不受實際需要上的天然限制。無論是記事，是說理，總不能不教人懂得。故孔子說，『辭，達而已矣。』故無論什麼時代，應用的散文雖然不起于民間，總不會離民間的語言太遠。故歷代的詔令，告示，家信，訴訟的狀子與口供，多有用白話做的。只有復古的風氣太深的時代，或作僞的習慣太盛的時代，浮華的習氣埋沒了實用的需要，纔有詰屈聱牙的誥劾詔令，駢四儷六的書啟通電啊！

漢朝的散文承接戰國的遺風，本是一種平實樸素的文體。這種文體在達意說理的方面大體近於論語，孟子，及先秦的『子』書；在記事的方面大體近于左傳，國語，戰國策等書。前一類如賈誼的文章與淮南子，後一類如史記與漢書。這種文體雖然不是當時民間的語體，却是文從字順的，很近于語體的自然文法，很少不自然的字句。所以這種散文很可以白話化，很可以充分採用當日民間的活語言進去。史記和漢書的記事文章便是這樣的。史記項羽本紀記項羽要活烹劉邦的父親，劉邦回答道：

吾與若俱受命懷王，約爲兄弟。吾翁即若翁。必欲烹而翁，則幸分我一杯羹。

漢書改作

吾翁即汝翁。必欲烹迺翁，幸分我一杯羹。

這話頗像今日淮揚一帶人說話，大概司馬遷記的是當時的白話 又如史記陳涉世家記陳涉的種田朋友聽說陳涉做了「王」，趕去看他，陳涉請他進宮去，他看見殿屋帷帳，喊道：

夥頤！涉之爲王沉沉者！（者字古音如睹）

漢書改作

> 夥！涉之爲王沉沉者！

這話也像現在江南人說話，（『夥頤』是驚羨的口氣。『者』略如蘇州話的『篤』字尾。）一定是道地的白話。又如史記周昌傳裡寫一個口吃的周昌諫高祖道：

> 臣口不能言，然臣期——期知其不可。陛下欲廢太子，臣期——期不奉詔。

這也是有意描摹實地說話的樣子。又如漢書東方朔傳所記也多是白話的，如東方朔對武帝說：

> 朱儒長三尺餘，俸一囊，粟錢二百四十。臣朔長九尺餘，亦俸一囊粟，錢二百四十。朱儒飽欲死，臣朔飢欲死。臣言可用，幸異其禮。不可用，罷之，無令索長安米。

史記的魏其武安傳裡也很多白話的記載。如說灌夫行酒，次至臨汝侯灌賢，賢方與程不識耳語，又不避席。夫無所發怒，乃駡賢曰：『平生毀程不識不直一錢，今日長者爲壽，乃效女曹兒呫囁耳語！』蚡（丞相田蚡）謂夫曰：『程李（李廣）俱東西宮衞尉。今衆辱程將軍，仲孺（灌夫）獨不爲李將軍地乎？』夫曰：『今日斬頭穴胸，何知程李！』

這種記載所以流傳二千年，至今還有人愛讀，正因爲當日史家肯老實描寫人物的精神口氣，寫的有聲有色，帶有小說風味。史記的魏其武其侯傳，漢書的外戚傳都是這樣的。後世文人不明此理，只覺得這幾篇文章好，而不知道他們的好處並不在古色古香，乃在他們的白話化呵。

漢書的外戚傳（卷九十七下）裏有司隸解光奏彈趙飛燕姊妹的長文，其中引有審問宮婢宦官的口供，可算是當日的白話。我們引其中關于中宮史曹宮的一案的供詞如下：

元延元年中（西曆前一二），宮語房（宮婢道房）曰，『陛下幸宮』。

後數月，曉（曹宮之母曹曉）入殿中，見宮腹大，問宮，宮曰，『御幸有身』。

其十月中　宮乳（產也）掖庭牛官令舍　有婢六人，中黃門田客持詔記，盛綠綈方底，封御史中丞印，予武（掖庭獄籍武）曰：『取牛官令舍婦人新產兒·婢六人，盡置暴室獄。毋問兒男女(及)誰兒也。』

武迎置獄。宮曰：『善藏我兒胞（胞衣）；丞知是何等兒也？』

後三日，客（田客）持詔記與武，問『兒死未？手書對牘背。』武即書對：『兒見在，未死。』

有頃，客出曰：『上與昭儀（趙飛燕之妹）大怒，奈何不殺？』

武叩頭啼曰：『不殺兒，自知當死，殺之亦死。』即因客奏封事曰：『陛下未有繼嗣。子無貴賤。惟留意。』

奏入，客復持詔記予武曰：『今夜漏上五刻，持兒與舜（黃門王舜）會東交掖門。』武因問客：『陛下得武書，意何如？』曰，『憧也』。

武以兒付舜。舜受詔，內（納）兒殿中，爲擇乳母，告善養兒，且有賞，毋令漏泄。舜擇棄（宮婢張棄）爲乳母。時兒生八九日。

後三日，客復持詔記，封如前，予武。中有封小綠篋，記曰：『告武以篋中物予獄中婦人。武自臨飲之。』（臨飲是監視她喫藥。）

武發篋，中有裹藥二枚赫蹏（薄小紙叫做赫蹏。）書曰：『告偉能努力飲此藥，不可復入。汝自知之。』

偉能即宮。宮讀書已，曰，『果也欲姊弟擅天下！我兒，男也，額上有壯髮，類孝元皇帝。今兒安在，危殺之矣！奈何令長信（太后居長信宮）得聞之？』

宮飲藥死。後宮婢六人……自繆死。武皆奏狀。

棄所養兒，十一日，宮長李南以詔書取兒去，不知所置。

這是證人的口供，大概是當日的白話，或近于當日的白話。

漢宣帝時，有個專做古董文學的西蜀文人王褒，是皇帝的一個淸客。他年輕在蜀時，却也曾做過白話的文學　他有一篇僮約，是一張買奴券，是一篇很滑稽的白話文學。這一篇文字很可以使我們知道當日長江上流的白話是什麼樣子，所以我們抄在下面（此篇有各種本子，最好是續古文苑本，故我依此本。）

蜀郡王子淵以事到湔，止寡婦楊惠舍。惠有夫時奴，名便了。子淵倩奴行酤酒，便了拽大杖上夫冢巓曰，『大夫買便了時，但要守家，不要爲他人男子酤酒。』子淵大怒曰，『奴寧欲賣耶？』惠曰，『奴大忤人，人無欲者。』子淵即決買券云云。奴復曰，『欲使皆上券；不上券，便了不能爲也。』子淵曰，『諾。』

這是僮約的序，可以表示當時的白話散文。下文是僮約，即是王褒同便了訂的買奴的條件：

「神爵三年（西曆前五九）正月十五日，資中男子王子淵從成都安志里女子楊惠買亡夫時戶下髯奴便了，決賈萬五千。奴當從百役使，不得有二言；晨起早掃。食了洗滌，居當穿臼縛箒，裁盂鑿斗。……織履作麤，黏雀張烏，結網捕魚，繳雁彈鳧，登山射鹿，入水捕龜。……舍中有客，提壺行酤，汲水作餔，滌杯整桉，園中拔蒜，斷蘇切脯。……已而蓋藏，關門塞竇；餧豬縱犬，勿與隣里爭鬥。奴但當飯豆飲水，不得嗜酒。欲飲美酒，唯得染脣漬口，不得傾盂覆斗。不得辰出夜入，交關伴偶。舍後有樹，當裁作船，上至江州下到湔；……往來都洛，當爲婦女求脂澤，販於小市，歸都擔枲；轉出旁蹉，牽犬販鵝，武都買茶，楊氏擔荷（楊氏，池名，出荷。）。……持斧入山，斷輮裁轅；若有餘殘，當作俎几木屐彘盤。……日暮欲歸，當送乾薪兩三束。……奴老力索，種莞織席；事訖休息，當舂一石。夜半無事，浣衣當白。……奴不得有姦私，事事當關白。奴不聽教，當笞一百。』

讀劵文適訖，詞窮詐索，仡仡叩頭，兩手自搏，目淚下落，鼻涕長一尺。『審如王大夫言，不如早歸黃土陌，丘蚓鑽額。早知當爾，爲王大夫酤酒，眞不敢作惡。』

這雖是有韻之文，却很可使我們知道當日民間說的話是什麼樣子。我們因此可以知道孤兒行等民歌確可以代表當日的白話韻文，又可以知道史記漢書的記載裏有許多話和民間的白話很相接近。

* * * * *

王褒在蜀時，還肯做這種『目淚下落，鼻涕長一尺』的白話文學。後來他被益州刺史舉薦到長安，宣帝叫他做個『待詔』的淸客。漢書王褒傳記此事，最可以使我們明白那班文學待詔們過的生活：

上令褒與張子僑等並待詔，數從褒等放獵，所幸宮館，輒爲歌頌，第其高下，以差賜帛。

議者多以爲淫靡不急。上曰：『「不有博奕者乎？爲之猶賢乎已。」（孔子的話）辭賦大者與古詩同義，小者辯麗可喜。譬如女工有綺縠，音樂有鄭衞，今世俗猶皆以此娛悅耳目。辭賦比之，尙有仁義諷諭鳥獸草木多聞之觀，賢於倡優博奕遠矣。』（卷六十四下）

原來辭賦只不過是比倡優博奕高一等的玩意兒！皇帝養這班清客，叫他們專做這種文學的玩意兒，『以此娛悅耳目』。文學成了少數清客階級的專門玩意兒、目的只圖被皇帝『第其高下，以差賜帛』，所以離開平民生活越遠，所以漸漸僵化了，變死了。這種僵化，先起于歌頌辭賦，後來才侵入應用的散文裏。風氣既成了之後，那班清客學士們一搖筆便是陳言爛調子，趕也趕不開；譬如八股先生做了一世的八股時文，你請他寫張賣驢券，或寫封家信，他也只能抓耳搖頭，哼他的仁在堂調子！（路德有仁在堂八股文，爲近世最風行的時文大家。）

試舉漢代的應用散文作例。漢初的詔令都是很樸實的，例如那最有名的漢文帝遺詔（西曆前一五七）：

朕聞之：蓋天下萬物之萌生，靡不有死。死者，天地之理，物之自然，奚可甚哀？當今之世，咸嘉生而惡死，厚葬以破業，重服以傷生，吾甚不取。

且朕既不德，無以佐百姓，今崩，又使重服久臨（臨是到場舉哀），以罹寒暑之數；哀人父子，傷長老之志；損其飲食，絕鬼神之祭祀，以重吾不德，謂天下何？……

其令天下吏民：令到，出臨三日，皆釋服；無禁取婦嫁女，祠祀，飲酒食肉，……經帶無過三寸，無布車及兵器。無發民哭臨宮殿中，……服，大紅十五日，小紅十四日，纖七日，釋服。

他不在令中者，皆以此令比類從事。布告天下，使明知朕意！（漢書卷四）

這是很近于白話的。直到昭宣之間，詔令還是這樣的。如昭帝始元二年（西曆前八五）詔：

往年災害多，今年蠶麥傷。所賑貸種食，勿收責，毋令民出今年田租。（漢書卷七）

又元鳳二年（西曆前七九）詔：

朕閔百姓未贍，前年減漕三百萬石，頗省乘輿馬及苑馬以補邊郡三輔傳馬。其令郡國毋斂今年馬口錢。三輔『太常郡』，得以叔粟（豆粟）當賦。（同上）

這竟是說話了。

用浮華的辭藻來作應用的散文，這似乎是起於司馬相如的難蜀父老書與封禪遺札。這種狗監的文人做了皇帝的清客，又做了大官，總得要打起官腔，做起人家不懂的古文，才算是架子十足。封禪札說的更是荒誕無根的妖言，若寫作樸實

的散文，便不成話了；**所以不能不用一種假古董的文體來掩飾那淺薄昏亂的內容。**封禪札中的

> 羣生之類，沾濡浸潤，協氣橫流，武節焱逝，邇陝游原，迥闊泳末，首惡鬱沒，闇昧昭晰，昆蟲闓懌，回首面內，

便成了兩千年來做『虛辭濫說』的絕好模範，絕好法門。

後來王莽一派人有意『託古改制』，想借古人的招牌來做一點社會政治的改革，所以處處模做古代，連應用的文字也變成假古董了。如始建國元年（西曆紀元九年）王莽策羣司詔云：

> 歲星司肅，東嶽太師典致時雨；青煒登平，考景以晷。熒惑司悊，南嶽太傅典致時奧；赤煒頌平，考聲以律。太白司艾，西嶽太師典致時陽；白煒象平，考量以銓。辰星司謀，北嶽國將典致時寒；玄煒和平，考星以漏。

……

又地皇元年（西二〇）下書曰：

乃壬午餔時有烈風雷雨折木之變，予甚弁焉，予甚栗焉，予甚恐焉。伏念一旬，迷迺解矣。……

又同年下書曰：

深惟吉昌莫良於今年。予乃卜波水之北，郎池之南，惟玉食。予又卜金水之南，明堂之西，亦惟玉食。予將親築焉。

這種假古董的惡劣散文也在後代發生了不小的惡影響；應用的散文從漢初的樸素說話變到這種惡劣的假古董，可謂遭一大刼。

* * * * *

到了一世紀下半，出了一個偉大的思想家王充（生于西二七，死年約在西一〇〇）。他不但是一個第一流的哲學家，他在文學史上也該佔一個地位。他恨一班俗人趨附權勢，忘恩負義，故作了譏俗節義十二篇。他又哀憐人君不懂政治的原理，故作了一部政務。他又恨當時的『僞書俗文多不實誠』，『虛妄之言勝眞美』，故作了一部論衡。不幸他的譏俗節義與政務都失傳了，只剩下一部論衡。論衡的末篇是他自己的傳記，叫做自紀篇。從這自紀篇裏我們知道他的譏俗節義是用白話做的。他說：

閑居作譏俗節義十二篇，冀俗人觀書而自覺，故直露其文，集以俗言。

『集以俗言』大概就是『雜以俗言』不全是白話，不過夾雜着一些俗話罷了。譏俗之書雖不可見了，但我們可以推想那部書和論衡的文體大致相同。何以見得呢？因爲王充曾說當時有人批評他道：

譏俗之書欲悟俗人，故形露其指，爲分別之文。論衡之書何爲復然？

這可見譏俗與論衡文體相同，又可見論衡在當時是一種近于通俗語言的淺文。

王充是主張通俗文學的第一人。他自己說：

論衡者，論之平也。

『論衡』只是一種公平評判的論文，他又說：

> 論衡之造也，起(于)衆書並失實，虛妄之言勝眞美也。故虛妄之語不黜則華文不見息。華文放流則實事不見。故論衡者，所以銓輕重之言，立眞僞之平，非苟調文飾辭爲奇偉之觀也。(對作篇)

他著書的目的只是

> 冀悟迷惑之心，使知虛實之分。實虛之分定而後華僞之文滅。華僞之文滅則純誠之化日以彰矣。(同上)

他因爲深恨那『華僞之文』，故他採用那樸實通俗的語言。他主張一切著述議論的文字都應該看作實用的文字，都應該用明顯的語言來做。他說：

> 上書奏記陳列便宜，皆欲輔政。今作書者，猶(上)書奏記，說發胸臆，文作手中，其實一也。(同上)

他主張這種著述都應該以明白顯露爲主。他說：

口則務在明言，筆則務在露文。高士之文雅；言無不可曉，指無不可睹。觀讀之者，曉然若盲之開目，聆然若聾之通耳。（自紀，下同）

又說：

夫文猶語也。或淺露分別，或深迂優雅，孰爲辯者？故口言以明志。（口字或是曰字之誤）言恐滅遺，故著之文字。文字與言同趨，何爲猶當隱閉指意？……夫口論以分明爲公，筆辯以荴露爲通，吏文以昭察爲良。深覆典雅，指意難覩，唯賦頌耳。經傳之文，賢聖之語，古今言殊，四方談異也。當言事時，非務難知使指閉隱也。後人不曉世相離遠，此名曰『語異』，不名曰『材鴻』。（鴻，大也）淺文讀之難曉，名曰『不巧』，不名曰『知明』。

這眞是歷史的眼光。文字與語言同類，說話要人懂得，爲什麼作文章要人不懂呢？推原其故，都是爲了一種盲目的做古心理。却不知道古人的經傳所以難懂，只是因爲『古今言殊，四方談異』，並不是當初便有意作難懂的文章叫後人去猜謎呵！故古人的文字難懂只可叫做『語異』，今人的文字有意叫人不懂，只可叫做『不巧』，不巧便是笨蠢了。所以王充痛快地說：

其文可曉，故其事可思。如深鴻優雅，須師乃學，投之於地，何嘆之有！

王充眞是一個有意主張白話的人，因爲只有白話的文章可以不『須師乃學』。

王充論文章的結論是兩種極有價値的公式：

夫筆著者，欲其易曉而難爲，不貴難知而易造。口論務解分而可聽，不務深迂而難睹。孟子相賢以眸子明瞭者，察文以義可曉。

王充的主張眞是救文弊的妙藥。他的影響似乎也不小。東漢三國的時代出了不少的議論文章。如崔寔的政論，仲長統的昌言之類雖不能全依王充的主張，却也都是明白曉暢的文章。直到後來駢偶的文章和浮華空泛的詞藻完全佔據了一切廟堂文字與碑版文字，方才有駢偶的議論文章出來。重要的著作如劉勰的文心雕龍，如劉知幾的史通，皆免不了浮華的文學的惡影響。我們總看中古時期的散文的文學，不能不對于王充表示特別的敬禮了。

第五章　漢末魏晉的文學

漢朝的韻文有兩條來路：一條路是模做古人的辭賦，一條路是自然流露的民歌。前一條路是死的，僵化了的，無可救藥的。那富于革命思想的王充也只能說：

　　覆典雅，指意難覩，唯賦頌耳。

這條路不屬于我們現在討論的範圍，表過不提。如今且說那些自然產生的民歌，流傳在民間，採集在『樂府』，他們的魔力是無法抵抗的，他們的影響是無法躲避的。所以這無數的民歌在幾百年的時期內竟規定了中古詩歌的形式體裁。無論是五言詩，七言詩，或長短不定的詩，都可以說是從那些民間歌辭裏出來的。

舊說相傳漢武帝時的枚乘李陵蘇武等做了一些五言詩。這種傳說，大概不可靠。李陵蘇武的故事流傳在民間，引起了許多傳說，近年敦煌發見的古寫本中也有李陵答蘇武書(現藏巴黎國立圖書館)，文字鄙陋可笑，其中竟用了孫權的典故！大概現存的蘇李贈答詩文同出于這一類的傳說故事，雖雅俗有不同，都是不可靠的。枚乘的詩也不可靠。枚乘的詩九首，見于徐陵的玉臺新詠；其中八首收入蕭統的文選，都在『無名氏』的古詩十九首之中。蕭統還不敢說是誰人作的；徐陵生于蕭統之後，却敢武斷是枚乘的詩，這不是很可疑的嗎？

大概西漢只有民歌；那時的文人也許有受了民間文學的影響而作詩歌的，但風氣未開，這種作品只是『俗文學』，漢書禮樂志哀帝廢樂府詔所謂『鄭聲』，王褒傳宣帝所謂『鄭衞』，是也。

到了東漢中葉以後，民間文學的影響已深入了，已普遍了，方才有上流文人出來公然做效樂府歌辭，造作歌詩。文學史上遂開一個新局面。

這個新局面起于二世紀的晚年，漢靈帝(一六八—一八九)與獻帝(一九〇—二二〇)的時代。靈帝時有個名士趙壹，恃才倨傲，受人的排擠，屢次得罪，幾乎喪了生命。他作了一篇疾邪賦，賦中有歌兩首，其一云：

> 河清不可俟，人命不可延。順風激靡草，富貴者稱賢。文籍雖滿腹，不如一囊錢。伊優北堂上，骯髒倚門邊，

這雖不是好詩，但古賦中夾着這種白話歌辭，很可以看時代風氣的轉移了。

這個時代（靈帝獻帝時代）是個大亂的時代。政治的昏亂到了極端。清流的士大夫都被那『黨錮』之禍一網打盡。（黨錮起于一六六，至一八四始解。）外邊是鮮卑連年寇邊，裏面是黃巾的大亂。中央的權力漸漸瓦解，成了一個州牧割據的局面。許多的小割據區域漸漸被併吞征服，後來只剩下中部的曹操 西南的劉備，東南的孫權，遂成了三國分立的局面。直到晉武帝平了孫吳（二八〇），方才暫時有近二十年的統一。

這個紛亂時代，却是文學史上的一個很燦爛的時代。這時代的領袖人物是曹操。曹操在政治上的雄才大略，當時無人比得上他。他却又是一個天才很高的文

學家。他在那『挾天子以令諸侯』的地位，自己又愛才如命，故能招集許多文人，造成一個提倡文學的中心。他的兒子曹丕曹植也都是天才的文學家，故曹操死後這個文學運動還能繼續下去。這個時期在文學史上叫做『建安（一九六—二二〇）正始（二四〇—二四九）時期』。

這個以曹氏父子爲中心的文學運動，他的主要事業在于製作樂府歌辭，在於文人用古樂府的舊曲改作新詞。晉書樂志說：

漢自東京大亂，絕無金石之樂；樂章亡絕，不可復知。及魏武（曹操）平荆州，獲漢雅樂郎河南杜夔能識舊法，以爲軍謀祭酒，使創定雅樂。……

巴渝舞曲有矛渝本歌曲，安弩本歌曲，安臺本歌曲，行辭本歌曲，總四篇，其辭既古，莫能曉其句度。魏初，乃使軍謀祭酒王粲改創其辭。粲問巴渝帥李管和玉歌曲意，試使歌，聽之，以考校歌曲而爲之改爲矛渝新福

又說：

曲歌，弩渝新福曲歌，安台新福曲歌，行辭新福曲歌，以述魏德。

又引曹植鼙舞詩序云：

> 故漢靈帝西園鼓吹有李堅者能鼙舞。遭世荒亂，堅播越關西，隨將軍段煨。先帝（曹操）聞其舊伎，下書召堅。堅年踰七十，中間廢而不爲，又古曲甚多謬誤，異代之文未必相襲，故依前曲作新聲五篇。

「依前曲，作新聲」即是後世的依譜塡詞。樂志又說：

> 漢時有短簫鐃歌之樂。其曲有朱鷺，思悲翁，艾如張，上之回，雍離，戰城南……等曲，列於鼓吹，多序戰陣之事。及魏受命，改其十二曲，使繆襲爲詞，述以功德代漢。改朱鷺爲楚之平，言魏也，改艾如張爲獲呂布，言曹公東圍臨淮，擒呂布也。……

這都是「依前曲，作新聲」的事業。這種事業並不限于當時的音樂專家，王粲繆襲曹植都只是文人。曹操自己也做了許多樂府歌辭。我們看曹操，曹丕，曹植，阮瑀，王粲諸人做的許多樂府歌辭，不能不承認這是文學史上的一個新時代。以前的文人把做辭賦看作主要事業，從此以後的詩人把做詩看作主要事業了。以前的文人從做做古賦頌裏得着文學的訓練，從此以後的詩人要從做做樂府歌辭裏得着文學的訓練了。

*　*　*　*　*

曹操做的樂府歌辭，最著名的自然是那篇短歌行。我們摘抄幾節：

對酒當歌！人生幾何？譬如朝露　去日苦多。
慨當以慷，憂思難忘。何以解憂？惟有杜康（傳說杜康作酒。）……
明明如月，何時可掇？憂從中來，不可斷絕。
越陌度阡，枉用相存。（存是撫問。）契闊談讌，心念舊恩。
月明星稀，烏鵲南飛。繞樹三匝，何枝可依？……

他的步出東西門行，我們也選第四章的兩段：

神龜雖壽，猶有竟時。騰蛇乘霧，終爲土灰。
老驥伏櫪，志在千里。烈士暮年，壯心不已。……

這種四言詩、用來作樂府歌辭，頗含有復古的意味。後來晉初荀勗造晉歌全用四言（見晉書樂志），大概也是這個意思。但三百篇以後，四言詩的時期已過去了。漢朝的四言詩沒有一篇可讀的。建安時期內，曹操的大才也不能使四言詩復活。與曹操同時的有個哲學家仲長統（死于二二〇），有兩篇述志詩，可算是漢朝一代的四言傑作：

飛鳥遺跡，蟬蛻亡殼，騰蛇棄鱗，神龍喪角。至人能變，達士拔俗。乘雲無轡，騁風無足。垂露成幃，張霄成幄。（霄是日傍之氣。）沆瀣（音亢械，露氣也）當餐，九陽代燭。恒星豔珠，朝霞潤玉。六合之內，恣心所欲。人事可遺，何爲局促？

大道雖夷，見幾者寡。任意無非，適物無可。古來繚繞，委曲如瑣。百慮何爲？至要在我。寄愁天上，埋憂地下。叛散五經，滅棄風雅。百家雜碎，請用從火。抗志山棲，遊心海左。元氣爲舟，微風爲柁，翺翔太清，縱意容冶。

但四言詩終久是過去的了。以後便都是五言詩與七言詩的時代。

曹丕（死于二二六）的樂府歌辭比曹操的更接近民歌的精神了，如上留田行：

居世一何不同？——上留田。
富人食稻與粱，——上留田。
貧子食糟與糠，——上留田。
貧賤亦何傷？——上留田。
祿命懸在蒼天，——上留田。
今爾歎息，將欲誰怨？——上留田、

這竟是純粹的民歌。又如臨高臺：

臨臺行高高以軒，下有水清且寒，中有黃鵠往且翻。……鵠欲南遊，雌不能隨。我欲躬銜汝，口噤不能開。欲負之，毛衣摧頹。五里一顧，六里徘徊。

這也是絕好的民歌。他又有燕歌行兩篇，我們選一篇：

秋風蕭瑟天氣涼，草木搖落露爲霜。羣燕辭歸雁南翔。念君客遊多思腸，慊慊思歸戀故鄉。君何淹留寄他方？賤妾煢煢守空房，憂來思君不可忘，不覺淚下沾衣裳。援琴鳴絃發清商，短歌微吟不能長。明月皎皎照我牀。星漢西流夜未央。牽牛織女遙相望 爾獨何辜限河梁！

這雖是依舊曲作的新辭，這裏面已顯出文人階級的氣味了。文人做作民歌，一定免不了兩種結果：一方面是文學的民衆化，一方面是民歌的文人化。試看曹丕自己作的雜詩：

西北有浮雲，亭亭如車蓋。惜哉時不遇，適與飄風會，吹我東南行，行行至吳會。吳會非家鄉：安得久留滯？棄置勿復陳，客子常畏人。

前面的一首可以表示民歌的文人化，這一首可以表示文人作品的民衆化。

曹丕的兄弟曹植（字子建，死于二三二）是當日最偉大的詩人。現今所存他的詩集裏，他作的樂府歌辭要佔全集的一半以上。大概他同曹丕俱負盛名，曹丕做了皇帝，他頗受猜忌，經過不少的憂患，故他的詩歌往往依託樂府舊曲，借題發洩他的憂思　從此以後，樂府遂更成了高等文人的文學體裁，地位更抬高了。

曹植的詩，我們也舉幾首作例。先引他的野田黃雀行：

高樹多悲風，海水揚其波。利劍不在掌，結友何須多？不見籬間雀，見鷂自投羅？羅家見雀喜，少年見雀悲。拔劍捎羅網，黃雀得飛飛。飛飛摩蒼天，來下謝少年。

這種愛自由、思解放的心理，是曹植的一個中心意境。這種心理有時表現為歌頌功名的思想。如白馬篇云：

白馬飾金羈，連翩西北馳。借問誰家子，幽并游俠兒。少小去鄉邑，揚聲沙漠垂。……棄身鋒刃端，性命安可懷，父母且不顧，何言子與妻？名在壯士籍，不得中顧私。捐軀赴國難，視死忽如歸。

又如名都篇：

名都多妖女，京洛出少年。寶劍直千金，被服麗且鮮。鬬雞東郊道，走馬長楸間。馳騁未及半，雙兎過我前。攬弓捷鳴鏑，長驅上南山 左挽因右發，一縱兩禽連。餘巧未及展，仰手接飛鳶。觀者咸稱善，衆工歸我妍。歸來宴平樂，美酒斗十千。膾鯉臇胎鰕，炮鼈炙熊蹯。鳴儔嘯匹侶，列坐竟長筵。連翩擊鞠壤，巧捷惟萬端。白日西南馳 光景不可攀。雲散還城邑，清晨復來還。

同樣愛自由的意境有時又表現爲羨慕神仙的思想、故曹植有許多遊仙詩，如苦思行遠遊篇，都是好例。他的晚年更不得意，很受他哥哥的政府的壓迫。名爲封藩而王，其實是遠徙軟禁。（看三國志卷十九）他後來在愁苦之中，發病而死，只有四十一歲。他有瑟調歌辭，用飛蓬自喻，哀楚動人：

吁嗟此轉蓬，居世何獨然？長去本根逝，夙夜無休閑。東西經七陌，南北越九阡，卒遇回風起，吹我入雲間。自謂終天路，忽然下沉泉。驚飆接我出，故歸彼中田。當南而更北，謂東而反西，宕宕當何依，忽亡而復存。飄颻風八澤，連翩歷五山，流轉無恒處，誰知吾苦艱？願為中林草，秋隨野火燔。糜滅豈不痛？願與根荄連。

與曹氏父子同時的文人：如陳琳王粲阮瑀繁欽等，都受了這個樂府運動的影響。陳琳有飲馬長城窟行，寫邊禍之慘：

飲馬長城窟，水寒傷馬骨。往謂長城吏：慎勿稽留太原卒。官作自有程，舉築諧汝聲。男兒寧當格鬥死，何能怫鬱築長城？

長城何連連，連連三千里。邊城多健少，內舍多寡婦。作書與內舍：『便嫁莫留住。善事新姑嫜，時時念我故夫子。』報書與邊地：『君今出語一何鄙！「身在禍難中，何爲稽留他家子？」生男愼莫舉！生女哺用脯！君獨不見長城下，死人骸骨相撐拄？結髮行事君，慊慊心意關。明知邊地苦，賤妾何能久自全？』

王粲（死于二一七）七哀詩的第一首也是這種社會問題詩：

西京亂無象，豺虎方遘患。復棄中國去，委身適荊蠻。親戚對我悲，朋友相追攀。　出門無所見，白骨蔽平原。路有飢婦人，抱子棄草間，顧聞號泣聲，揮涕獨不還。『未知身死處，何能兩相完？』驅馬棄之去，不忍聽此言。南登霸陵岸，回首望長安。悟彼泉下人，喟然傷心肝。

同時的阮瑀（死于二一二）作的駕出北郭門行，也是一篇社會問題的詩：

駕至北郭門，馬樊不肯馳。下車步踟躕，仰折枯楊枝。顧聞丘林中，噭噭有悲啼。借問啼者誰，何爲乃如斯？親母捨我沒，後母憎孤兒。饑寒無衣食，舉動鞭搥施。骨消肌肉盡，體若枯樹皮。藏我空屋中，父還不能知。上冢察故處，存亡永別離。親母何可見？淚下聲正嘶。棄我于此間，窮厄豈有貲？傳告後代人，以此為明規。

這雖是笨拙的白話詩，卻很可表示孤兒行一類的古歌辭的影響。

繁欽（死于二一八）有定情詩，中有一段：

我既媚君姿，君亦悅我顏。何以致拳拳？綰臂雙金環。何以致殷勤？約指一雙銀。何以致區區？耳中雙明珠　何以致叩叩？香囊繫肘後。何以致契闊？繞腕雙條脫。……

這雖然也是笨拙淺薄的鋪敘，然而古樂府有所思的影響也是很明顯的。一百年前，當漢順帝陽嘉年間（一三二——一三五），張衡作了一篇四愁詩，也很像是有所思的影響。四愁詩共四章，我們選二章作例：

我所思兮在太山，欲往從之梁甫艱，側身東望涕沾翰。美人贈我金錯刀。

何以報之英瓊瑤。路遠莫致倚逍遙。何爲懷憂心煩勞？(一)
我所思兮在漢陽，欲往從之隴坂長，側身西望涕沾裳。美人贈我貂襜褕。
何以報之明月珠。路遠莫致倚踟躕。何爲懷憂心煩紆？(二)

有所思已引在第三章，今再抄於此，以供比較：

有所思，乃在大海南。何用問遺君？雙珠玳瑁簪，用玉紹繚之。聞君有他心，拉雜摧燒之。摧燒之！當風揚其灰？從今以往，勿復相思！……

我們把詩與張衡繁欽的詩比較着看，再用晉朝傅玄的擬四愁詩(丁福保編的全晉詩，卷二，頁十六)來合看，便可以明白文學的民衆化與民歌的文人化的兩種趨勢的意義了。

• • • • •

當時確有一種民衆化的文學趨勢，那是無可疑的。當時的文人如應璩兄弟幾乎可以叫作白話詩人。文心雕龍說應瑒有文論，此篇現已失傳了，我們不知他對于文學有什麼主張，但他的鬥雞詩（丁福保全三國詩卷三，頁十四）却是很近白話的。應璩（死于二五二）作百一詩，大概取楊雄『勸百而諷一』的話的意思。史家說他的詩『雖頗諧，然多切時要』。舊說又說，他作百一詩，譏切時事，『偏以示在事者，皆怪愕，以爲應焚棄之』。今世所傳百一詩已非全文，故不見當日應焚棄的話，但見一些道德常識的箴言，文辭甚淺近通俗，頗似後世的太公家教和治家格言一類的作品。所謂『其言頗諧』，當是說他的詩體淺俚，近於俳諧。例如今存他的詩有云：

細微可不愼？隄潰自蟻穴。腠理早從事，安復勞鍼石？……

又有云：

子弟可不愼？愼在選師友。師友必長德，中才可進誘。……

這都是通俗格言的體裁，不能算作詩。其中勉強像詩的，如

前者隳官去，有人適我閭。田家無所有，酌醴焚枯魚。問我何功德，三入

承明廬。……避席跪自陳，賤子實空虛。宋人遇周客，慙媿靡所如。

祇有一首三叟，可算是一首白話的說理詩：

古有行道人，陌上見三叟，年各百餘歲，相與鋤禾莠。住車問三叟：何以得此壽？上叟前致辭：內中嫗貌醜。中叟前致辭：量腹節所受。下叟前致辭：夜臥不覆首。要哉三叟言，所以能長久。

但這種『通俗化』的趨勢終久抵不住那『文人化』的趨勢；樂府民歌的影響固然存在，但辭賦的舊勢力也還不小，當時文人初作樂府歌辭，工具未會用熟，祇能用詩體來達一種簡單的情感與簡單的思想。稍稍複雜的意境，這種新體裁還不夠應用。所以曹魏的文人遇有較深沈的意境，仍不能不用舊辭賦體。如曹植的洛神賦，便是好例。這有點像後世文人學作教坊舞女的歌詞，五代宋初的詞祇能說兒女纏綿的話，直到蘇軾以後，方才能用詞體來談禪說理，論史論人，無所不可。這其間的時間先後，確是個工具生熟的問題：這個解釋雖是很淺，卻近于事實。

五言詩體，起於漢代的無名詩人，經過建安時代許多詩人的提倡，到了阮籍方才正式成立。阮籍（死于二六三）是第一個用全力做五言詩的人；詩的體裁到他方才正式成立，詩的範圍到他方才擴充到無所不包的地位。

阮籍是崇信自然主義的一個思想家。生在那個魏晉交替的時代，他眼見司馬氏祖孫三代專擅政權，欺陵曹氏，壓迫名流，他不能救濟，祇好縱酒放恣。史家說司馬昭想替他的兒子司馬炎（即晉武帝）娶阮籍的女兒，他沒有法子，祇得天天喝酒，接連爛醉了六十日，使司馬昭沒有機會開口。他崇拜自由，而時勢不許他自由；他鄙棄那虛僞的禮法，而『禮法之士，疾之若讐』。所以他把一腔的心事都發洩在酒和詩兩件事上。他有詠懷詩八十餘首 他是一個文人，當時說話又不便太明顯，故他的詩雖然抬高了五言詩的身分 雖然明白建立了五言詩的地位，同時却也增加了五言詩『文人化』的程度。

我們選錄詠懷詩中的幾首：

鴻鵠相隨飛，飛飛適荒裔。雙翮臨長風，須臾萬里逝。朝餐琅玕實，夕宿丹山際。抗身青雲中，網羅孰能制？豈與鄉曲士，携手共言誓？

昔聞東陵瓜，近在青門外。（秦時東陵侯邵平在秦亡後淪落爲平民，在長安青門外種瓜，瓜美，人稱爲東陵瓜。）連畛距阡陌，子母相鉤帶。五色耀朝日，嘉賓四面會。膏火自煎熬，多財爲患害。布衣可終身，寵祿豈足賴？

昔年十四五，志尚好書詩，被褐懷珠玉，顏閔相與期。開軒臨四野，登高望所思。丘墓蔽山岡，萬代同一時。千秋萬歲後，榮名安所之？乃悟羨門子，噭噭今自嗤。（羨門是古傳說的仙人。）

獨坐空堂上，誰可與歡者？出門臨永路，不見行車馬。登高望九州，悠悠分曠野。孤鳥西北飛，離獸東南下。日暮思親友，晤言用自寫。

人言願延年，延年欲焉之？黃鵠呼子安，千秋未可期。獨坐山嵒中，惻愴懷所思。王子一何好，猗靡相携持。悅懌猶今辰，計校在一時。置此明朝事，日夕將見欺。

駕言發魏都，南向望吹臺。簫管有遺音，梁王安在哉？戰士食糟糠，賢士處蒿萊。歌舞曲未終，秦兵已復來。夾林非吾有，朱宮生塵埃。軍敗華陽下，身竟爲土灰。

第六章　故事詩的起來

故事詩（*Epic*）在中國起來的很遲，這是世界文學史上一個很少見的現象。要解釋這個現象，却也不容易。我想，也許是中國古代民族的文學確是僅有風謠與祀神歌，而沒有長篇的故事詩，也許是古代本有故事詩，而因為文字的困難，不曾有記錄，故不得流傳于後代；所流傳的僅有短篇的抒情詩。這二說之中，我却傾向于前一說。三百篇中如大雅之生民，如商頌之玄鳥，都是很可以作故事詩的題目，然而終于沒有故事詩出來。可見古代的中國民族是一種樸實而不富于想像力的民族。他們生在溫帶與寒帶之間，天然的供給遠沒有南方民族的豐厚，他們須要時時對天然奮鬥，不能像熱帶民族那樣懶洋洋地睡在棕櫚樹下白日見鬼，白晝做夢。所以三百篇裏竟沒有神話的遺跡。所有的一點點神話如生民玄鳥的「感生」故事，其中的人物不過是祖宗與上帝而已。（商頌作于周時，玄鳥的神話似是受了姜嫄故事的影響以後做作的。）所以我們很可以說中國古代民族沒有故事詩，僅有簡單的祀神歌與風謠而已。

後來中國文化的疆域漸漸擴大了，南方民族的文學漸漸變成了中國文學的一部份。試把周南召南的詩和楚辭比較，我們便可以看出汝漢之間的文學和湘沅之間的文學大不相同，便可以看出疆域越往南，文學越帶有神話的分子與想像的能力。我們看離騷裏的許多神的名字——羲和，望舒等——便可以知道南方民族曾有不少的神話。至於這些神話是否取故事詩的形式，這一層我們卻無從考證了。

中國統一之後，南方的文學——賦體——成了中國貴族文學的正統的體裁。賦體本可以用作鋪敘故事的長詩，但賦體北遷之後，免不了北方民族的樸實風氣的制裁，終究『廟堂化』了。起初還有南方文人的子虛賦，大人賦，表示一點想像的意境，然而終不免要『曲終奏雅』，歸到諷諫的路上去。後來的兩京三都，簡直是雜貨店的有韻仿單，不成文學了。至於大多數的小賦，自鵩鳥賦以至于別賦恨賦，竟都走了抒情詩與諷諭詩的路子，離故事詩更遠了。

但小百姓是愛聽故事又愛說故事的。他們不賦兩京，不賦三都 他們有時歌唱戀情，有時發洩苦痛，但平時最愛說故事。孤兒行寫一個孤兒的故事，上山採蘼蕪寫一家夫婦的故事，也許還算不得純粹的故事詩，也許只算是敘事的(*Narrative*) 諷諭詩。但日出東南隅一類的詩，從頭到尾只描寫一個美貌的女子的故事，全力貫注在說故事，純然是一篇故事詩了。

紳士階級的文人受了長久的抒情詩的訓練，終于跳不出傳統的勢力，故只能做有斷制，有剪裁的敘事詩：雖然也敘述故事，而主旨在于議論或抒情，並不在于敷說故事的本身。注意之點不在于說故事，故終不能產生故事詩。

故事詩的精神全在于說故事：只要怎樣把故事說的津津有味，娓娓動聽，不管故事的內容與教訓。這種條件是當日的文人階級所不能承認的。所以純粹故事詩的產生不在于文人階級而在于愛聽故事又愛說做事的民間。『田家作苦，歲時伏臘，烹羊炰羔，斗酒自勞，……酒後耳熱，仰天拊缶而歌烏烏」，這才是說故事的環境，這才是彈唱故事詩的環境，這才是產生故事詩的環境。

• • • • •

如今且先說文人作品裏故事詩的趨勢。

蔡邕（死于一九二）的女兒蔡琰（文姬）有才學，先嫁給衛氏，夫死無子，回到父家居住。父死之後，正值亂世，蔡琰于興平年間（約一九五）被胡騎擄去，在南匈奴十二年，生了兩個兒子。曹操憐念蔡邕無嗣，遂派人用金璧把她贖回中國，重嫁給陳留的董祀。她歸國後，感傷亂離，作悲憤詩二篇，敘她的悲哀的遭際。一篇是用賦體作的，一篇是用五言詩體作的，大概她創作長篇的寫實的敘事詩，（離騷不是寫實的自述，只用香草美人等等譬喻，使人得一點概略而已。）故試用舊辭賦體，又試用新五言詩體，要試驗那一種體裁適用。

蔡琰的五言的悲憤詩如下：

漢季失權柄，董卓亂天常，志欲圖篡弒，先害諸賢良；逼迫遷舊邦，擁主以自彊。海內興義師，欲共討不祥。卓衆來東下，金甲耀日光。平土人脆弱，來兵皆胡羌，獵野圍城邑，所向悉破亡。

斬截無孑遺，尸骸相撐拒。馬邊縣男頭，馬後載婦女。長驅入西關，迥路險且阻；還顧邈冥冥，肝脾爲爛腐。所略有萬計，不得令屯聚。或有骨肉俱，欲言不敢語。失意幾微間，輒言『斃降虜！要當以亭刃，我曹不活汝！』

豈復惜性命？不堪其詈罵。或便加捶杖，毒痛參并下。旦則號泣行，夜則悲吟坐。欲死不能得，欲生無一可。彼蒼者何辜，乃遭此戹禍！

邊荒與華異，人俗少義理。處所多霜雪，胡風春夏起：翩翩吹我衣，肅肅入我耳。感時念父母，哀嘆無窮已。

有客從外來，聞之常歡喜；迎問其消息，輒復非鄉里。邂逅徼時願，骨肉來迎己。己得自解免，當復棄兒子。天屬綴人心，念別無會期。存亡永乖隔，不忍與之辭。兒前抱我頸，問「母欲何之？人言母當去，豈復有還時？阿母常仁惻，今何更不慈？我尙未成人，奈何不顧思？」見此崩五內，恍惚生狂癡。號泣手撫摩，當發復囘疑。

兼有同時輩，相送告離別　慕我獨得歸，哀叫聲摧裂。馬爲立踟躕，車爲不轉轍，觀者皆歔欷，行路亦嗚咽。

去去割情戀　遄征日遐邁。悠悠三千里，何時復交會？念我出腹子，胸臆爲摧敗。

既至家人盡，又復無中外。城郭爲山林，庭宇生荊艾。白骨不知誰，從橫莫覆蓋。出門無人聲，豺狼號且吠。煢煢對孤景，怛咤糜肝肺。登高遠眺望，魂神忽飛逝　奄若壽命盡。旁人相寬大，爲復彊視息，雖生何聊賴？託命于新人，竭心自勗厲！流離成鄙賤，常恐復捐廢。人生幾何時？

懷憂終年歲。

這是很樸實的敘述。中間『兒前抱我頸』一段竟是很動人的白話詩。大概蔡琰也曾受樂府歌辭的影響。蔡琰另用賦體作的那篇悲憤，也只有寫臨行拋棄兒子的一段最好：

家既迎兮當歸寧。臨長路兮捐所生。兒呼母兮啼失聲。我掩耳兮不忍聽。
追持我兮走煢煢。頓復起兮毀顏形。還顧之兮破人情。心怛絕兮死復生。

這便遠不如五言詩的自然了。（世傳的胡笳十八拍，大概是很晚出的僞作，事實是根據悲憤詩，文字很像唐人的作品。如云『殺氣朝朝衝塞門，胡風夜夜吹邊月』，似不是唐以前的作品。）

蔡琰的贖還大約在建安十二三年（二〇七—二〇八）。悲憤詩凡一百零八句，五百四十字，也算得一首很長的敘事詩了。

魏黃初年間（約二二五），左延年以新聲被寵。他似是一個民間新聲的作家。他作的歌辭中有一篇秦女休行，也是一篇記事，而宗旨全在說故事，雖然篇幅簡短，頗有故事詩的意味。秦女休行如下：

步出上西門，遙望秦氏廬。秦氏有好女，自名爲女休。休年十四五，爲宗行報讐。左執白楊刃，右據宛魯矛。讐家便東南。仆僵秦女休。（此十字不可讀，疑有錯誤。）女休西上山，上山四五里，關吏呵問女休。女休前置詞。平生爲燕王婦，於今爲詔獄囚；平生衣參差，當今無領襦。明知殺人當死，兄言怏怏，弟言無道憂。（這九個字也有點不可解。）女休堅詞：爲宗報讐死不疑。殺人都市中，徼我都市西。丞卿羅列東向坐，女休悽悽曳梏前，兩徒夾我持。刀刃五尺餘。刀未下，朣朧擊鼓赦書下。

此後數十年中，詩人傅玄（死于二七〇左右）也作了一篇秦女休行，也可以表示這時代的敍事韻文的趨勢。傅玄是一個剛直的諫臣，史家說他能使『貴遊懾伏，臺閣生風』。（看晉書四十七他的傳。）所以他對于秦女休的故事有特別的熱誠。他的秦女休行，我試爲分行寫在下面：

麗氏有烈婦，義聲馳雍凉。（「麗氏」，一本作「秦氏」。）
父母家有重怨，仇人暴且強。
雖有男兄弟，志弱不能當。
烈女念此痛，丹心爲寸傷。
外若無意者，內潛思無方。
白日入都市，怨家如平常。
匿劍藏白刃，一奮尋身僵。
身首爲之異處，伏尸列梁旁。
肉與土合成泥，灑血濺飛梁。
猛氣上干雲霓，仇黨失守爲披攘。
一市稱烈義，觀者收淚並慨忼。
百男何當益？不如一女良。

烈女直造縣門，云『父不幸遭禍殃。
今仇身以(已)分裂，雖死情益揚。
殺人當伏辜，義不苟活隳舊章。』
縣令解印綬，『令我傷心不忍聽。』
刑部垂頭塞耳，『令我吏舉不能成。』
烈著希代之績，義立無窮之名。
夫家同受其祚，子子孫孫咸享其榮。
今我作歌詠高風，激揚壯發悲且清。

這兩篇似是同一件故事，然而數十年之間，這件故事已經過許多演變了。被關吏呵問的，變成到縣門自首了；丞卿羅列訊問，變成縣令解印綬了；臨刑刀未下時遇赦的，變成『烈著希代之績，義立無窮之名』了。

依此看來，我們可以推想當日有一種秦女休的故事流行在民間。這個故事的民間流行本大概是故事詩。左延年與傅玄所作秦女休行的材料都是大致根據于這種民間的傳說的。這種傳說——故事詩——流傳在民間，東添一句，西改一句，『母題』(*Motif*)雖未大變，而情節已大變了。左延年所採的是這個故事的前期狀態；傅玄所採的已是他的後期狀態了，已是『義聲馳雍涼』以後的民間改本了。流傳越久，枝葉添的越多，描寫的越細碎。故傅玄寫烈女殺仇人與自首兩點比左延年詳細的多。

建安泰始之間(二〇〇——二七〇)，有蔡琰的長篇自紀詩，有左延年與傅玄記秦女休故事的詩。此外定還有不少的故事詩流傳于民間。例如樂府有秋胡行，本辭雖不傳了，然可證當日有秋胡的故事詩；又有淮南王篇，本辭也沒有了，然可證當日有淮南王成仙的故事詩。故事詩的趨勢已傳染到少數文人了。故事詩的時期已到了，故事詩的傑作要出來了。

我們現在可以討論古代民間最偉大的故事詩孔雀東南飛了。此詩凡三百五十三句，一千七百六十五個字。此詩初次出現是在徐陵編纂的玉臺新詠裏，編者有序云：

漢末建安中（一九六—二二〇），廬江府小吏焦仲卿妻劉氏爲仲卿母所遣，自誓不嫁。其家迫之，乃投水而死。仲卿聞之，亦自縊于庭樹。時人傷之，爲詩云爾。

全詩如下：

孔雀東南飛，五里一裴回。——「十三能織素，十四學裁衣，十五彈箜篌，十六誦詩書，十七爲君婦，心中常苦悲。君既爲府吏，守節情不移；賤妾留空房，相見常日稀。雞鳴入機織，夜夜不得息。三日斷五匹，大人故嫌遲。非爲織作遲，君家婦難爲。妾不堪驅使，徒留無所施。便可白公姥，及時相遣歸。」

府吏得聞之，堂上啟阿母：『兒已薄祿相，幸復得此婦，結髮同枕席，黃泉共爲友，共事三二年，始爾未爲久。女行無偏斜，何意致不厚？』阿母謂府吏『何乃太區區？此婦無禮節，舉動自專由，吾意久懷忿，汝豈得自由；東家有賢女，自名秦羅敷。可憐體無比，阿母爲汝求。便可速遣之！遣之愼莫留！』

府吏長跪告：『伏惟啟阿母，今若遣此婦，終老不復取。』阿母得聞之，椎床便大怒：『小子無所畏！何敢助婦語！吾已失恩義，會不相從許。』

府吏默無聲，再拜還入戶，舉言謂新婦，哽咽不能語。『我自不驅卿，逼迫有阿母！卿但暫還家；吾今且報府；不久當歸還，還必相迎取。以此下心意，愼勿違我語！』

新婦謂府吏：『勿復重紛紜。往昔初陽歲，謝家來貴門，奉事循公姥，進止敢自專？晝夜勤作息，伶俜縈苦辛。謂言無罪過，供養卒大恩。仍更被驅遣，何言復來還？妾有繡腰襦，葳蕤自生光；紅羅複斗帳，四角垂香囊；箱簾六七十，綠碧青絲繩；物物各自異，種種在其中。人賤物亦鄙，不足迎後人，留待作遺施，於今無會因！時時爲安慰，久久莫相忘！」

雞鳴外欲曙，新婦起嚴妝，著我繡裌裙，事事四五通；足下躡絲履，頭上玳瑁光；腰若流紈素；耳著明月璫；指如削葱根；口如含珠丹；纖纖作細步，精妙世無雙。上堂拜阿母，母聽去不止。『昔作女兒時，生小出野里，本自無教訓，兼愧貴家子。受母錢帛多，不堪母驅使。今日還家去，念母勞家裏。』却與小姑別，淚落連珠子。『新婦初來時，小姑始扶床；今日被驅遣，小姑如我長，勤心養公姥，好自相扶將。初七及下九，嬉戲莫相忘！』出門登車去，涕落百餘行。

府吏馬在前，新婦車在後，隱隱何甸甸，俱會大道口。下馬入車中，低頭共耳語：『誓不相隔卿，且暫還家去。吾今且赴府，不久當還歸，誓天不相負！』新婦謂府吏：『感君區區懷。君既若見錄，不久望君來。君當作磐石，妾當作蒲葦；蒲葦紉如絲，磐石無轉移。我有親父兄，性行暴如雷，恐不任我意，逆以煎我懷。』舉手長勞勞，二情同依依。

入門上家堂，進退無顏儀。阿母大拊掌：『不圖子自歸！十三教汝織，十四能裁衣，十五彈箜篌，十六知禮儀，十七遣汝嫁，謂言無誓違。（丁福保訊，「誓違」疑是「諐違」之訛。諐古愆字。詩「不愆于儀」，禮緇衣篇引作諐。）汝今何罪過，不迎而自歸？』『蘭芝慚阿母，兒實無罪過。』阿母大悲摧。

還家十餘日，縣令遣媒來，云：『有第三郎，窈窕世無雙，年始十八九，便言多令才。』阿母謂阿女：『汝可去應之。』阿女含淚答：『蘭芝初還時，府吏見丁寧，結誓不別離；今日違情義，恐此事非奇；自可斷來信，徐徐更謂之。』阿母白媒人：『貧賤有此女，始適還家門，不堪吏人婦，豈合令郎君？幸可廣問訊，不得便相許。』

媒人去數日，尋遣丞請還，說：『有蘭家女，承籍有宦官。（這十字不可解，疑有脫誤。）云：「有第五郎，嬌逸未有婚，遣丞爲媒人，主簿通言語，直說太守家，有此令郎君。既欲結大義，故遣來貴門。」』阿母謝媒人：『女子先有誓，老姥豈敢言。』

乃兄得聞之。悵然心中煩，舉言謂阿妹：『作計何不量！先嫁得府吏，後嫁得郎君，否泰如天地。足以榮自身。不嫁義郎體，其往欲何云？』蘭芝仰頭答：『理實如兄言。謝家事夫婿，中道還兄門，處分適兄意，那得自任專？雖與府吏要，渠會永無緣。登即相許和，便可作婚媾。』

媒人下床去，諾諾復爾爾，還部白府君：『下官奉使命，言談大有緣。』府君得聞之，心中大歡喜，視曆復開書：便利此月內，六合正相應，良吉三十日。『今已二十七，卿可去成婚。』交語速裝束，絡繹如浮雲。

青雀白鵠舫，四角龍子幡，婀娜隨風轉；金車玉作輪，躑躅青驄馬，流蘇金縷鞍；齎錢三百萬，皆用青絲穿；雜綵三百匹；交廣市鮭珍；從人四五百，鬱鬱登郡門。

阿母謂阿女：『適得府君書，明日來迎汝，何不作衣裳？莫令事不舉。』阿女默無聲，手巾掩口啼。淚落便如瀉。移我琉璃榻，出置前窗下。左手持刀尺，右手持綾羅；朝成繡裌裙，晚成單羅衫；晻晻日欲暝，愁思出門啼。

府吏聞此變，因求假暫歸。未至二三里，摧藏馬悲哀。新婦識馬聲，躡履相逢迎，悵然遙相望，知是故人來。舉手拍馬鞍，嗟歎使心傷。『自君別我後，人事不可量。果不如先願，又非君所詳。我有親父母，逼迫兼弟兄，以我應他人，君還何所望？』府吏謂新婦：『賀君得高遷！盤石方且厚，可以卒千年；蒲葦一時紉，便作旦夕間。卿當日勝貴，吾獨向黃泉。』新婦謂府吏：『何意出此言！同是被逼迫，君爾妾亦然。黃泉下相見。勿違今日言。」執手分道去，各各還家門。生人作死別，恨恨那可論？念與世間辭，千萬不復全。

府吏還家去，上堂拜阿母：「今日大風寒，寒風摧樹木，嚴霜結庭蘭。兒今日冥冥，令母在後單。故作不良計，勿復怨鬼神。命如南山石，四體康且直。」阿母得聞之，零淚應聲落：「汝是大家子，仕宦於臺閣，愼勿爲婦死，貴賤情何薄？東家有賢女，窈窕豔城郭，阿母爲汝求，便復在旦夕。」

府吏再拜還，長嘆空房中，作計乃爾立；轉頭向戶裏，漸見愁煎迫。——其日牛馬嘶，新婦入青廬。奄奄黃昏後，寂寂人定初。「我命絕今日，魂去尸長留。」攬裙脫絲履，舉身赴青池。——府吏聞此事，心知長別離，徘徊庭樹下，自掛東南枝。

兩家求合葬，合葬華山傍；東西植松柏，左右種梧桐，枝枝相覆蓋，葉葉相交通。中有雙飛鳥，自名為鴛鴦，仰頭相向鳴，夜夜達五更。行人駐足聽，寡婦起徬徨。多謝後世人，戒之愼勿忘。

* * * * *

孔雀東南飛是什麼時代的作品呢？

向來都認此詩為漢末的作品。玉臺新詠把此詩列在繁欽曹丕之間。近人丁福保把此詩收入全漢詩，謝無量作中國大文學史（第三編第八章第五節）也說是『大抵建安時人所為耳』。這都由于深信原序中『時人傷之，為詩云爾』一句話。（我在本書稿裏，也把此詩列在漢代。）至近年始有人懷疑此說。梁啓超先生說：

像孔雀東南飛和木蘭詩一類的作品，都起于六朝，前此却無有。（見他的『印度與中國文化之親屬關係』講演，引見陸侃如『孔雀東南飛考證』。）

他疑心這一類的作品是受了佛本行讚一類的佛教文學的影響以後的作品。他說他對這問題，別有攷證。他的攷證雖然沒有發表　我們却不妨先略討論這個問題。

陸侃如先生也信此說，他說：

假使沒有寶雲（佛本行經譯者）與無讖（佛所行讚譯者）的介紹，孔雀東南飛也許到現在還未出世呢，更不用說漢代了。（孔雀東南飛考證，國學月報第三期。）

我對佛教文學在中國文學上發生的絕大影響，是充分承認的。但我不能信孔雀東南飛是受了佛本行讚一類的書的影響以後的作品。我以爲孔雀東南飛之作是在佛教盛行于中國以前。

第一，孔雀東南飛全文沒有一點佛教思想的影響的痕跡。這是很可注意的。凡一種外來的宗教的輸入，他的幾個基本教義的流行必定遠在他的文學形式發生影響之前。這是我們可以用一切宗教史和文化史來證明的。卽如眼前一百年中，輪船火車煤油電燈以至摩托車無線電都來了，然而文人階級受西洋文學的影響却還是最近一二十年的事，至于民間的文學竟可說是至今還絲毫不曾受着西洋文學的影響。你去分析狸貓換太子，濟公活佛，等等俗戲，可尋得出一分一毫的西洋文學的影響嗎？——孔雀東南飛寫的是一件生離死別的大悲劇，如果眞是作于佛教盛行以後，至少應該有「來生」，「輪迴」，「往生」一類的希望。（如白居易長恨歌便有「在天願爲比翼鳥，在地願爲連理枝」：「但敎心似金鈿堅，天上人間會相見」的話。如元稹的悼亡詩便有「他生緣會更難期」，「也曾因夢送錢財」的話。）然而此詩寫焦仲卿夫婦的離別只說：

『卿當日勝貴，吾獨向黃泉。』

『黃泉下相見，勿違今日言。』

『生人作死別，恨恨那可論！念與世間辭，千萬不復全。』

『我命絕今日，魂去尸長留。……府吏聞此事，心知長別離。』

寫焦仲卿別他的母親，也只說：

「兒今日冥冥，令母在後單。故作不良計，勿復怨鬼神。」

這都是中國舊宗教裏的見解，完全沒有佛教的痕跡。一千七八百字的悲劇的詩裡絲毫沒有佛教的影子，我們如何能說他的形式體裁是佛教文學的產兒呢？

第二，佛本行讚，普曜經等等長篇故事譯出之後，並不曾發生多大的影響。梁啓超先生說：

> 佛本行讚譯成華文以後也是風靡一時，六朝名士幾于人人共讀。

這是毫無根據的話。這一類的故事詩、文字俚俗，辭意煩複，和『六朝名士』的文學風尚相去最遠。六朝名士所能了解欣賞的，乃是道安慧遠支遁僧肇一流的玄理，決不能欣賞這種幾萬言的俗文長篇記事。法華經與維摩詰經一類的名譯也不能不待至第六世紀以後方才風行。這都是由於思想習慣的不同，與文學風尚的不同，都是不可勉強的。所以我們綜觀六朝的文學，只看見惠休寶月一班和尚的名士化，而不看見六朝名士的和尚化。所以梁陸諸君重視佛本行經一類佛典的文學影響，是想像之談，怕不足信罷？

* * * * *

陸侃如先生舉出幾條證據來證明孔雀東南飛是六朝作品。我們現在要討論這些證據是否充分。

本篇末段有『合葬華山傍』的話，所以陸先生起了一個疑問，何以廬江的焦氏夫婦要葬到西岳華山呢？因此他便連想到樂府裏華山畿二十五篇。樂府詩集引古今樂錄云：

華山畿者，宋少帝時懊惱一曲，亦變曲也。少帝時，南徐一士子從華山畿往雲陽。見客舍有女子，年十八九，悅之；無因，遂感心疾。母問其故，具以啓母。母爲至華山尋訪，見女，具以聞；感之，因脫蔽膝，令母密置其席下，臥之當已。少日，果差。忽舉席見蔽膝而抱持，遂呑食而死。氣欲絕，謂母曰，『葬時，車載從華山度。』母從其意。比至女門，牛不肯前，打拍不動。女曰，『且待須臾！』妝點沐浴，旣而出，歌曰：

華山畿！

君旣爲儂死，

獨活爲誰施！
歡若見憐時，
棺木爲儂開！

棺應聲開，女透入棺，家人叩打，無如之何。乃合葬，呼曰『神女塚』。

陸先生從這篇序裏得着一個大胆的結論。他說：

這件哀怨的故事，在五六世紀時是很普遍的，故發生了二十五篇的民歌。華山畿的神女塚也許變成殉情者的葬地的公名，故孔雀東南飛的作者敘述仲卿夫婦合葬時，便用了一個眼前的典故，遂使千餘年後的讀者們索解無從。但這一點便明明白白的指示我們說，孔雀東南飛是作於華山畿以後的。

陸先生的結論是很可疑的。孔雀東南飛的夫婦，陸先生斷定他們不會葬在西岳華山。難道南徐士子的棺材却可以從西岳華山經過嗎？南徐州治在現今的丹徒縣，雲陽在現今的丹陽縣。華山大概卽是丹陽之南的花山，今屬高淳縣。雲陽可以有華山，何以見得廬江不能有華山呢？兩處的華山大概都是本地的小地名，與西岳華山全無關係，兩華山彼此也可以完全沒有關係。故根據華山畿的神話來證明孔雀東南飛的年代，怕不可能罷？

陸先生又指出本篇「新婦入青廬」的話，說，據段成式酉陽雜俎卷一，「青廬」是「北朝結婚時的特別名詞」。但他所引酉陽雜俎一條所謂「禮異」，似指下文「夫家領百餘人……挾車俱呼」以及「婦家親賓婦女……以杖打聟，至有大委頓者」的奇異風俗而言。「青布幔爲屋，在門內外，謂之青廬」，不過如今日北方喜事人家的「搭棚」，沒有什麼特別之處。況且陸先生自己又引北史卷八說北齊幼主

> 御馬則藉以氈罽，食物有十餘種；將合牝牡，則設青廬，具牢饌而親觀之。

這也不過如今人的搭棚看戲。這種布棚也叫做『青廬』，可見『青廬』未必是『北朝結婚時的特別名詞』了。

陸先生又用『四角龍子幡』，說這是南朝的風尙，這是很不相干的證據，因爲陸先生所舉的材料都不能證實『龍子幡』爲以前所無。況且『青廬』若是北朝異俗，『龍子幡』又是南朝風尙，那麼，在那南北分隔的五六世紀，何以南朝風尙與北朝異禮會同時出現于一篇詩裡呢？

所以我想，梁啓超先生從佛教文學的影響上推想此詩作于六朝，陸侃如先生根据「華山」，『青廬』，『龍子幡』等，推定此詩作于宋少帝（四二三—四二四）與徐陵（死于五八三）之間，這些主張大概都不能成立。

我以爲孔雀東南飛的創作大概去那个故事本身的年代不遠，大概在建安以後不遠，約當三世紀的中葉。但我深信這篇故事詩流傳在民間，經過三百多年之久

(二三〇—五五〇)方才收在玉臺新詠裏，方才有最後的寫定，其間自然經過了無數民衆的減增修削，添上了不少的「本地風光」(如「青廬」「龍子幡」之類)，吸收了不少的無名詩人的天才與風格，終於變成一篇不朽的傑作。

『孔雀東南飛，五里一裵回。』——這自然是民歌的『起頭』。當時大概有『孔雀東南飛』的古樂曲調子。曹丕的臨高臺末段云：

> 鵠欲南遊，雌不能隨。
> 我欲躬銜汝，口噤不能開。
> 欲負之，毛衣摧頹。
> 五里一顧，六里徘徊。

這豈但是首句與末句的文字上的偶合嗎？這裏譬喻的是男子不能庇護他心愛的婦人，欲言而口噤不能開，欲負他同逃而無力，只能哀鳴瞻顧而已。這大概就是當日民間的孔雀東南飛(或黃鵠東南飛？)曲詞的本文的一部分。民間的歌者，因爲感覺這首古歌辭的寓意恰合焦仲卿的故事的情節，故用他來做「起頭」。久而久之，這段起頭曲遂被縮短到十个字了。然而這十个字的「起頭」却給我們留下了此詩創作時代的一點點暗示。

曹丕死於二二六年，他也是建安時代的一个大詩人，正當焦仲卿故事產生的時代。所以我們假定此詩之初作去此時大概不遠。

若這故事產生於三世紀之初，而此詩作于五六世紀（如梁陸諸先生所說），那麼，當那个沒有刻板印書的時代，當那个長期紛亂割據的時代，這个故事怎樣流傳到二三百年後的詩人手裏呢？所以我們直截假定故事發生之後不久民間就有孔雀東南飛的故事詩起來，一直流傳演變，直到玉臺新詠的寫定。

自然，我這个說法也有大疑難。但梁先生與陸先生舉出的幾點都不是疑難。例如他們說：這一類的作品都起於六朝，前此却無有。依我們的研究，漢魏之間有蔡琰的悲憤，有左傳的秦女休，故事詩已到了文人階級了，那能斷定民間沒有這一類的作品呢？至於陸先生說此詩『描寫服飾及敍述談話都非常詳盡，爲古代詩歌裏所沒有的』，此說也不成問題。描寫服飾莫如日出東南隅與辛延年的羽林郎；敍述談話莫如日出東南隅與孤兒行。這是誰也不能否認的。

我的大疑難是：如果孔雀東南飛作于三世紀，何以魏晉宋齊的文學批評家——從曹丕的典論以至於劉勰的文心雕龍及鍾嶸的詩品——都不提起這一篇傑作呢？這豈非此詩晚出的鐵證嗎？

其實這也不難解釋，孔雀東南飛在當日實在是一篇白話的長篇民歌，質朴之中，夾着不少土氣。至今還顯出不少的鄙俚字句，因爲太質朴了，不容易得當時文人的欣賞。魏晉以下，文人階級的文學漸漸趨向形式的方面，字面要綺麗，聲律要講究。對偶要工整。漢魏民歌帶來的一點新生命，漸漸又乾枯了。文學又走上僵死的路上去了。到了齊梁之際，隸事（用典）之風盛行，聲律之論更密，文人的心力轉到『平頭，上尾，蜂腰，鶴膝』種種把戲上去，正統文學的生氣枯盡了。

作文學批評的人受了時代的影響，故很少能賞識民間的俗歌的。鍾嶸作詩品（嶸死于五〇二左右），評論百二十二人的詩，竟不提及樂府歌辭。他分詩人為三品：陸機潘岳謝靈運都在上品，而陶潛鮑照都在中品，可以想見他的文學賞鑒力了。他們對於陶潛鮑照還不能賞識，何況孔雀東南飛那樣樸實俚俗的白話詩呢？西漢的樂府歌辭要等到建安時代方才得着曹氏父子的提倡。魏晉南北朝的樂府歌辭要等到陳隋之際方才得着充分的賞識。故孔雀東南飛不見稱於劉勰鍾嶸，不見收於文選，直到六世紀下半徐陵編玉臺新詠始被采錄，並不算是很可怪詫的事。

*　*　*　*　*

這一章印成之後，我又檢得曹丕的『鵠欲南遊，雌不能隨，……五里一顧，十里徘徊』一章果然是删改民間歌辭的，本辭也載在玉臺新詠裏，其辭云：

飛來雙白鵠，乃從西北來，十十將五五，羅列行不齊。忽然卒疲病，不能飛相隨。五里一反顧，六里一徘徊。吾欲銜汝去，口噤不能開。吾將負汝去，羽毛日摧頹。樂哉新相知，憂來生別離。峙躇顧羣侶，淚落縱橫垂。

今日樂相樂，延年萬歲期。

此詩又收在樂府詩集裏，其辭頗有異同，我們也抄在這裏：

飛來雙白鵠，乃從西北來。十十五五，羅列行行。妻卒被病，行不能相隨。五里一反顧，六里一徘徊。吾欲銜汝去，口噤不能開。吾欲負汝去，毛羽何摧頹！樂哉新相知，憂來生別離。峙躇顧羣侶，淚下不自知。念與君別離，氣結不能言。各各重自愛，遠道歸還難。妾當守空房，閉門下重關。若生當相見，亡者會黃泉。今日樂相樂，延年萬歲期。

這是漢朝樂府的瑟調歌，曹丕採取此歌的大意，改爲長短句，作爲新樂府臨高臺的一部分。而本辭仍舊流傳在民間，『雙白鵠』已訛成『孔雀』了，但『東南飛』仍保存『從西北來』的原意。曹丕原詩前段有『中有黃鵠往且翻』，『白鵠』也已變成了『黃鵠』。民間歌辭靠口唱相傳，字句的訛錯是免不了的，但『母題』

(Motif)依舊保留不變。故從漢樂府到郭茂倩，這歌辭雖有許多改動，而『母題』始終不變。這個『母題』恰合焦仲卿夫婦的故事，故編孔雀東南飛的民間詩人遂用這一隻歌作引子。最初的引子必不止這十個字，大概至少像這個樣子：

孔雀東南飛，五里一徘徊。吾欲銜汝去，

口噤不能開。吾欲負汝去，毛羽何摧頹！……

流傳日久，這段開篇因爲是當日人人知道的曲子，遂被縮短只剩開頭兩句了。又久而久之，這隻古歌雖然還存在樂府裏，而在民間却被那篇更偉大的長故事詩吞沒了。故徐陵選孔雀東南飛全詩時，開篇的一段也只有這十個字。一千多年以來，這十個字遂成不可解的疑案。然而這十個字的保存究竟給我們留下了一點時代的暗示，使我們知道焦仲卿妻的故事詩的創作大概在雙白鵠的古歌還流傳在民間但已訛成孔雀東南飛的時候；其時代自然在建安之後，但去焦仲卿故事發生之時必不很遠。

第七章　南北新民族的文學

漢朝統一了四百年，到第三世紀就分裂成三國。魏在北方，算是古文明的繼產人。蜀在西方，開化了西部南部的蠻族，在文化史上也占一個地位。最重要的，吳在南方，是楚亡以後，江南江東第一次成獨立的國家；吳國疆土的開拓，文化的提高與傳播，都極重要；因爲吳國的發展就是替後來東晉宋齊梁陳豫備下了一個退步的地方，就是替中國文化豫備下了一塊避難的所在。

司馬氏統一中國，不到二三十年，北中國便發生大亂了。北方雜居的各種新民族——匈奴，鮮卑，羯，氐，羌——一時并起，割據北中國，是爲五胡十六國的時代。中國文化幸虧有東南一角作退步，中原大族多南遷，勉強保存一綫的文明，不致被這一次大擾亂完全毀去。

北方大亂了一百多年，後來鮮卑民族中的拓跋氏起來，逐漸打平了北方諸國。北方才漸漸的有點治安。是爲北魏，又稱北朝。南方東晉以後雖有朝代的變動，但始終不曾有種族上與文化的大變動。東晉以後直到隋朝平陳，是爲南朝。

這個南北分立的時期，有二百年之久；加上以前的五胡十六國時代，加上三國分立的時代，足足有四百年的分裂。這個分裂的時期，是中國文化史上一个最重要的時期。這是中國文明的第一座難關。中國文明雖遭一次大挫折，久而久之，居然能得最後的勝利。東南一角的保存，自不消說了。北方的新民族後來也漸漸的受不住中國文明的魔力，都被同化了。北魏一代，後來完全采用中國的文化，不但禁胡語，廢胡服，改漢姓，娶漢女，還要立學校，正禮樂，行古禮。到了拓跋氏的末年，一班復古的學者得勢，竟處處用周禮，模仿三代以上的文體，竟比南朝的中國文化更帶着古董色彩了。中國文化已經征服了北方的新民族，故到第六世紀北方的隋朝統一南北時，不但有了政治的統一，文化上也容易統一了。

這個割據分裂時代的民間文學，自然是南北新民族的文學。江南新民族本有的吳語文學，到此時代，方才漸漸出現。南方民族的文學的特別色彩是戀愛，是纏綿宛轉的戀愛。北方的新民族多帶著尚武好勇的性質，故北方的民間文學自然也帶著這種氣概。不幸北方新民族的平民文學傳下來的太少了，眞是可惜。有些明明是北朝文學，又被後人誤編入南朝文學裏去了；例如企喩歌，慕容垂歌，隴頭歌，折楊柳歌，本蘭，皆有人名或地名可以證明是北方文學，現在多被收入『梁橫吹曲辭』裏去了。我們現在把他們提出來，便容易看出北方的平民文學的特別色彩是英雄，是慷慨洒落的英雄。

* * * * *

我們先看南方新民族的兒女文學。大子夜歌云：

> 歌謠數百種，子夜最可憐。慷慨吐清音，明轉出天然。

這不但是子夜歌的總評，也可算是南方兒女文學的總引子。晉書樂志云：

吳歌雜曲，並出江東。東晉以來，稍有增廣。

又云：

子夜歌者，女子名子夜造此聲。

子夜歌幾百首，決不是一人所作，大概都是民間所流傳。我們選幾首作例：

宿昔不梳頭，綠髮被兩肩。婉伸郎膝上，何處不可憐？

自從別歡來，奩器了不開。頭亂不敢理，粉拂生黃衣。

朝思出前門，暮思還後渚。語笑向誰道，腹中陰憶汝。

攬枕北窗臥，郎來就儂嬉，喜時多唐突，相憐能幾時！

攬枕未結帶，約眉出前窗。羅裳易飄颺，小開罵春風。

夜長不得眠，轉側聽更鼓。無故歡相逢，使儂肝腸苦。

年少當及時，蹉跎日就老。若不信儂語，但看霜下草。

夜長不得眠，明月何灼灼！想聞歡喚聲，虛應空中諾。

春林花多媚，春鳥意多哀。春風復多情，吹我羅裳開。（以下子夜春歌）

梅花落已盡，柳花隨風散。歎我當春年，無人相要喚。

反覆華簟上，屏帳了不施。郎君未可前，待我整容儀。（子夜夏歌）

自從別歡來，何日不相思？常恐秋葉零，無復連條時。（子夜秋歌）

塗澀無人行，冒寒往相覓。若不信儂時，但看雪上跡。（以下子夜冬歌）

寒鳥依高樹，枯林鳴悲風。爲歡憔悴盡，那得好顏容？

子夜歌之外，還有華山畿幾十首，懊儂歌幾十首，讀曲歌近百首，還有散曲無數。有許多很艷的，如烏夜啼云：

可憐烏臼鳥，彊言知天曙，無故三更啼，歡子冒闇去。

如碧玉歌云：

碧玉破瓜時，郎爲情顛倒。感郎不羞郎，回身就郎抱。

如讀曲歌云：

打殺長鳴雞，彈去烏臼鳥。願得連冥不復曙，一年都一曉。

如華山畿云：

奈何許！天下人何限！慊慊祇爲汝。

不能久長離。中夜憶歡時，抱被空中啼。

啼著曙，淚落枕將浮，身沈被流去。

相送勞勞渚。長江不應滿，是儂淚成許。

又如讀曲歌云：

憶歡不能食。徘徊三路間，因風寄消息。

覓歡敢喚名，念歡不喚字。連喚歡復歡，兩誓不相棄。

折楊柳。百鳥園林啼，道歡不離口。

百花鮮。誰能懷春日，獨入羅帳眠？

逋髮不可料，憔悴爲誰睹？欲知相憶時，但看裙帶緩幾許。

這種兒女艷歌之中，也有幾首的文學技術是很高明的。如上文引的「奈何許」一首是何等經濟的剪裁；『折楊柳』一首也有很好的技術。懊儂歌中的一首云：

懊惱奈何許！夜聞家中論，不得儂與汝。

華山畿裏也有同樣的一首：

未敢便相許。夜聞儂家論，不持儂與汝。

這詩用寥寥的十五個字寫出一件悲劇的戀愛，眞是可愛的技術。這種十三字或十五字的小詩，比五言二十字的絕句體還更經濟。絕句往往須有「湊句」，遠不如這種十三字與十五字的短歌體，可以隨宜長短。

* * * * *

我想以上舉的例，可以代表南朝的兒女文學了。現在且看北方民族的英雄文學。我們所有的材料之中，最可以代表眞正北方文學的是鮮卑民族的敕勒歌。這歌本是鮮卑語，譯成漢文的。歌辭是：

敕勒川，陰山下，
天似穹廬，籠蓋四野。
天蒼蒼，野茫茫，
風吹草低見牛羊。

『風吹草低見牛羊』七個字，眞是神來之筆，何等樸素！何等眞寔！樂府廣題說，北齊高歡攻宇文泰，兵士死去十分之四五，高歡憤怒發病。宇文泰下令道：『高歡鼠子，親犯玉壁。劍弩一發，元凶自斃。』高歡知道了，祇好扶病起坐。他把部下諸貴人都招集攏來，叫斛律金唱敕勒，高歡自和之，以安人心。我們讀這故事，可以想見這篇歌在當日眞可代表鮮卑民族的生活。

我們再舉企喻歌來做例：

男兒欲作健，結伴不須多。鷂子經天飛，羣雀兩向波。

放馬大澤中，草好馬著臕。牌子鐵裲襠，鉅鉾鸐尾條。

前行看後行，齊著鐵裲襠。前頭看後頭，齊著鐵鉅鉾。

這是北方尙武民族的軍歌了。再看瑯琊王歌：

新買五尺刀，懸著中梁柱。一日三摩娑，劇於十五女。

又看折楊柳歌辭，

遙看孟津河，楊柳鬱婆娑。我是虜家兒，不解漢兒歌。

健兒須快馬，快馬須健兒。蹕跋黃塵下，然後別雄雌。

這種雄壯的歌調，與南朝的兒女文學比較起來，自然天地懸隔，怪不得北方新民族要說『我是虜家兒，不解漢兒歌』了！

北方新民族寫痛苦的心境，也祇有悲壯，沒有愁苦。如隴頭歌：

隴頭流水，流離山下。念吾一身，飄然曠野。

朝發欣城，暮宿隴頭。寒不能語，舌卷入喉。

隴頭流水，鳴聲幽咽。遙望秦川，心腸斷絕。

北方平民文學寫兒女的心事，也有一種樸實爽快的神氣，不像江南女兒那樣扭扭捏捏的。我們看折楊柳枝歌．

門前一株棗，歲歲不知老，阿婆不嫁女，那得孫兒抱？

敕敕何力力，女子臨窗織。不聞機杼聲，唯聞女嘆息。

問女何所思，問女何所憶。阿婆許嫁女，今年無消息。

這種天眞爛縵的神氣，確是鮮卑民族文學的特色。

當四世紀初年（東晉太甯元年，三二三），劉曜同西州氐羌的首領陳安作戰，陳安敗走。劉曜差將軍平先丘中伯帶了勁騎去追他。陳安祇帶了十幾騎在路上格戰。他左手奮七尺大刀，右手執丈八蛇矛；敵人離近則他的刀矛齊發．往往殺傷五六人。敵遠了，他就用弓箭左右馳射而走。追來的平先也是一員健將，勇捷如飛，與陳安搏戰三合，奪了他的丈八蛇矛。那時天黑了，又遇大雨，陳安丟了馬匹，爬山嶺，躲在溪澗裏。次日天晴，追兵跟着他們的脚跡，追着陳安，把他殺了。陳安平日很得人心，他死後，隴上民間爲作隴上歌。其辭云：

隴上健兒曰陳安，軀幹雖小腹中寬，愛養將士同心肝。騄驄駿馬鐵鍛鞍，七尺大刀配齊鐶，丈八蛇矛左右盤。十盪十决無當前。
百騎俱出如雲浮，追者千萬騎悠悠。戰始三交失蛇矛，十騎俱盪九騎留。棄我騄驄攀巖幽。天非降雨迫者休。
阿呵嗚呼奈子何！嗚呼阿呵奈子何！(紀事用晉書一百三，歌辭用趙書。)

這也是北方民族的英雄文學。這種故事詩體也可以同上章所說互相印證。傅玄的年代與劉曜陳安相去很近。傅玄的秦女休行有『義聲馳雍涼』的話，大概秦女休的故事詩也起于西北方，也許是北方民族的故事。

故事詩也有南北的區別。日出東南隅似是南方的故事詩，秦女休便是北方殺人報仇的女英雄歌了。孔雀東南飛是南方的故事詩，木蘭辭便是北方代父從軍的女英雄歌了。

北方的平民文學的最大傑作是木蘭辭，我們先抄此詩全文，分段寫如下：

喞喞復喞喞，木蘭當戶織。不聞機杼聲，惟聞女嘆息。問女何所思，問女何所憶。『女亦無所思，女亦無所憶。昨夜見軍帖，可汗大點兵，軍書十二卷，卷卷有耶名。阿耶無大兒，木蘭無長兄，願為市鞍馬，從此替耶征。」

東市買駿馬，西市買鞍韉，南市買轡頭，北市買長鞭。旦辭耶孃去，暮宿黃河邊，不聞耶孃喚女聲，但聞黃河流水聲濺濺。旦辭黃河去，暮宿黑山頭；不聞耶孃喚女聲，但聞燕山胡騎聲啾啾。

萬里赴戎機，關山度若飛。朔氣傳金柝，寒光照鐵衣。將軍百戰死，壯士十年歸。

歸來見天子，天子坐明堂，策勳十二轉，賞賜百千強。可汗問所欲，

『木蘭不用尚書郎，願借明駝千里足，送兒還故鄉。』

耶娘聞女來，出郭相扶將。阿姊聞妹來，當戶理紅妝。小弟聞姊來，磨刀霍霍向猪羊。開我東閣門，坐我西間牀。脫我戰時袍，著我舊時裳。當窗理雲鬢，對鏡貼花黃。出門看火伴，火伴始驚惶：『同行十二年，不知木蘭是女郎。』

雄兎脚撲朔，雌兎眼迷離。兩兎傍地走，安能辨我是雄雌？

我要請讀者注意此詩起首『喞喞復喞喞，木蘭當戶織，不聞機抒聲，惟聞女歎息。問女何所思，問女何所憶』六句與上文引的折楊柳枝歌中間『敕敕何力力』六句差不多完全相同。這不但可見此詩是民間的作品，並且還可以推知此詩創作的年代大概和折楊柳枝歌相去不遠。這種故事詩流傳在民間，經過多少演變，後來引起了文人的注意，不免有改削潤色的地方。如中間『朔氣傳金柝，寒光照鐵衣』便不像民間的作風，大概是文人改作的。也許原文的中間有描寫木蘭的戰功的一長段或幾長段，文人嫌他拖沓，删去這一段，僅僅把『萬里赴戎機，關山度若飛』兩句總寫木蘭的跋涉；把『將軍百戰死，壯士十年歸』兩句總寫他的戰功；而文人手癢，忍不住又夾入這一聯的詞藻。

北方文學之中，祗有一篇貴族文學可以算是白話文學。這一篇是北魏胡太后爲他的情人楊華做的楊白花。胡太后愛上了楊華，逼迫他做了他的情人，楊華怕禍，逃歸南朝。太后想念他 作了這歌，使宮人連臂蹋足同唱。歌辭是：

陽春二三月，楊柳齊作花。春風一夜入閨闥，楊花飄蕩落南家。含情出戶脚無力，拾得楊花淚沾臆。秋去春還雙燕子，願銜楊花入窠裏！

這已是北方民族被中國文明軟化後的文學了。

第八章　唐以前三百年中的文學趨勢

——三〇〇——六〇〇——

漢魏之際，文學受了民歌的影響，得着不少新的生機，故能開一個新局面。但文學雖然免不了民衆化，而一點點民衆文學的力量究竟抵不住傳統文學的權威。故建安正始以後，文人的作品仍舊漸漸回到古文學的老路上去。

我們在第四章裏已略述散文受了辭賦的影響逐漸傾向駢儷的體裁。這個「辭賦化」與「駢儷化」的傾向到了魏晉以下更明顯了，更急進了。六朝的文學可說是一切文體都受了辭賦的籠罩，都「駢儷化」了。論議文也成了辭賦體，紀敘文（除了少數史家）也用了駢儷文，抒情詩也用駢偶，紀事與發議論的詩也用駢偶，甚至于描寫風景也用駢偶。故這個時代可說是一切韻文與散文的駢偶化的時代。

我們試舉西晉文壇領袖陸機（死于三〇三）的作品爲例。陸機作文賦，是一篇論文學原理的文字，這個題目便該用散文作的，他却通篇用賦體。其中一段云：

……其始也，皆收視反聽，耽思傍訊，精騖八極，心遊萬仞。其致也，情曈曨而彌鮮，物昭晣而互進；傾羣言之瀝液，漱六藝之芳潤；浮天淵以安流，濯下泉而潛浸。於是沈辭怫悅，若游魚銜鉤而出重淵之深，浮藻連翩，若翰鳥嬰繳而墜層雲之峻。收百世之闕文，採千載之遺韻。謝朝華於已披，啟夕秀於未振。觀古今之須臾，撫四海於一瞬。……

這種文章，讀起來很順口，也很順耳，只是讀者不能確定作者究竟說的是什麼東西。但當時的風尙如此，議論的文章往往作賦體；即使不作賦體，如葛洪的抱朴子，如劉勰的文心雕龍，如鍾嶸的詩品，也都帶着許多的駢文偶句。

在記事文的方面，幾個重要史家如陳壽范曄之流還能保持司馬遷班固的散文遺風。但史料的來源多靠傳記碑誌，而這個時代的碑傳文字多充分地駢偶化了，事跡被詞藻所隱蔽，讀者至多只能猜想其大概，既不能正確，又不能詳細　文體之壞，莫過于此了。

在韻文的方面，駢偶化的趨勢也很明顯。大家如陸機竟有這樣惡劣的詩句：

逝矣經天日，悲哉帶地川！（長歌行）

遼矣垂天景，壯哉奮地雷！（析楊柳）

本來說話裏也未嘗不可有對偶的句子，故古民歌裏也有『新人工織縑，故人工織素；織縑日一匹，織素五丈餘』的話，那便是自然的對偶句子。現代民歌裏也有『上床要人背，下床要人馱』，那也是自然的對偶。但說話做文做詩若專作對偶的句子，或專在對仗的工整上做工夫，那就是走了魔道了。

陸機同時的詩人左思是個有思想的詩人，故他的詩雖然也帶點駢偶，却不討人厭。如他的詠史八首之一云：

鬱鬱澗底松，離離山上苗。以彼徑寸莖，蔭此百尺條。世胄躡高位，英俊沈下僚。地勢使之然，由來非一朝。金張藉舊業，七葉珥漢貂。馮公豈不偉，白首不見招。（金張是漢時的外戚。馮公指馮唐。）

左思有嬌女詩，卻是用白話做的。首段云：

吾家有嬌女，皎皎頗白晰。小字為紈素，口齒自清歷。鬢髮覆廣額，雙耳似連璧。明朝弄梳臺，黛眉類掃迹。濃朱衍丹唇，黃吻爛漫赤。……

中間一段云：

馳騖翔園林，果下皆生摘。江葩綴紫蔕，萍實驟抵擲。貪花風雨中，胂（眒）忽數百適。……

結語云：

任其孺子意，羞受長者責。瞥聞當與杖，掩淚俱向壁。（詩中寫兩個女兒，紈素與蕙芳，故說『俱向壁』。）

又同時詩人程曉，是傅玄的朋友，也曾有一首白話詩，題為嘲熱客：

平生三伏時，道路無行車。閉門避暑臥，出入不相過。今世褦襶子，觸熱到人家。主人聞客來，蹙頞『奈此何』！謂當起行去，安坐正跰跨。所說無一急，嗒嗒一何多？疲瘠向之久，甫問『君極那』？搖扇髀中痛，流汗正滂沱。莫謂為小事，亦是一大瑕 傳戒諸高明，熱行宜見呵。

大概當時並不是沒有白話詩，應璩左思程曉都可以為證。但當日的文人受辭賦的影響太大了，太久了，總不肯承認白話詩的地位。後世所傳的魏晉時人的幾首白話詩都不過是嘲笑之作，游戲之筆，如後人的『打油詩』。作正經鄭重的詩歌是必須擺起周頌大雅架子的，如陸機贈弟詩：

於穆予宗，稟精東岳，誕育祖考，造我南國。南國克靖，實繇洪績。維帝念功，載繁其錫。……

其次，至少也必須打着駢偶的調子，如張協的雜詩：

大火流坤維，白日馳西陸。浮陽映翠林，迴飆扇綠竹。飛雨灑朝蘭，輕露棲叢菊。龍蟄暄氣凝，天高萬物肅。弱條不重結，芳蕤豈再馥？人生瀛海內，忽如鳥過目。川上之歎逝，前修以自勗。

十四行之中，十行全是對仗！

鍾嶸說：

> 永嘉時(三〇七—三一三)，貴黃老，稍尚虛談。于是篇什，理過其辭，淡乎寡味。爰及江表(西晉亡于三一六，元帝在江南建國，是爲東晉)，微波尚傳。孫綽，許詢，桓庾諸公詩皆平典似道德論。(魏時何晏作道德論)建安風力盡矣。

許詢的詩今不傳了。(丁福保全晉詩只收他的四句詩。)桓溫庾亮的詩也不傳于後。日本殘存的唐朝編纂的文館詞林卷一百五十七(董康影印本)載有孫綽的詩四首，很可以表示這時代的玄理詩的趨勢。如他贈溫嶠詩的第一段云：

> 大樸無像，鑽之者鮮。玄風雖存，微言靡演。邈矣哲人，測深鈎緬。誰謂道遼，得之無遠。

如答許詢的第一段云：

仰觀大造，俯覽時物。機過患生，吉凶相拂。智以利昏，識由情屈。野有寒枯，朝有炎鬱。失則震驚，得必充詘。

又如贈謝安的第一段云：

緬哉冥古，邈矣上皇。夷明太素，結紐靈綱。不有其一，二理曷彰？幽源散流，玄風吐芳。芳扇則歇，流引則遠。樸以雕殘，實由英翦。（翦字原作前。從丁福保校改。）

大概這個時代的玄理詩不免都走上了抽象的玄談的一路，並且還要勉力學古簡，故結果竟不成詩，只成了一些談玄的歌訣。

只有一個郭璞（死于三二二）頗能打破這種抽象的說理，改用具體的寫法。他的四言詩也不免犯了抽象的毛病，如他的與王使君的末段云：

靡竭匪浚，靡頹匪隆。持貴以降，挹滿以沖。……（他的四言詩也保存在文館詞林卷一五七裏。）

但他的五言的遊仙詩便不同了。遊仙的第二首云：

青谿千餘仞，中有一道士。雲生梁棟間，風出窗戶裏。借問此何誰，云是鬼谷子。翹跡企潁陽（指許由），臨河思洗耳。『閶闔』（秋風爲閶闔風）西南來，潛波渙鱗起。靈妃顧我笑，粲然啟玉齒。蹇修時不存，要之將誰使？

第四首云：

六龍安可頓？運流有代謝。時變感人思，已秋復願夏。淮海變微禽，吾生獨不化，雖欲騰丹谿，雲螭非我駕。愧無魯陽德，迴日向三舍。臨川哀逝年，撫心獨悲吒。

第三首云：

翡翠戲蘭苕，容色更相鮮。綠蘿結高林，蒙籠蓋一山。中有冥寂士，靜嘯撫清絃。放情凌霄外，嚼蘂挹飛泉。赤松臨上游，駕鴻乘紫烟。左挹浮丘袖，右拍洪崖肩。借問蜉蝣輩，安知龜鶴年？

這些詩裏固然也談玄說理，却不是抽象的寫法。鍾嶸詩品說郭璞『始變永嘉平淡之體，故爲中興第一』。劉勰也說，『景純（郭璞字景純）艷逸，足冠中興』。所謂『平淡』，只是太抽象的說理；所謂『艷逸』，只是化抽象的爲具體的。本來說理之作宜用散文。兩漢以下，多用賦體。用詩體來說理，本不容易。應璩孫綽的失敗，都由于不能用具體的寫法。凡用詩體來說理，意思越抽象，寫法越應該具體。仲長統的述志詩與郭璞的遊仙詩所以比較可讀，都只因爲他們能運用一些鮮明艷逸的具體象徵來達出一兩個抽象的理想。左思的詠史也頗能如此。

* * * * *

兩晉的文學大體只是一班文匠詩匠的文學。除去左思郭璞少數人之外，所謂『三張，二陸，兩潘』（張載與弟協，亢；陸機與弟雲；潘岳與姪尼），都只是文匠詩匠而已。

然而東晉晚年却出了一個大詩人陶潛（本名淵明，字元亮，死于四二七年）。陶潛是自然主義的哲學的絕好代表者。他的一生只行得『自然』兩個字。他自己作了一篇五柳先生傳，替自己寫照：

> 先生不知何許人，不詳姓字；宅邊有五柳樹，因以爲號焉。閑靜少言，不慕榮利。好讀書，不求甚解；每有會意，欣然忘食。性嗜酒，而家貧不能恆得。親舊知其如此，或置酒招之，造飲必盡，期在必醉；既醉而退，曾不吝情。環堵蕭然，不蔽風日，短褐穿結，簞瓢屢空，——晏如也。常著文章自娛，頗示己志，忘懷得失，以此自終。

陶潛的詩在六朝文學史上可算得一大革命。他把建安以後一切辭賦化，駢偶化，古典化的惡習氣都掃除的乾乾淨淨。他生在民間，做了幾次小官，仍舊回到民間。史家說他歸家以後『未嘗有所造詣，所之唯至田舍及廬山游觀而已』。(晉書九十四)他的環境是產生平民文學的環境；而他的學問思想却又能提高他的作品的意境。故他的意境是哲學家的意境，而他的言語却是民間的言語。他的哲學又是他實地經驗過來的，平生實行的自然主義，並不像孫綽支遁一班人只供揮麈清談的口頭玄理。所以他儘管做田家語，而處處有高遠的意境；儘管做哲理詩，而不失爲平民的詩人。鍾嶸詩品說他

> 其原出于應璩，又協左思風力。文體省淨，殆無長語。篤意眞古，辭興婉愜。每觀其文，想其人德。至如『歡言酌春酒』，『日暮天無雲』，風華清靡，豈直爲田家語耶？古今隱逸詩人之宗也。

鍾嶸雖然把陶潛列在中品，但這幾句話却是十分推崇他。他說陶詩出于應璩左思，也有一點道理。應璩是做白話諧詩的（說見第五章），左思也做過白話的諧詩。陶潛的白話詩，如責子，如挽歌，也是詼諧的詩，故鍾嶸說他出于應璩。其實陶潛的詩只是他的天才與環境的結果，同那『拙樸類措大語』的應璩未必有什麼淵源的關係。不過我們從歷史的大趨勢看來，從民間的俗謠到有意做『諧』詩的應璩左思程曉等，從『拙樸』的百一詩到『天然去雕飾』的陶詩，——這種趨勢不

能說是完全偶然的。他們很淸楚地指點出中國文學史的一個自然的趨勢，就是白話文學的衝動。這種衝動是壓不住的。做聖主得賢臣頌的王褒竟會做白話的僮約，做三都賦的左思竟會做白話的嬌女詩，在那詩體駢偶化的風氣最盛的時代裏竟會跳出一個白話詩人陶潛：這都足以證明那白話文學的生機是誰也不能長久壓抑下去的。

我們選陶潛的白話詩若干首附在下面：

歸田園居　二首

少無適俗韻，性本愛丘山。誤落塵網中，一去三十年。羈鳥戀舊林，池魚思故淵。開荒南野際，守拙歸園田。方宅十餘畝，草屋八九間。榆柳蔭後園，桃李羅堂前。曖曖遠人村，依依墟里煙。狗吠深巷中，鷄鳴桑樹巔。戶庭無塵雜，虛室有餘閑。久在樊籠裏，復得返自然。

（二）

種豆南山下，草盛豆苗稀。晨興理荒穢，帶月荷鋤歸。道狹草木長，夕露沾我衣。衣沾不足惜，但使願無違。

庚戌歲九月中於西田穫早稻

人生歸有事，衣食固其端　孰是都不營，而以求自安？開春理常業，歲功聊可觀。晨出肆微勤，日入負禾還。山中饒霜露，風氣亦先寒。田家豈不苦？弗獲辭此難。四體誠乃疲，庶無異患干。盥濯息簷下，斗酒散勌顏。遙遙沮溺心，千載乃相關。但願長如此，躬耕非所歎。

飲酒　三首

道喪向千載，人人惜其情，有酒不肯飲，但顧世間名。所以貴我身，豈不在一生？一生復能幾？倏如流電驚。鼎鼎百年內，持此欲何成？

（二）

結廬在人境，而無車馬喧。問君何能爾，心遠地自偏。採菊東籬下，悠然見南山。山氣日夕佳，飛鳥相與還，此中有眞意，欲辨已忘言。

（三）

故人賞我趣，挈壺相與至。班荊坐松下，數斟已復醉。父老雜亂言，觴酌失行次。不覺知有我，安知物爲貴？悠悠迷所留，酒中有深味。

擬古

日暮天無雲，春風扇微和。佳人美清夜，達曙酣且歌。歌竟長歎息，持此感人多。皎皎雲間月，灼灼葉中華，豈無一時好？不久當如何？

讀山海經

孟夏草木長，遶屋樹扶疏。衆鳥欣有託，吾亦愛吾廬。既耕亦已種，時還讀我書。窮巷隔深轍，頗迴故人車。歡然酌春酒，摘我園中蔬。微雨從東來，好風與之俱。汎覽周王傳，流觀山海圖。俯仰終宇宙，不樂復何如？

責子

白髮被兩鬢，肌膚不復實。雖有五男兒，總不好紙筆。阿舒已十六，懶惰故無匹。阿宣行志學，而不愛文術。雍端年十三，不識六與七。通子垂九齡，但覓梨與栗。——天運苟如此，且進杯中物。

挽歌辭

有生必有死，早終非命促。昨暮同爲人，今旦在鬼錄。魂氣散何之？枯形寄空木 嬌兒索父啼，良友撫我哭。得失不復知，是非安能覺？千秋萬歲後，誰知榮與辱？但恨在世時，飲酒不得足。

* * * * *

劉宋一代（四二〇—四七八）號稱文學盛世。但向來所謂元嘉（文帝年號，四二四—四五三）文學的代表者謝靈運與顏延之實在不很高明。顏延之是一個庸才，他的詩毫無詩意；鮑照說他的詩像『鋪錦列繡，亦雕繢滿眼』，鍾嶸說他『喜用古事，彌見拘束』，都是很不錯的批評。謝靈運是一個佛教徒，喜歡游玩山水，故他的詩開『山水』的一派。劉勰說：

> 宋初文詠，莊老告退而山水方滋。儷采百字之偶，爭價一句之奇。情必極貌以寫物，辭必窮力而追新。

但他受辭賦的影響太深了，用駢偶的句子來描寫山水，故他的成績並不算好。我們只選一首比較最好的詩——石壁精舍還湖中作：

> 昏旦變氣候，山水合清暉。清暉能娛人，遊子憺忘歸。出谷日尙早，入舟陽已違。林壑斂暝色，雲霞收夕霏。芰荷迭映蔚，蒲稗相因依。披拂趨南逕，愉悅偃東扉。慮澹物自輕，意愜理無違。寄言攝生客，試用此道推。

此詩全是駢偶，而『出谷』一聯與『披拂』一聯都是惡劣的句子。其實『山水』一派應該以陶潛爲開山祖師。謝靈運有意做山水詩，却只能把自然界的景物硬裁割成駢儷的對子，遠不如陶潛眞能欣賞自然的美：『此中有眞意，欲辨已忘言』，這才是『自然詩人』(*Nature-poets*)的大師。後來最著名的自然詩人如王維孟浩然陸游范成大楊萬里等，都出于陶，而不出于謝。

當時的最大詩人不是謝與顏，乃是鮑照。鮑照是一個有絕高天才的人；他二十歲時作行路難十八首，才氣縱橫，上無古人，下開百代。他的成就應該很大。可惜他生在那個纖弱的時代，矮人隊裏不容長人出頭，他終于不能不壓抑他的天才，不能不委屈牽就當時文學界的風尚。史家說那時宋文帝方以文章自高，頗多忌，故鮑照的作品不敢盡其才。鍾嶸也說，『嗟其才秀人微，故取湮當代。』鍾嶸又引羊曜璠的話，說顏延之『忌鮑之文，故立休鮑之論。』休是惠休，本是和尚，文帝叫他還俗，復姓湯。顏延之瞧不起惠休的詩，說『惠休製作，委巷中歌謠耳。』顏延之這樣輕視惠休，却又把鮑照比他，可見鮑照在當日受一班傳統文人的妬忌與排擠。鍾嶸也說他『貴尙巧似，不避危仄，頗傷淸雅之調。故言險俗者，多以附照。』鮑照的天才不但『取湮當代』，到了身後，還蒙『險俗』的批評。

其實『險』只是說他才氣放逸，『俗』只是說他不避白話，近于『委巷中歌謠』。古代民歌在建安正始時期已發生了一點影響，只為辭賦的權威太大，曹氏父子兄弟多不能充分地民歌化。鮑照受樂府民歌的影響最大，故他的少年作品多顯出模倣樂府歌行的痕跡　他模倣樂府歌辭竟能『巧似』，故當時的文人嫌他『頗傷清雅』，說他『險俗』。直到三百年後，樂府民歌的影響已充分地感覺到了，才有李白杜甫一班人出來發揚光大鮑照開闢的風氣。杜甫說『俊逸鮑參軍』。三百年的光景，『險俗』竟變成了『俊逸』了！這可見鮑照是個開風氣的先鋒；他在當時不受人的賞識，這正是他的偉大之處。

鮑照的詩：

代結客少年場行

驄馬金絡頭，錦帶佩吳鉤。失意杯酒間，白刃起相讎。追兵一旦至，負劍遠行遊。去鄉三十載，復得還舊丘。升高臨四關，表裏望皇州。九衢平若水，雙闕似雲浮。扶宮羅將相，夾道列王侯。日中市朝滿，車馬若川流。擊鐘陳鼎食，方駕自相求。今我獨何爲，埳壈懷百憂？

擬行路難 十八首之五

奉君金巵之美酒，瑇瑁玉匣之彫琴，七采芙蓉之羽帳，九華葡萄之錦衾。紅顏零落歲將暮，寒花宛轉時欲沉 願君裁悲且減思，聽我抵節行路吟。不見柏梁銅雀上，寧聞古時清吹音？

（二）

璿閨玉墀上椒閣，文窗綺戶垂繡幕。中有一人字金蘭，被服纖羅蘊芳藿。春燕差池風散梅，開帷對影弄禽爵。（禽爵只是禽雀。丁福保說當作金爵，謂金爵釵也。似未爲當。）含歌攬淚不能言，人生幾時得爲樂？寧作野中之雙鳧，不願雲間之別鶴！

（三）

瀉水置平地，各自東西南北流。人生亦有命，安能行歎復坐愁？酌酒以自寬，舉杯斷絕歌路難。心非木石豈無感？吞聲躑躅不能言。

（四）

對案不能食，拔劍擊柱長歎息：『丈夫生世會幾時？安能蹀躞垂羽翼？』棄置罷官去，還家自休息。朝出與親辭，暮還在親側。弄兒牀前戲，看婦機中織。自古聖賢盡貧賤，何況我輩孤且直！

（五）

愁思忽而至，跨馬出北門，舉頭四顧望，但見松柏園。荊棘鬱蹲蹲，中有一鳥名杜鵑，言是古時蜀帝魂，聲音哀苦鳴不息，羽毛憔悴似人髡，飛走樹間啄蟲蟻，豈憶往日天子尊？念此死生變化非常理，中心惻愴不能言。

代淮南王

朱城九門門九開。願逐明月入君懷。入君懷，結君佩，怨君恨君恃君愛。築城思堅劍思利，同盛同衰莫相棄。

代雉朝飛

雉朝飛，振羽翼，專場挾雌恃強力。媒已驚，翳又逼，蒿間潛彀盧矢直。刎繡頸，碎錦臆，絕命君前無怨色。握君手，執杯酒，意氣相傾死何有！

鮑照的詩裏很有許多白話詩，如行路難末篇的『但願樽中九醞滿，莫惜牀頭百個錢』之類。所以同時的人把他比惠休。惠休的詩傳世甚少，但顏延之說他的詩是『委巷中歌謠』，可見他的詩必是白話的或近于白話的。我們抄他的白紵歌一首：

少年窈窕舞君前，容華豔豔將欲然。爲君嬌凝復遷延，流目送笑不敢前。長袖拂面心自煎，願君流光及盛年。

這很不像和尚家說的話，在惠休之後，有個和尚寶月，却是一個白話詩人。我們抄他的詩三首：

估客樂

郎作十里行，儂作九里送。拔儂頭上釵，與郎資路用。

（二）

有信數寄書，無信心相憶。莫作瓶落井，一去無消息。

（三）

大艑珂峨頭，何處發揚州？借問艑上郎，見儂所歡不？

• • • • •

鍾嶸評論元嘉以後文人趨向用典的風氣云：

夫屬詞比事乃爲通談。若乃經國文符，應資博古；撰德駁奏，宜窮往烈。

至乎吟詠情性，亦何貴於用事。『思君如流水』既是即目；『高臺多悲風』亦惟所見；『清晨登隴首』羌無故實；『明月照積雪』詎出經史？觀古今勝語多非補假，皆由直尋。顏延之謝莊尤爲繁密，于時化之。故大明泰始（宋武帝明帝年號，四五七—四七二）中，文章殆同書抄。近任昉王元長（王融）等詞不貴奇，競須新事；爾來作者寖以成俗，遂乃句無虛語，語無虛字，拘攣補納，蠹文已甚。

他又評論齊梁之間注重聲律的風氣道：

古曰詩頌，皆被之金竹，故非調五音無以諧會。……三祖（魏武帝，文帝，明帝）之詞，文或不工，而韻入歌唱，此重音韻之義也。與世之言宮商異矣。今既不被管絃，亦何取于聲律耶？齊有王元長者……創其首，謝朓沈約揚其波。三賢咸貴公子孫，幼有文辯？于是士流景慕，務爲精密，襞積細微，專相陵架，故使文多拘忌，傷其眞美。余謂文製本須諷讀，不可蹇礙；但令清濁通流，口吻調利，斯爲足矣。至平上去入，則余病未能；蜂腰鶴膝，閭里已具。（末四字不可解。）

南齊書陸厥傳也說：

永明（四八三—四九三）末，盛爲文章。吳興沈約，張郡謝朓，琅琊王融以氣類相推轂。河南周顒善識聲韻。爲文皆用宮商，以平上去入爲四聲，以此製韻。有『平頭』，『上尾』，『蜂腰』，『鶴膝』。五字之中，音韻悉異，兩句之中，角徵不同，不可增減。世呼爲『永明體』。

沈約在宋書謝靈運傳裏說：

五色相宜，八音協暢，由乎玄黃律呂各適物宜。欲使宮羽相變，低昂舛節，若前有浮聲，則後須切響。一簡之內，音韻盡殊；兩句之中，輕重悉異。妙達此旨，始可言文。

這是永明文學的重要主張。文學到此地步，可算是遭一大刼。史家說：

宋明帝博好文章，……每有禎祥及遊幸讌集，輒陳詩展義，且以命朝臣。其戎士武夫則請託不暇，困於課限，或買以應詔焉。於是天下向風，人自藻飾，雕蟲之藝盛於時矣。

皇帝提倡于上，王融沈約謝朓一班人鼓吹于下，於是文學遂成了極端的機械化。

試舉沈約的一首早發定山詩做個例：

夙齡愛遠壑，晚蒞見奇山。標峯綵虹外，置嶺白雲間。傾壁忽斜豎，絕頂復孤圓。歸流海漫漫，出浦水濺濺。野棠開未落，山櫻發欲然。忘歸屬蘭杜，懷祿寄芳荃。 眷言采三秀，徘徊望九仙。

這種作品只算得文匠變把戲，算不得文學。但沈約王融的聲律論卻在文學史上發生了不少惡影響。後來所謂律詩只是遵守這種格律的詩。駢偶之文也因此而更趨向嚴格的機械化。我們要知道文化史上自有這種怪事。往往古人走錯了一條路，後人也會將錯就錯，推波助瀾，繼續走那條錯路。譬如纏小脚本是一件最醜惡又最不人道的事，然而居然有人模倣，有人提倡，到一千年之久。駢文與律詩正是同等的怪現狀。

* * * * *

但文學的新時代快到了。蕭梁（五〇二—五五四）一代很有幾個文學批評家，他們對于當時文學上的幾種機械化的趨勢頗能表示反對的批評。鍾嶸的議論已引在上文了。蕭綱（簡文帝）爲太子時，曾有與弟湘東王繹書，評論文學界的流弊，略云：

> 此聞京師文體懦鈍殊常，競學浮疏，爭爲闡緩，……既殊比興，正背風騷。……未聞吟詠情性，反擬內則之篇，操筆寫志，更摹酒誥之作；『遲遲春日』翻學歸藏，『湛湛江水』遂同大傳。吾既拙于爲文，不敢輕有掎摭。但以當世之作，歷方古之才人，……觀其遺辭用心，了不相似。若以今文爲是，則古文爲非；若昔賢可稱，則今體宜棄。……

梁時又有史家裴子野著有雕蟲論，譏評當日的文學家，說他們其興浮，其志弱，巧而不要，隱而不深。……荀卿有言，『亂世之徵，文章匿而采』。斯豈近之乎？

『巧而不要，隱而不深』，這八個字可以抹倒六朝時代絕大部分的文學。

最可怪的是那主張聲律論最有力的沈約也有『文章三易』之論！他說：

文章當從三易：易見事，一也；易識字，二也；易讀誦，三也。（見顏氏家訓）

沈約這話在當時也許別有所指：『易見事』也許即是邢子才所謂『用事不使人覺』；『易讀誦』也許指他的聲律論。但沈約居然有這種議論，可見風氣快要轉變了。

這五六百年中的樂府民歌到了這個時候應該要發生影響了。我們看蕭梁一代（五〇二—五五四）幾個帝王倣作的樂府，便可以感覺文學史的新趨勢了。蕭衍（武帝）的樂府裏顯出江南兒女艷歌的大影響。如他的子夜歌：

恃愛如欲進，含羞未肯前。朱口發艷歌，玉指弄嬌絃。

階上香入懷，庭中草照眼。春心一如此，情來不可限。

如他的歡聞歌：

艷艷金樓女，心如玉池蓮。持底報郎恩？俱期遊梵天。（「底」是「什麼」。）

這都是模仿民間艷歌之作。

他的兒子蕭綱（簡文帝）也做了不少的樂府歌辭。如生別離：

別離四絃聲，相思雙笛引。一去十三年，復無好音信。

如春江曲：

客行祗念路，相爭度京口。誰知堤上人，拭淚空搖手？

如烏棲曲：

浮雲似帳月如鉤。那能夜夜南陌頭！宜城醞酒今行熟，莫惜停鞍暫棲宿。

青牛丹轂七香車，可憐今夜宿娼家。高樹烏欲棲，羅幃翠帳向君低。

如江南弄中的兩首：

江南曲

枝中木上春併歸。長楊掃地桃花飛。清風吹人光照衣。光照衣，景將夕。擲黃金，留上客。

龍笛曲

金門玉堂臨水居，一嚬一笑千萬餘。遊子去還願莫疎。願莫疎，意何極？雙鴛鴦，兩相憶。

這樣仿作民歌的風氣至少有好幾種結果：第一是對于民歌的欣賞。試看梁樂府歌辭之多，便是絕好證據。又如徐陵在梁陳之間編玉臺新詠，收入民間歌辭很多。我們拿玉臺新詠來比較那早幾十年的文選，就可以看出當日文人對於民歌的新欣賞了。文選不曾收孔雀東南飛，而玉臺新詠竟把這首長詩完全採入，這又可

在這些詩裏，我們很可以看出民歌的大影響了。

見民歌欣賞力的進步了。第二是詩體的民歌化的趨勢。宋齊梁陳的詩人的『小詩』，如自君之出矣一類，大概都是模仿民間的短歌的。梁以後，此體更盛行，遂開後來五言絕句的體裁。如蕭綱的小詩：

愁閨照鏡

別來顦顇久，他人怪顏色。只有匣中鏡，還持自相識。

如何遜的小詩：

爲人妾怨

燕戲還簷際，花飛落枕前。寸心君不見，拭淚坐調絃

秋閨怨

閨閣行人斷，房櫳月影斜。誰能北窗下，獨對後園花？

如江洪的小詩：

詠美人治粧

上車畏不妍，顧盼更斜轉，大愄畫眉長，猶言顏色淺。

隱士陶弘景（死于五三六）有答詔問山中何所有的一首詩：

山中何所有？嶺上多白雲。只可自怡悅，不堪持增君。

這竟是一首嚴格的『絕句』了。

陳叔寶（後主，五八三—五八九）是個風流天子。史家說他每引賓客對貴妃等遊宴，使諸貴人及女學士與狎客共賦新詩，互相贈答。其中有最艷麗的詩，往往被選作曲詞，製成曲調，選幾百個美貌的宮女學習歌唱，分班演奏；在這個環境裏產出的詩歌應該有民歌化的色彩了。果然後主的詩很有民歌的風味。我們略舉幾首作例：

三婦艷詞

大婦西北樓，中婦南陌頭。小婦初粧點，回眉對月鉤。可憐還自覺，人看反更羞。（可憐卽是可愛，古詩中「憐」字多如此解。）

大婦愛恒偏，中婦意長堅。小婦獨嬌笑，新來華燭前。新來誠可惑，爲許得新憐。

大婦正當壚，中婦裁羅襦。小婦獨無事，淇上待吳姝。鳥歸花復落，欲去卻踟蹰。

三婦艷詞起於古樂府長安有狹邪行，齊梁詩人最喜歡仿作這曲辭，或名中婦織流黃，或名相逢狹路間，或名三婦艷詩，或名三婦艷，或名擬三婦，詩中『母題』(*Motif*)大抵相同，先後共計有幾十首，陳後主一個人便做了十一首，這又可見仿作民歌的風氣了。後主又有：

舞媚娘

春日好風光，尋觀向市傍。轉身移佩響，牽袖起衣香。

自君之出矣

自君之出矣，房空帷幌輕。思君如晝燭，懷心不見明。

自君之出矣，綠草遍階生。思君如夜燭，垂淚著雞鳴。

烏棲曲

合歡襦薰百和香，牀中被織兩鴛鴦。烏啼漢沒天應曙，只持懷抱送君去。

東飛伯勞歌

池側鴛鴦春日鶯，綠珠絳樹相逢迎。誰家佳麗過淇上，翠釵綺袖波中漾。

雕鞍繡戶花恆發，珠簾玉砌移明月。年時二七猶未笄，轉顧流盼鬟鬢低。

風飛蕊落將何故？可惜可憐空擲度。

* * * * *

後主的樂府可算是民歌影響的文學的代表。他同時的詩人陰鏗的『律詩』可算是『聲律論』產生的文學的成功者。永明時代的聲律論出來以後，文人的文學受他不少的影響，駢偶之上又加了一層聲律的束縛，文學的生機被他壓死了。逃死之法只有拋棄這種枷鎖鐐栲，充分地向白話民歌的路上走。但這條路是革命的路，只有極少數人敢走的。大多數的文人只能低頭下心受那時代風尙的拘禁，呑聲忍氣地牽就那些拘束自由的枷鎖鐐銬，且看在那些枷鎖鐐銬之下能不能尋着一點點範圍以內的自由。有天才的人，在工具已用的純熟以後，也許也能發揮一點天才，產出一點可讀的作品。正如踹高蹻的小旦也會作迴旋舞，八股時文也可作游戲文章。有人說的好：『只是人才出八股，非關八股出人才。』駢文律詩裏也出了不少詩人，正是這個道理。聲律之論起來之後，近百年中，很少能做好律詩的。沈約范雲自己的作品都不見高明。梁朝只有何遜做的詩偶然有好句子，如他的日夕出富陽浦口和朗公：

客心愁日暮，徒倚空望歸。山煙涵樹色，江水映霞暉。獨鶴凌空逝，雙鳧出浪飛。故鄉千餘里，茲夕寒無衣。

到了陰鏗，遂更像樣了。我們抄幾首，叫人知道『律詩』成立的時代：

登樓望鄉

懷土臨霞觀，思歸望石門。瞻雲望鳥道，對柳憶家園。寒田穫裏靜，野日燒中昏。信美今何益，傷心自有源。

晚出新亭

大江一浩蕩，離悲足幾重！潮落猶如蓋，雲昏不作峯。遠戍唯聞鼓，寒山但見松。九十方稱半，歸途詎有蹤？

晚泊五洲

客行逢日暮，結纜晚洲中。戍樓因磯險，村路入江窮。水隨雲度黑，山帶日歸紅。遙憐一柱觀，欲輕千里風。

這不是舊日評詩的人所謂『盛唐風格』嗎？其實所謂盛唐律詩只不過是極力模仿何遜陰鏗而得其神似而已！杜甫說李白的詩道：

李侯有佳句，往往似陰鏗。

杜甫自己也說：

孰知二謝能將事，頗學陰何苦用心。

盛唐律體的玄妙不過爾爾，不過如杜甫說的『恐與齊梁作後塵』而已。

然而五六百年的平民文學，——兩漢三國南北朝的民間歌辭——陶潛鮑照的遺風，幾百年壓不死的白話化與民歌化的趨勢，到了七世紀中國統一的時候，都成熟了，應該可以產生一個新鮮的，活潑潑的，光華燦爛的文學新時代了。這個新時代就是唐朝的文學。唐朝的文學的眞價值，眞生命，不在苦心學陰鏗何遜，也不在什麼師法蘇李（蘇武李陵），力追建安，而在它能繼續這五六百年的白話文學的趨勢，充分承認樂府民歌的文學眞價值，極力效法這五六百年的平民歌唱和這些平民歌唱所直接間接產生的活文學。

第九章　佛教的翻譯文學（上）

兩晉南北朝的文人用那駢儷化了的文體來說理，說事，諛墓，贈答，描寫風景，——造成一種最虛浮，最不自然，最不正確的文體。他們說理本不求明白，只要『將毋同』便夠了；他們記事本不求正確，因爲那幾朝的事本來是不好正確記載的；他們寫景本不求清楚，因爲紙上的對仗工整與聲律鏗鏘豈不更可貴嗎？他們做文章本不求自然，因爲他們做慣了那不自然的文章，反覺得自然的文體爲不足貴，正如後世纏小脚的婦人見了天足反要罵『臭蹠子』了。

然而這時候，進來了一些搗亂分子，不容易裝進那半通半不通的駢偶文字裏去。這些搗亂分子就是佛教的經典。這幾百年中，佛教從海陸兩面夾攻進中國來。中國古代的一點點朴素簡陋的宗教見了這個偉大富麗的宗教，眞正是『小巫見大巫』了。幾百年之中，上自帝王公卿，學士文人，下至愚夫愚婦，都受這新來宗教的震盪與蠱惑；風氣所趨，佛教遂征服了全中國。佛教徒要傳教，不能沒有翻譯的經典；中國人也都想看看這個外來宗教講的是些什麼東西，所以有翻譯的事業起來。却不料不翻譯也罷了，一動手翻譯便越翻越多，越譯越不了！那些印度和尚眞有點奇怪，搖頭一背書，就是兩三萬偈；搖筆一寫，就是幾十卷。蜘蛛吐絲，還有完了之時；那些印度聖人絞起腦筋來，既不受空間的限制，又不受時間的限制，談世界則何止三千大千，談天則何止三十三層，談地獄則何止十層十八層，一切都是無邊無盡。所以這翻譯的事業足足經過一千年之久，也不知究竟翻了幾千部，幾萬卷；現在保存着的，連中國人做的注疏講述在內，還足足有三千多部，一萬五千多卷。（日本刻的大藏經與續藏經共三千六百七十三部，一萬五千六百八十二卷。大正大藏經所添還不在內，大日本佛敎全書一百五十巨册也不在內。）

這樣偉大的翻譯工作自然不是少數濫調文人所能包辦的，也不是那含糊不正確的駢偶文體所能對付的。結果便是給中國文學史上開了無窮新意境，創了不少新文體，添了無數新材料。新材料與新意境是不用說明的。何以有新文體的必要呢？第一因爲外國來的新材料裝不到那對仗駢偶的濫調裏去。第二因爲主譯的都是外國人，不曾中那駢偶濫調的毒。第三因爲最初助譯的很多是民間的信徒；後來雖有文人學士奉敕潤文，他們的能力有限，故他們的惡影響也有限。第四因爲宗教的經典重在傳眞，重在正確，而不重在辭藻文采；重在讀者易解，而不重在古雅。故譯經大師多以『不加文飾，令易曉，不失本義』相勉。到了鳩摩羅什以後，譯經的文體大定，風氣已大開，那班濫調的文人學士更無可如何了。

• • • • •

最早的翻譯事業起于何時呢？據傳說，漢明帝時，攝摩騰譯四十二章經，同來的竺法蘭也譯有幾種經。漢明求法，本是無根據的神話。佛教入中國當在東漢以前，故明帝永平八年（六五）答楚王英詔裏用了『浮屠』『伊蒲塞』『桑門』三個梵文字，可見其時佛教已很有人知道了。又可見當時大概已有佛教的書籍了。

至于當時的佛書是不是攝摩騰等翻的，攝摩騰等人的有無，那都不是我們現在能決定的了。四十二章經是一部編纂的書，不是翻譯的書，故最古的經錄不收此書。它的時代也不容易決定。我們只可以說，第一世紀似乎已有佛教的書，但都不可細考了。

第二世紀的譯經，以安世高爲最重要的譯人。高僧傳說他譯的書『義理明析，文字允正，辯而不華，質而不野。凡在讀者，皆亹亹而不倦焉』。安世高譯經在漢桓帝建和二年（一四八）至靈帝建寧中（約一七〇）。同時有支讖于光和中平（一七八—一八九）之間譯出十幾部經。僧傳說他『審得本旨，了不加飾』。同時又有安玄，嚴佛調，支曜，康巨等，都有譯經，僧傳說他們『理得音正，盡經微旨』；『言直理旨，不加潤飾』。

以上爲二世紀洛陽譯的經，雖都是小品文字，而那『不加潤飾』的風氣却給後世譯經事業留下一個好榜樣。

三世紀的譯經事業可分前後兩期。三世紀的上半，譯經多在南方的建業與武昌。支謙譯出四十九種，康僧會譯出十幾種，維祇難與竺將炎（僧傳作竺律炎，今從法句經序。）合譯出曇鉢經一種，今名法句經。法句經有長序，不詳作序者姓名，但序中記譯經的歷史頗可注意：

……始者維祇難出自天竺，以黃武三年（二二四）來適武昌。僕從受此五百偈本，請其同道竺將炎為譯。將炎雖善天竺語，未備曉漢；其所傳言，或得梵語，或以義出，音近質直。僕初嫌其為詞不雅。維祇難曰，『佛言依其義，不用飾；取其法，不以嚴。（「嚴」是當時白話，意為粧飾。如佛本行經第八云：『太子出池，諸女更嚴』。）其傳經者，令易曉，勿失厥義，是則為善。』座中咸曰，『老氏稱美言不信，信言不美。……今傳梵義，實宜徑達。』是以自偈受譯人口，因順本旨，不加文飾。譯所不解，即闕不傳。故有脫失，多不傳者。然此雖詞朴而旨深，文約而義博。……

我們試引法句經的幾段作例：

若人壽百歲，邪學志不善，不如生一日，精進受正法。

若人壽百歲，奉火修異術，不如須臾敬，事戒者福勝。……

覺能捨三惡，以藥消衆毒。健夫度生死，如蛇脫故皮。（教學品）

事日為明故，事父為恩故，事君以力故，聞故事道人。……

斫瘡無過憂，射箭無過患，是壯莫能拔，唯從多聞除。

盲從是得眼，闇者從得燭，示導世間人，如目將無目。（多聞品）

假令盡壽命，勤事天下神，象馬以祠天，不如行一慈。（慈仁品）

夫士之生，斧在口中。所以斬身，由其惡言。（言語品）

弓工調角，水人調船，巧匠調木，智者調身。

譬如厚石，風不能移，智者意重，毀譽不傾。

譬如深淵，澄靜清明，慧人聞道，心淨歡然。（明哲品）

不怒如地，不動如山，眞人無垢，生死世絕。（羅漢品）

寧噉燒石，吞飲鎔銅，不以無戒，食人信施。（利養品）

法句經乃是衆經的要義，是古代沙門從衆經中選出四句六句的偈，分類編纂起來的。因爲其中偈語本是衆經的精華，故譯出之後仍見精采，雖不加雕飾，而自成文學。

這時期裏，支謙在南方，康僧鎧在北方，同時譯出阿彌陀經。此經爲淨土宗的主要經典，在思想史上與文學史上都有影響。

三世紀的末期出了一個大譯主，敦煌的法護（曇摩羅刹）。法護本是月支人，世居敦煌，幼年出家。他發憤求經，隨師至西域，學了許多種外國方言文字，帶了許多梵經回來，譯成晉文。僧傳說他

所獲賢劫，正法華，光贊等一百六十五部。孜孜所務，唯以弘通爲業，終身寫譯，勞不告勌。經法所以廣流中華者，護之力也。……時有淸信士聶

承遠明解有才，……護公出經，多參正文句。……承遠有子道眞，亦善梵學。此君父子比辭雅便，無累於古。……安公（道安）云：『護公所出，……雖不辯妙婉顯，而弘達欣暢，……依慧不文，朴則近本。』

道安的評論還不很公平。豈有弘達雅暢而不辯妙婉顯的嗎？我最喜歡法護譯的修行道地經（太康五年譯成，西曆二八四）的勸意品中文擎鉢大臣的故事；可惜原文太長，摘抄如下，作爲三世紀晚年的翻譯文學的一個例：

昔有一國王，選擇一國明智之人以爲輔臣。爾時國王設權方便無量之慧，選得一人，聰明博達，其志弘雅，威而不暴，名德具足。王欲試之，故以重罪加于此人；勅告臣吏盛滿鉢油而使擎之，從此門來，至於南門，去城二十里，園名調戲，令將到彼。設所持油墮一滴者，便級其頭，不須啟問。

爾時羣臣受王重教，盛滿鉢油以與其人。其人兩手擎之，甚大愁憂，則自念言：其油滿器，城里人多，行路車馬觀者塡道，……是器之油擎至七步尙不可詣，况有里數邪？

此人憂憒，心自懷懅。

其人心念：吾今定死，無復有疑也。設能擎鉢使油不墮，到彼園所，爾乃活耳。當作專計：若見是非而不轉移，唯念油鉢，志不在餘，然後度耳。

於是其人安步徐行。時諸臣兵及觀衆人無數百千，隨而視之，如雲興起，圍繞太山。……衆人皆言，觀此人衣形體舉動定是死囚。斯之消息乃至其家；父母宗族皆共聞之，悉奔走來，到彼子所，號哭悲哀。其人專心，不顧二親兄弟妻子及諸親屬；心在油鉢，無他之念。

時一國人普來集會，觀者擾攘，喚呼震動，馳至相逐，躄地復起，轉相登躡，間不相容。其人心端，不見衆庶。

觀者復言，有女人來，端正姝好，威儀光顏一國無雙；如月盛滿，星中獨明；色如蓮華，行於御道。……爾時其人一心擎鉢，志不動轉，亦不察觀。

觀者皆言，寧使今日見此女顏，終身不恨，勝於久存而不覩者也。彼時其人雖聞此語，專精擎鉢，不聽其言。

當爾之時，有大醉象，放逸奔走，入於御道，……舌亦如血，其腹委地，口脣如垂；行步縱橫，無所省錄，人血塗體，獨遊無難，進退自在猶若國王，遙視如山；暴鳴哮吼，譬如雷聲；而擎其鼻，瞋恚忿怒。……恐怖觀者，令其馳散；破壞兵衆，諸衆奔逝。……

爾時街道市里坐肆諸買賣者，皆懅，收物，蓋藏閉門，毀壞屋舍，人悉避走。

又殺象師，無有制御，瞋或轉甚，踏殺道中象馬，牛羊，豬犢之屬；碎諸車乘，星散狼籍。

或有人見，懷振恐怖，不敢動搖。或有稱怨，呼嗟淚下。或有迷惑，不能覺知；有未着衣，曳之而走；復有迷誤，不識東西。或有馳走，如風吹雲，不知所至也。……

彼時有人曉化象呪，……即舉大聲而誦神呪。……爾時彼象聞此正教，即捐自大，降伏其人，便順本道，還至象廐，不犯衆人，無所嬈害。

其擎鉢人不省象來，亦不覺還。所以者何？專心懼死，無他觀念。

爾時觀者擾攘馳散，東西走故，城中失火，燒諸宮殿，及衆寶舍，樓閣高台現妙巍巍，展轉連及。譬如大山，無不見者。煙皆周遍，火尚盡徹。……

火燒城時，諸蜂皆出，放毒齧人。觀者得痛，驚怪馳走。男女大小面色變惡，亂頭衣解，寶飾脫落，爲煙所薰，眼腫淚出。遙見火光，心懷怖讓，不知所湊，展轉相呼。父子兄弟妻息奴婢，更相教言，『避火！離水！莫墮泥坑！』

爾時官兵悉來滅火。其人專精，一心擎鉢，一渧不墮，不覺失火及與滅時。所以者何？秉心專意，無他念故。……

爾時其人擎滿鉢油，至彼園觀，一渧不墮。諸臣兵吏悉還王宮，具爲王說所更衆難，而其人專心擎鉢不動，不棄一渧，得至園觀。

王聞其言，歎曰，『此人難及，人中之雄！……雖遇衆難，其心不移。如是人者，無所不辦。……』其王歡喜，立爲大臣。……

心堅強者，志能如是，則以指爪壞雪山，以蓮華根鑽穿金山，以鋸斷須彌寶山。……有信精進，質直智慧，其心堅強，亦能吹山而使動搖，何況除婬怒癡也！……

這種描寫，不加藻飾，自有文學的意味，在那個文學僵化的時代裏自然是新文學了。

四世紀是北方大亂的時代。然而譯經的事業仍舊繼續進行。重要的翻譯，長安有僧伽跋澄與道安譯的阿毗曇毗婆沙（三八三），曇摩難提與竺佛念譯的中阿含與增一阿含（三八四—五）。僧傳云：

> 其時也，符堅初敗，羣鋒互起，戎妖縱暴，民從四出，而猶得傳譯大部，蓋由趙正之功。

趙正（諸書作趙整）字文業，是符堅的著作郎，遷黃門侍郎。符堅死後，他出家為僧，改名道整。他曾作俗歌諫符堅云：

> 昔聞孟津河，千里作一曲。此水本自清，是誰攪令濁？

符堅說，『是朕也。』整又歌道：

> 北園有一棗，布葉垂重陰，外雖饒棘刺，內實有赤心。

堅笑說，『將非趙文業耶？』符堅把他同種的氐戶分布各鎮，而親信鮮卑人。趙整有一次侍坐，援琴作歌道：

阿得脂，阿得脂，博勞舊父是仇綏，尾長翼短不能飛。遠徙種人留鮮卑，
一旦緩急語阿誰？

符堅不能聽，後來終敗滅在鮮卑人的手裏。趙整出家後，作頌云：

我生一何晚，泥洹一何早！歸命釋迦文，今來投大道。（釋迦文即釋迦牟尼，文字古音門。）

趙整是提倡譯經最有力的人，而他作的歌都是白話俗歌。這似乎不完全是偶然的罷？

四世紀之末，五世紀之初，出了一個譯經的大師，鳩摩羅什，翻譯的文學到此方才進了成熟的時期。鳩摩羅什是龜茲人。（傳說他父親是天竺人。）幼年富于記憶

力，遍遊罽賓，沙勒，溫宿諸國，精通佛教經典。符堅遣呂光西征，破龜茲，得鳩摩羅什，同回中國。時符堅已死，呂光遂據涼州，國號後涼。鳩摩羅什在涼州十八年之久，故通曉中國語言文字。至姚興征服後涼，始迎他入關，於弘始三年十二月(四〇一)到長安。姚興待以國師之禮，請他譯經。他譯的有大品般若，小品金剛般若，十住，法華，維摩詰，思益，首楞嚴，持世，佛藏，遺教，小無量壽等經；又有十誦律等律；又有成實，中論，百論，十二門論等論：凡三百餘卷。僧傳說：

> 什既率多諳誦，無不究盡。轉能漢言，音譯流便。……初沙門慧叡才識高明，常隨什傳寫。什每爲叡論西方辭體，商略同異，云：『天竺國俗甚重文製；其宮商體韻以入絃爲善。凡覲國王，必有讚德。見佛之儀，以歌歎爲貴。經中偈頌，皆其式也。但改梵爲秦，失其藻蔚，雖得大意，殊隔文體。有似嚼飯與人，非徒失味，乃令嘔噦也。

他對他自己的譯書這樣不滿意，這正可以表示他是一個有文學欣賞力的人。他譯的書，雖然掃除了浮文藻飾，却仍有文學的意味，這大概是因為譯者的文學天才自然流露，又因他明瞭他『嚼飯與人』的任務，委曲婉轉務求達意，即此一點求眞實求明顯的誠意便是眞文學的根苗了。

鳩摩羅什譯出的經，最重要的是大品般若，而最流行又最有文學影響的却要算金剛，法華，維摩詰三部。其中維摩詰經本是一部小說，富于文學趣味。居士維摩詰有病，釋迦佛叫他的弟子去問病。他的弟子舍利弗，大目犍連，大迦葉，須菩提，富樓那，迦旃延，阿那律，優波離，羅睺羅，阿難，都一一訴說維摩詰的本領，都不敢去問疾。佛又叫彌勒菩薩，光嚴童子，持世菩薩等去，他們也一一訴說維摩詰的本領，也不敢去。後來只有文殊師利肯去問病。以下寫文殊與維摩詰相見時維摩詰所顯的辯才與神通。這一部半小說，半戲劇的作品，譯出之後，在文學界與美術界的影響最大。中國的文人詩人往往引用此書中的典故，寺廟的壁畫往往用此書的故事作題目。後來此書竟被人演爲唱文，成爲最大的故事詩：此是後話，另有專篇 我們且摘抄鳩摩羅什原譯的維摩詰經一段作例：

佛告阿難，『汝行詣維摩詰問疾。』阿難白佛言：『世尊，我不堪任詣彼問疾，所以者何？憶念昔時，世尊身有小疾，當用牛乳，我卽持鉢詣大婆羅門家門下立。時維摩詰來謂我言：「唯，阿難，何爲晨朝持鉢住此？」我言：「居士，世尊身有小疾，當用牛乳，故來至此。」維摩詰言：「止，止，阿難，莫作是語。如來身者，金剛之體，諸惡已斷，衆善普會，當有何疾？當有何惱？默往，阿難，勿謗如來。莫使異人聞此麤言。無命大威德諸天及他方淨土諸來菩薩得聞斯語。阿難，轉輪聖王以少福故，尙得無病，豈況如來無量福會，普勝者哉？行矣，阿難，勿使我等受斯恥也。外道梵志若聞此語，當作是念：何名爲師，自疾不能救，而能救諸疾人？可密速去，勿使人聞。當知，阿難，諸如來身，卽是法身，非思欲身。佛爲世尊，過於三界。佛身無漏，諸漏已盡。佛身無爲，不墮諸數。如此之身，當有何疾？」時我，世尊，實懷慚愧，得無近佛而謬聽耶？卽聞空中聲曰：「阿難，如居士言，但爲佛出五濁惡世，現行斯法，度脫衆生。行矣，阿難，取乳勿慚！」世尊，維摩詰智慧辨才爲若此也，是故不任詣彼問疾。』

看這裏『唯，阿難，何爲晨朝持鉢住此？』，又『時我，世尊，實懷慚愧』一類的說話神氣，可知當時羅什等人用的文體大概很接近當日的白話。

法華經(妙法蓮華經)雖不是小說，却是一部富于文學趣味的書。其中有幾個寓言，可算是世界文學裏最美的寓言，在中國文學上也曾發生不小的影響。我們且引第二品中的『火宅』之喩作個例：

爾時佛告舍利弗：『我先不言諸佛世尊以種種因緣譬喩言辭方便說法，皆爲阿耨多羅三藐三菩提耶？是諸所說，皆爲化菩薩故。然，舍利弗，今當復以譬喻更明此義。諸有智者以譬喻得解。

「舍利弗，若國邑聚落有大長者，其年衰邁，財富無量，多有田宅及諸僮僕。其家廣大，唯有一門。多諸人衆，一百，二百，乃至五百人止住其中。堂閣朽故，牆壁隤落，柱根腐敗，梁棟傾危。周帀俱時歘然火起，焚燒舍宅，長者諸子，若十，二十，或至三十，在此宅中。

「長者見是大火從四面起，卽大驚怖，而作是念：「我雖能於此所燒之門，安穩得出；而諸子等於火宅內，樂著嬉戲，不覺不知，不驚不怖。火來逼身，苦痛切己，心不厭患，無求出意。」

「舍利弗，是長者作是思惟：「我身手有力，當以衣裓，若以几案，從舍出之。」復更思惟：「是舍唯有一門，而復陿小。諸子幼稚未有所識，戀著戲處，或當墮落，爲火所燒。我當爲說怖畏之事。此舍已燒，宜時疾出，無令爲火之所燒害。」

『作是念已，如所思惟，具告諸子：「汝等速出！」父雖憐愍，善言誘喻；而諸子等樂著嬉戲，不肯信受，不驚不畏，了無出心。亦復不知何者是火，何者爲舍，云何爲失。但東西走戲，視父而已。

『爾時長者卽作是念：「舍已爲大火所燒，我及諸子若不時出，必爲所焚。我今當設方便，令諸子等得免斯害。」父知諸子先心各有所好種種珍玩奇異之物，情必樂著，而告之言：「汝等所可玩好，希有難得，汝若不取，後必憂悔。如此種種羊車，鹿車，牛車，今在門外，可以遊戲。汝等於此火宅，宜速出來。隨汝所欲，皆當與汝。」

『爾時諸子聞父所說珍玩之物，適其願故，心各勇銳，互相推排，競共馳走，爭出火宅。

『是時長者見諸子等安穩得出，皆于四衢道中，露地而坐，無復障礙，其心泰然，歡喜踴躍。

『時諸子等各白父言：「父先所許玩好之具，羊車，鹿車，牛車，願時賜與。」

『舍利弗，爾時長者各賜與諸子等一大車。其車高廣，衆寶莊校，周帀欄楯，四面懸鈴。又於其上張設幰蓋，亦以珍奇雜寶而嚴飾之。寶繩交絡，垂諸華纓。重敷婉筵，安置丹枕。駕以白牛，膚色充潔，形體姝好，有大筋力，行步平正，其疾如風。又多僕從而侍衞之。所以者何？是大長者財富無量，種種諸藏，悉皆充溢，而作是念：「我財物無極，不應以下劣小車與諸子等。今此幼童，皆是吾子，愛無偏黨。我有如是七寶大車，其數無量，應當等心各各與之。不宜差別。所以者何？以我此物周給一國猶尙不匱，何況諸子？」是時諸子各乘大車，得未曾有，非本所望。

『舍利弗，於汝意云何，是長者等與諸子珍寶大車，寧有虛妄不？』

舍利弗言：『不也，世尊。是長者但令諸子得免火難，全其軀命，非爲虛妄。何以故？若全身命，便爲已得好玩之具，況復方便，於彼火宅中而拔濟之？世尊，若是長者乃至不與最小一車，猶不虛妄，何以故？是長者先作是意，我以方便令子得出，以是因緣，無虛妄也。何況長者自知財富無量，欲饒益諸子，等與大車？』

佛告舍利弗：『善哉，善哉！如汝所言。舍利弗，如來亦復如是。』……

· · · · ·

印度的文學有一種特別體裁：散文記敘之後，往往用韻文（韻文是有節奏之文，不必一定有韻脚）重說一遍。這韻文的部分叫做『偈』。印度文學自古以來多靠口說相傳，這種體裁可以幫助記憶力。但這種體裁輸入中國以後，在中國文學上却發生了不小的意外影響。彈詞裏的說白與唱文夾雜並用，便是從這種印度文學形式得來的。上文引的『火宅』之喻也有韻文的重述，其中文學的趣味比散文部分更豐富。我們把這段『偈』也摘抄在下面作個比較：

譬如長者　有一大宅。其宅久故，而復頓敝，堂舍高危，柱根摧朽，梁棟傾斜，基陛隤毀，牆壁圮坼，泥塗陁落，覆苫亂墜，椽梠差脫，周障屈曲，雜穢充徧。有五百人，止住其中。鴟梟鵰鷲，烏鵲鳩鴿，蚖蛇蝮蠍，蜈蚣蚰蜒，守宮百足，鼬貍鼷鼠，諸惡蟲輩，交橫馳走。屎尿臭處，不淨流溢。蜣蜋諸蟲，而集其上。狐狼野干，咀嚼踐踏，嚌齧死屍，骨肉狼藉。

由是羣狗　競來搏撮，飢羸慞惶，處處求食，鬥諍摣掣，啀喍嗥吠。其舍恐怖，變狀如是，處處皆有。魑魅魍魎，夜叉惡鬼，食噉人肉。毒蟲之屬，諸惡禽獸，孚乳產生，各自藏護。

夜叉競來，爭取食之；食之既飽，惡心轉熾，鬥諍之聲　甚可怖畏。鳩槃荼鬼　蹲踞土埵，或時離地，一尺二尺，往返遊行，縱逸嬉戲，捉狗兩足，撲令失聲，以脚加頸，怖狗自樂。

復有諸鬼，其身長大，躶形黑瘦，常住其中，發大惡聲，叫呼求食。復有諸鬼，其咽如鍼；復有諸鬼，首如牛頭；或食人肉，或復噉狗，頭髮蓬亂，殘害兇險；飢渴所逼，叫喚馳走。夜叉餓鬼，諸惡鳥獸，飢急四向，窺看窗牖。如是諸難，恐畏無量。

是朽故宅　屬於一人。其人近出，未久之間，於後宅舍，忽然火起，四面一時，其燄俱熾。棟梁椽柱，爆聲震裂，摧折墮落，牆壁崩倒。諸鬼神等，揚聲大叫。鵰鷲諸鳥，鳩槃茶等，周慞惶怖，不能自出。惡獸毒蟲，藏竄孔穴。毗舍闍鬼，亦住其中，薄福德故，爲火所逼，共相殘害，飲血噉肉。野干之屬，並已前死，諸大惡獸，競來食噉，臭煙熢㶿，四面充塞。蜈蚣蚰蜒，毒蛇之類，爲火所燒，爭走出穴。鳩槃茶鬼，隨

取而食。又諸餓鬼，頭上火然，飢渴熱惱，周慞悶走。其宅如
是，甚可怖畏。毒害火災，衆難非一。
是時宅主，在門外立，聞有人言，汝諸子等，先因遊戲，來
入此宅，稚小無知，歡娛樂著。長者聞已，驚入火宅，方宜救
濟，令無燒害。告喩諸子，說衆患難，惡鬼毒蟲，災火蔓延，
衆苦次第，相續不絕。毒蛇蚖蝮，及諸夜叉，鳩槃茶鬼，野
干狐狗，鵰鷲鵄梟，百足之屬，飢渴惱急，甚可怖畏。此苦難
處，況復大火？諸子無知，雖聞父誨，猶故樂著，戲嬉不已。
是時長者 而作是念，諸子如此，益我愁惱。今此舍宅，無
一可樂，而諸子等 沉湎嬉戲，不受我教，將爲火害。即便思
惟，設諸方便，告諸子等：我有種種 珍玩之具，妙寶好車，
羊車鹿車，大牛之車，今在門外。汝等出來，吾爲汝等 造

作此車，隨意所樂，可以遊戲。諸子聞說如此諸車，即時競奔，馳走而出，到於空地，離諸苦難。……………

這裏描寫那老朽的大屋的種種恐怖，和火燒時的種種紛亂，雖然不近情理，却熱鬧的好玩。後來中國小說每寫戰爭或描摹美貌，往往模倣這形式，也正是因為它熱鬧的好玩。

高僧傳說：鳩摩羅什死于姚秦弘始十一年（四〇九），臨終與衆僧告別曰：

……自以闇昧，謬充傳譯，凡所出經編三百餘卷，唯十誦（十誦律）一部未及刪繁，存其本旨，必無差失。願凡所宣譯，傳流後世，咸共弘通。……

他說只有十誦一部未及刪繁，可見其餘的譯本都經過他『刪繁』的了。後人譏羅什譯經頗多刪節，殊不知我們正惜他刪節的太少。印度人著書最多繁複，正要有識者痛加刪節，方才可讀。慧遠曾說大智度論『文句繁廣，初學難尋。乃抄其要文，撰為二十卷。』（高僧傳六）可惜大品般若不曾經羅什自己抄其要文，成一部綱要呵。

高僧傳卷七僧叡傳裏有一段關于鳩摩羅什譯經的故事，可以表現他對于譯經文體的態度：

> 昔竺法護出正法華經受決品云：
>
> 天見人，人見天。
>
> 什譯經至此，乃言曰：『此語與西域義同，但在言過質。』僧叡曰：『將非「人天交接，兩得相見」？』什喜曰，『實然。』

這裏可以看出羅什反對直譯。法護直譯的一句雖然不錯，但說話確是太質了，讀了叫人感覺生硬的很，叫人感覺這是句外國話。僧叡改本便是把這句話改成中國話了。在當日過渡的時期，羅什的譯法可算是最適宜的法子。他的譯本所以能流傳千五百年，成為此土的『名著』，也正是因為他不但能譯的不錯，並且能譯成中國話。

這個法子自然也有個限制。中國話達得出的，都應該充分用中國話。中國話不能達的，便應該用原文，決不可隨便用似是而非的中國字。羅什對這一點看的很清楚，故他一面反對直譯，一面又儘量用『阿耨多羅三藐三菩提』一類的音譯法子。

■　■　■　■　■

附記

這一章印成之先，我接得陳寅恪先生從北京寄來他的新著『童受喻鬘論梵文殘本跋』。陳先生說，近年德國人在龜茲之西尋得貝葉梵文佛經多種，柏林大學路德施教授（*Prof Henrich Lüders*）在其中檢得大莊嚴論殘本，並知鳩摩羅什所譯的大莊嚴論，其作者爲童受（鳩摩邏多 *Kumaralata*）而非馬鳴；又知此書即普光窺基諸人所稱之喻鬘論。路德施教授已有校本及考證，陳寅恪先生在此跋內列舉別證，助成路德施之說。陳先生用羅什譯本與原本互校的結果，得着一些證據，可以使我們明白羅什譯經的藝術。他說，羅什翻經有三點可注意：一爲删去原文繁重，二爲不拘原文體製，三爲變易原文。他舉的證據都很可貴，故我摘錄此跋的後半，作爲本章的附錄：

鳩摩羅什譯經的藝術　　陳寅恪

予嘗謂鳩摩羅什翻譯之功，數千年間，僅玄奘可以與之抗席。然今日中土佛經譯本，舉世所流行者，如金剛，心經，法華之類，莫不出自其手。故以言普及，雖慈恩猶不能及。所以致此之故，其文不皆直譯，較諸家雅潔，當爲一主因。……慈恩法師傳卷十云，顯慶『五年春正月一日，起首翻大般若經。經梵文總有二十萬頌，文既廣大，學徒每請删略。法師將順衆意，如羅什所翻，除繁去重。』蓋羅什譯經，或删去原文繁重，或不拘原文體製，或變易原文。茲以喻鬘論梵文原本，校其譯文，均可證明。今大莊嚴經論譯本卷十末篇之最後一節，中文較梵文原本爲簡略；而卷十一首篇之末節，則中文全略而未譯。此删去原譯繁重之證也。喻鬘論之文，散文與偈頌兩體相間。……然據梵文殘本以校譯文，如卷一之

「彼諸沙彌等，尋以神通力，化作老人像。髮白而面皺，秀眉牙齒落，僂脊而柱杖。詣彼檀越家。檀越旣見已，心生大歡慶，燒香散名華，速請令就坐。旣至須臾頃，還復沙彌形。」

一節，及卷十一之

「我以愚癡故，不能善觀察，爲癡火所燒。願當暫留住，少聽我懺悔；猶如脚跌者，扶地還得起；待我得少供。」

一節，本散文也，而譯文爲偈體。如卷一之「夫求法者，不觀形相，唯在智慧。身雖幼稚，斷諸結漏，得於聖道。雖老放逸，是名幼小。」一節，及卷二之「汝若欲知可灸處者，汝但灸汝瞋忿之心。若能灸心，是名眞灸。如牛駕車，車若不

行，乃須策牛，不須打車。身猶如車，心如彼牛，以是義故，汝應炙心。云何暴身？又復身者，如材如牆，雖復燒炙，將何所補？」一節，本偈體也，而譯文爲散文。……此不拘原文體製之證也。卷二之「諸仙苦修行，亦復得生天」一節，「諸仙」二字梵文原文本作*Kanva*等，蓋*Kanva*者，天竺古仙之專名，非秦人所習知，故易以公名，改作「諸仙」二字。又卷四之「汝如蟻封，而欲與彼須彌山王比其高下，」一節，及卷六之「猶如蚊子翅，扇於須彌山，雖盡其勢力，不能令動搖，」一節，「須彌」梵本一作*Mandara*，一作*Vindhya*。蓋此二山名皆秦人所不知，故易以習知之須彌，使讀者易解。此變易原文之證也。……

第十章　佛教的翻譯文學（下）

五世紀是佛經翻譯的最重要的時期。最大的譯場是在長安。僧肇答廬山劉遺民書中說起當日的工作的狀況：

什師於大石寺出新至諸經。……禪師于瓦官寺教習禪道，門徒數百。……三藏法師于中寺出律部，本末情悉，若覩初製。毗婆沙法師于石羊寺出舍利弗毗曇梵本。……貧道一生猥參嘉運，遇茲盛化，自不覩釋迦祇洹之集，餘復何恨？……（僧傳卷七）

西北的河西王沮渠蒙遜也提倡佛法，請曇無讖譯出涅槃經，大集經，大雲經，佛所行讚經等。曇無讖（死於四三三）也是一個愼重的譯者，僧傳說：

沮渠蒙遜……欲請出經本，讖以未參土言，又無傳譯，恐言舛於理，不許即翻。於是學語三年，方譯寫涅槃初分十卷。（卷二）

他譯的佛所行讚經(*Buddha charita*)，乃是佛教偉大詩人馬鳴(*A'svaghosha*)的傑作，用韻文述佛一生的故事。曇無讖用五言無韻詩體譯出。全詩分二十八品，約九千三百句，凡四萬六千多字，在當時為中國文學內的第一首長詩，我們試引其中的離欲品的一小部分，略表示此詩譯文的風格：

太子入園林，衆女來奉迎，並生希遇想，競媚進幽誠。各盡妖姿態，供侍隨所宜。或有執手足，或遍摩其身，或復對言笑，或現憂戚容，規以悅太子，令生愛樂心。

衆女見太子，光顏狀天身，不假諸飾好，素體踰莊嚴；一切皆瞻仰，謂「月天子」來。種種設方便，不動菩薩心；更互相顧視，抱愧寂無言。有婆羅門子，名曰優陀夷，謂諸婇女言：『汝等悉端正，聰明多技術，色力亦不常，兼解諸世間，隱密隨欲方；容色世希有，狀如玉女形。天見捨妃后，神仙為之傾。如何人王子，不能感其情？今此王太子，持心雖堅固，清淨德純備，不勝女人力。古昔孫陀利，能壞大仙人，令習於愛欲，以足蹈其頂。……毘尸婆梵仙，修道十千歲，深著於天后，一日頓破壞。如彼諸美女，力勝諸梵行。……何不盡其術，令彼生染心？」

爾時婇女衆，慶聞優陀說，增其踴悅心，如鞭策良馬，往到太子前，各進種種術：歌舞或言笑，揚眉露白齒，美目相眄睞，輕衣見素身，妖搖而徐步，詐親漸習近，情欲實其心，兼奉大王言，漫形媟隱陋，忘其慚愧情。

太子心堅固，傲然不改容，猶如大龍象，羣象衆圍繞，不能亂其心，處衆若閑居。猶如天帝釋，諸天女圍繞。太子在園林，圍繞亦如是。或爲整衣服，或爲洗手足，或以香塗身，或以華嚴飾，或爲貫瓔珞，或有扶抱身，或爲安枕席，或傾身密語，或世俗調戲，或說衆欲事，或作諸欲形，規以動其心。……

與佛所行讚同類的，還有寶雲譯的佛本行經。寶雲（死于四六九）到過于闐天竺，偏學梵書，回國後在建業譯有新無量壽經及佛本行經。僧傳（卷三）說他『華梵兼通，音訓允正。』佛本行經的原本與佛所行讚稍有不同，也是全篇韻文，共分三十一品。譯文有時用五言無韻詩體，有時用四言，有時又用七言，而五言居最大部分。我們摘抄第十一品八王分舍利品的一段作個例。佛所行讚第二十八品與此品同記一事，而詳略大不同。其事爲七王要分佛的舍利，故興兵來圍城，城中諸力士也不服，堅守城池不下。後來大家聽了一個婆羅門的話，把佛舍利分作八分，各國建塔供養。佛所行讚本記與兵圍城不過三十六句，佛本行經本卻有一百零八句，其中一部分如下：

……七王之兵衆，俱時到城下。大衆起黃塵，坌塞人衆眼。殂象之氣臭，塞鼻不得息。鼓角吹貝聲，塞耳無所聞。婦女諸幼小，惶怖皆失色。對敵火攻具，消銅鐵爲湯。皆貫冑被甲，當仗嚴進戰。象馬皆被甲，整陣當對戰。

力士沒體命，不圖分舍利，城裏皆令催，執杖上城戰。諸力士齊心，決定戰不退。皆立於城上，樓櫓却敵間，看城外諸王，軍衆無央數，軍奮作威勢，同時大叫呼。一時大叫呼，聲響震天地。拔劍而擲弄，晃昱曜天日。或有跳勇走，捷疾欲向城。……

我們再引第八品與衆婇女遊居品裏寫太子與婇女同浴的一段，也是佛所行讚沒有的：

……太子入池，水至其腰。諸女圍繞，明耀浴池；猶如明珠，遶寶山王，妙相顯赫，甚好巍巍。衆女水中，種種戲笑：或相湮沒，或水相灑；或有弄華，以華相擲；或入水底，良久乃出；或於水中，現其衆華；或沒於水，但現其手。衆女池中，光耀衆華，令衆藕華，失其精光。或有攀緣，太子手臂，猶如雜華纏著金柱。女粧塗香，水澆皆璽，旃檀木櫁，水成香池。

這是很濃艷的描寫。

近年有幾位學者頗主張這一類翻譯的文學是孔雀東南飛一類的長詩的範本。我從前也頗傾向這種主張。近年我的見解稍稍改變了。我以為從漢到南北朝，這五六百年中，中國民間自有無數民歌發生。其中有短的抒情詩和諷刺詩，但也有很長的故事詩。在文學技術的方面，從日出東南隅一類的詩演變到孔雀東南飛，不能說是不連續的，也不能說是太驟然的。（參看第六章。）正不用倚靠外來的文學的影響。曇無懺譯佛所行讚在四百二十年左右；寶雲譯經更在其後，約當四百四十年。徐陵編玉臺新詠約在五百六十年，他已收採孔雀東南飛了。在那個不容易得寫本書卷的時代，一種外國的文學居然能在一百年內發生絕大的影響，竟會產生孔雀東南飛這樣偉大的傑作，這未免太快罷？

與其說佛本行經等書產生了孔雀東南飛一類的長詩，不如說因爲民間先已有了孔雀東南飛一類的長篇故事詩，所以才有翻譯這種長篇外國詩的可能。法護鳩摩羅什等人用的散文大概是根据于當時人說的話。曇無懺寶雲等人用的偈體大概也是依据當時民歌的韻文，不過偈體不用韻脚，更自由了。

中國固有的文學很少是富于幻想力的；像印度人那種上天下地毫無拘束的幻想能力，中國古代文學裏竟尋不出一個例，（屈原莊周都還不夠資格！）長篇韻文如孔雀東南飛只有寫實的敘述，而沒有一點超自然或超空間時間的幻想。這眞是中國古文學所表現的中國民族性。在這一點上，印度人的幻想文學之輸入確有絕大的解放力。試看中古時代的神仙文學如列仙傳神仙傳，何等簡單，何等拘謹！從列仙傳到西遊記封神傳，這裏面才是印度的幻想文學的大影響呵。

佛教的長篇故事很多，如 *Lalita Vistara*，法護譯爲普曜經，也是幻想的釋迦牟尼傳記，散文爲主體，夾用偈體。因爲它與佛本行經等性質相同，故連帶提起。

五世紀的譯經事業，不單在北方，南方也有很重要的譯場。四世紀之末到五世紀之初，廬山與建業都有大部譯經出來。僧伽提婆在廬山譯出阿毗曇心等，又在建業重譯中阿含（三九七—八）。佛馱跋陀羅在廬山譯出修行方便論（後人稱達磨多羅禪經），又在建業道場寺譯出華嚴經，是爲晉譯華嚴。那時法顯寶雲等先後往印度留學，帶了許多經卷回來。法顯在道場寺請佛馱跋陀羅譯出大泥洹經及摩訶僧祇律等。佛馱什在建業龍光寺譯出彌沙塞律，卽五分律。寶雲譯的經已見前節。寶雲又與智嚴同譯普曜，四天王等經。求那跋摩在建業譯出菩薩善戒，四分羯磨等。求那跋陀羅在建業譯出雜阿含，又在丹陽譯出楞伽經，又在荆州譯出無量壽等經。求那跋陀羅死于四百六十八年。五世紀下半，譯事稍衰；故高僧傳云：『自大明（四五七—四六四）已後，譯經殆絕。』只有永明十年（四九二）求那毗地譯出百句喻經，十二因緣，須達長者經，都是小品。

這些南方譯經之中，影響最大的自然是涅槃（泥洹），華嚴，楞伽三部。我們不能多舉例，只好單舉華嚴作例罷。華嚴，寶積，般若，涅槃等等大部經都是一些「叢書」，其中性質複雜，優劣不等，但往往有好文學作品。如華嚴經第六菩薩明難品便是很美的文學；如其中論「精進」云：

若欲求除滅　　無量諸過惡，
應當一切時　　勇猛大精進。
譬如微小火，　　樵溼則能滅；
於佛教法中，　　懈怠者亦然。
譬如人鑽火，　　未出數休息，
火勢隨止滅；　　懈怠者亦然。

如論「多聞」云：

譬如有良醫，具知諸方藥，
自疾不能救；多聞亦如是。
譬如貧窮人，日夜數他寶，
自無半錢分；多聞亦如是。……
譬如聾瞶人，善奏諸音樂，
悅彼不自聞；多聞亦如是。
譬如盲瞽人，本習故能畫，
示彼不自見；多聞亦如是。

『日夜數他寶』一偈是後來禪宗文學中常引用的一偈。這種好白話詩乃是後來王梵志寒山拾得一班白話詩人的先鋒。（詳見下編。）

華嚴經是一種幻想教科書，也可說是一種說謊教科書。什麼東西都可以分作十件：十地，十明，十忍，……等等都是以十進的。只要你會上天下地的幻想，只要你湊得上十樣，你儘管敷衍下去，可以到無窮之長。這個法子自然是很可厭的。但這種法子最容易模倣，最容易學。華嚴經末篇入法界品佔全書四分之一以上，寫善財童子求法事，過了一城又一城，見了一大師又一大師，遂敷演成一部長篇小說。其中沒有什麼結構，只是閉了眼睛『瞎嚼蛆』而已。我們試舉幾段『瞎嚼蛆』的例，證明我們不是有意誣衊這部赫赫有名的佛經。善財童子到了可樂國的和合山，見着功德雲比丘，那位比丘說：

> 善男子，我於解脫力逮得清淨方便慧眼，普照觀察一切世界，境界無礙，除一切障，一切佛化陀羅尼力，或見東方一佛，二佛，十百千萬，十億，百億，千億，百千億佛；或見百億那由他，千億那由他，百千億那由他佛；或見無量阿僧祇，不可思議，不可稱，無分齊，無邊際，不可量，不可說，不可說不可說佛；或見閻浮提微塵等佛；或見四天下微塵等佛；或見小千世界微塵等佛；或見二千，三千大千世界微塵等佛。……（卷四十七）

善財到了海門國，見着海雲比丘，那位比丘對他說：

> 善男子，我住此海門國十有二年，境界大海，觀察大海，思惟大海無量無邊，思惟大海甚深難得源底。……復作是念，『世間頗更有法廣此大海，深此大海，莊嚴於此大海者不？』作是念已，即見海底水輪之際，妙寶蓮華自然涌出，伊那尼羅寶爲莖，閻浮檀金爲葉，沈水香寶爲臺，瑪瑙寶爲鬚，彌覆大海。百萬阿修羅王悉共執持。百萬摩尼寶莊嚴網羅覆其上。百萬龍王雨以香水。百萬迦樓羅王銜妙寶繒帶垂下莊嚴。百萬羅刹王慈心觀察。百萬夜叉王恭敬禮拜。百萬乾闥婆王讚歎供養。百萬天王雨天香華末香幢旛妙寶衣雲。……百萬日藏寶明淨光明，普照一切。百萬不可壞摩尼寶出生長養一切善行。百萬如意寶珠無盡莊嚴。……（同上）

這種無邊無盡的幻想，這種『瞎嚼蛆』的濫調，便是封神傳『三十六路伐西岐』，西遊記『八十一難』的教師了。

以上略述三四五世紀的翻譯文學。据高僧傳卷十，王度奏石虎道：

……往漢明感夢，初傳其道，唯聽西域人得立寺都邑，以奉其神。其漢人皆不得出家。魏承漢制，亦循前軌。……

這裏說的漢魏制度似是史實。大概四世紀以前，三〇〇年以前，漢人皆不准出家作和尚。故前期的名僧都是外國人，高僧傳可為證。故西歷三百年以前，佛教並不曾盛行于中國。石勒（死于三八三）石虎（死于三四九）信用佛圖澄，「道化既行，民多奉佛，皆營造寺廟，相競出家」。（高僧傳十）風氣既開，雖有王度王波等人的奏請禁止，終不能阻止這新宗教的推行。佛圖澄門下出了道安，道安門下出了慧遠，慧遠與鳩摩羅什同時，南北成兩大中心，佛教的地位更崇高了。譯經的事業也跟着佛教的推行而發展。重要的譯經起于法護，在二八四年，當三世紀之末，其地域在敦煌長安之間。四世紀中，譯經稍發達；至四世紀之末，五世紀之初，譯經事業始充分發展，南北並進。故依漢人出家與譯經事業兩件事看來，我們可以斷定四世紀與五世紀爲佛教在中國開始盛行的時期。

佛教盛行如此之晚，故譯經在中國文學上發生影響也更晚。四五世紀的中國文學可說是沒有受佛經的影響，因爲偶然採用一兩個佛書的名詞不算是文學影響。佛教文學在中國文學上發生影響是在六世紀以後。

綜計譯經文學在中國文學史上的影響，至少有三項：

(1)在中國文學最浮靡又最不自然的時期，在中國散文與韻文都走到駢偶濫套的路上的時期，佛教的譯經起來，維祇難，竺法護，鳩摩羅什諸位大師用樸實平易的白話文體來翻譯佛經，但求易曉，不加藻飾，遂造成一種文學新體。這種白話文體雖然不曾充分影響當時的文人，甚至于不曾影響當時的和尚，然而宗教經典的尊嚴究竟抬高了白話文體的地位，留下無數文學種子在唐以後生根發芽，開花結果。佛寺禪門遂成爲白話文與白話詩的重要發源地。這是一大貢獻。

(2)佛教的文學最富于想像力，雖然不免不近情理的幻想與『瞎嚼蛆』的濫調，然而對於那最缺乏想像力的中國古文學卻有很大的解放作用。我們差不多可以說，中國的浪漫主義的文學是印度的文學影響的產兒。這是二大貢獻。

(3)印度的文學往往注重形式上的布局與結構。普曜經，佛所行讚，佛本行經都是偉大的長篇故事，不用說了。其餘經典也往往帶着小說或戲曲的形式。須賴經一類，便是小說體的作品。維摩詰經，思益梵天所問經……都是半小說體，半戲劇體的作品。這種懸空結構的文學體裁，都是古中國沒有的；他們的輸入，與後代彈詞，平話，小說，戲劇的發達都有直接或間接的關係。佛經的散文與偈體夾雜並用，這也與後來的文學體裁有關係。這種文學體裁上的貢獻是三大貢獻。

但這幾種影響都不是在短時期能產生的，也不是專靠譯經就能收效的。我們看那譯經最盛的時期(三〇〇—五〇〇)，中國文學的形式與風格都不表顯一點翻譯文學的勢力。不但如此，那時代的和尚們作的文學，除了譯經以外，都是模倣中國文士的駢偶文體。一部弘明集，兩部高僧傳，都是鐵證。弘明集都是論辨的文字，兩部僧傳都是傳記的文字，然而他們都中了駢文濫調的流毒，所以說理往往不分明，記事往往不正確。直到唐代，餘毒未歇。故我們可以說，佛經的文學不曾影響到六朝的文人，也不曾影響到當時的和尚；我們只看見和尚文學的文士化，而不看見文人文學的和尚化。

但五世紀以下，佛教徒倡行了三種宣傳教旨的方法：(1)是經文的『轉讀』，(2)是『梵唄』的歌唱，(3)是『唱導』的制度。據我的意思，這三種宣傳法門便是把佛教文學傳到民間去的路子，也便是產生民間佛教文學的來源。慧皎的高僧傳分十科，而第九科爲『經師』，即讀經與念唄兩類的名師；第十科爲『唱導』，即唱導的名家。道宣作續高僧傳，也分十科，其第十科爲『雜科聲德』，包括這三類的名家。單看這兩傳的分類，便可明白這三種宣教方法的重要了。

高僧傳說：『天竺方俗，凡是歌詠法言，皆稱爲唄。至於此土，詠經則稱爲

「轉讀」，歌讚則號爲「梵音」。』這可見轉讀與梵唄同出于一源。我們在上文曾引鳩摩羅什的話，說印度的文體注重音韻，以入絃爲善。初期的和尚多是西域人，故輸入印度人的讀經與念唄之法。日久流傳，遂產出一些神話，說曹植是創始之人，曾『刪治瑞應本起，以爲學者之宗；傳聲則三千有餘，在契（『一契』如今人說『一隻』曲子）則四十有二』。（高僧傳十五論）又說石勒時代有天神下降，諷詠經音，時有傳者。（同上）這些神話是不足信的，道宣對他們也很懷疑。（續僧傳末卷論）大概誦經之法，要念出音調節奏來，是中國古代所沒有的。這法子自西域傳進來；後來傳遍中國，不但和尚念經有調子；小孩念書，秀才讀八股文章，都哼出調子來，都是印度的影響。四世紀晚年，支曇籥（月支人）以此著名，遂成『轉讀』的祖師。僧傳說他

> 嘗夢天神授其聲法，覺因裁製新聲，梵響清靡，四飛卻轉，反折還弄。……後進傳寫，莫匪其法。所製六言梵唄，傳響於今。

支曇籥傳法平與法等弟兄，也是外國人。他們傳給僧饒，僧饒是第一個中國名師。同時有道綜與僧饒齊品；道綜擅長的是念三本起與須大拏經。僧傳說道綜

> 每淸梵一舉，輒道俗傾心。

又說僧饒在般若臺外梵轉，

> 行路聞者莫不息駕踟躕，彈指稱佛。

同時又有智宗，也會轉讀，

> 若乃八關（八關是持齋之名，「關閉八惡，不起諸過，不非時食，」故名八關齋。）之夕。中宵之後，四衆低昂，睡眠交至，宗則升坐一轉，梵響干雲，莫不開神暢體，豁然醒悟。

這幾個人都死于四百五十八九年。此後有曇遷，法暢，道琰，曇智，僧辯等。以上諸人都是建業的和尚；但轉讀之風不限於京師一地，僧傳說：『浙左江西荆陝庸蜀，亦頗有轉讀。』

當時和尚造的梵唄，據僧傳所記，有『皇皇顧惟』，有『共議』，有『敬謁』一契。支曇籥所作六言梵唄，名『大慈哀愍』一契。又有『面如滿月』，源出關右，而流於晉陽，是一種西涼州唄。

『唱導』是什麼呢？慧皎說：

唱導者，蓋以宣唱法理，開導衆心也。昔佛法初傳，於時齊集，止宣唱佛名，依文致禮。至中宵疲極，事資啟悟，乃別請宿德升座說法，或雜序因緣，或傍引譬喻。其後廬山慧遠（死于四一六）道業貞華，風才秀發，每至齋集，輒自升高座，躬為導首，廣明三世因果，却辯一齋大意。後代傳受，遂成永則。（僧傳十五論）

宋武帝時，有一次內殿設齋，道照（死于四三三）唱導，

略敘百年迅速，遷滅俄頃；苦樂參差，必由因果；如來慈應六道，陛下撫矜一切。

慧皎又說：

> 至如八關初夕，旋繞周行，煙蓋停氛，燈帷靖燿，四衆專心，叉指緘默，爾時導師則擎爐慷慨，含吐抑揚，辯出不窮，言應無盡。談無常則令心形戰慄，語地獄則使怖淚交零，徵昔因則如見往業，覈當果則已示來報，談怡樂則情抱暢悅，叙哀戚則灑淚含酸。於是闔衆傾心，舉堂惻愴，五體輸席，碎首陳哀，各各彈指，人人唱佛。

這裏描寫導師唱導時的情形，使我們知道『唱導』乃是一種齋場的『佈道會』；唱導的人不但演講教中宗旨，還要極力描摹地獄因果種種恐怖，眼淚鼻涕應聲湧止，才可以使『舉堂惻愴，碎首陳哀』。那慘悽的夜色，迷濛的爐煙，都只是有意給那擎爐說法的和尚造成一個嚴肅悽愴的背景。

唱導的齋會明是借齋場說法，故慧遠唱導一面要『廣明三世因果』，一面又必須說明『一齋大意』。曇宗傳中說他爲宋孝武帝唱導，帝笑問道：『朕有何罪，而爲懺悔？』又曇光傳中說他『迴心習唱，製造懺文；每執爐處衆，輒道俗傾仰』。這可見『拜懺』是唱導的一部分。（拜章懺罪之法似是起於當日的道士，不是印度來的。）

曇穎傳中說：

> 凡要請者，皆貴賤均赴，貧富一揆。

又法鏡傳中說：

> 鏡誓心弘道，不拘貴賤，有請必行，無避寒暑。

來請的人既不同階級，唱導的內容也就不能不隨時變換，故有製造『唱導文』與『懺文』的必要。慧皎說：

> 如爲出家五衆，則須切語無常，苦陳懺悔。若爲君王長者，則須兼引俗典，綺綜成辭。若爲悠悠凡庶，則須指事造形，直談聞見。若爲山民野處，則須近局言辭，陳斥罪目。

當時文學的風氣雖然傾向駢儷與典故，但『悠悠凡庶』究竟多于君王長者；導師要使大衆傾心，自然不能不受民衆的影響了。

慧皎的高僧傳終于梁天監十八年(五一九)。道宣作續僧傳，終于唐貞觀十九年(六四五)。在這一百多年中，這幾種宣傳教法門都更傾向中國化了。梵唄本傳自印度，當時號爲『天音』。後來中國各地都起來了各種唄讚。道宣所記，有東川諸梵，有鄭魏之參差，有江表與關中之別。他說：

> 梵者，淨也，實惟天音。色界諸天來覲佛者，皆陳讚頌。經有其事，祖而述之，故存本因，詔聲爲『梵』。然彼天音未必同此。……神州一境，聲類既各不同，印度之與諸蕃，詠頌居然自別。(續傳四十論)

這便是公然承認各地可以自由創造了。道宣又說：

> 頌讚之設，其流實繁。江淮之境，偏饒此翫。彫飾文綺，糅以聲華，……然其聲多艷逸，翳覆文詞，聽者但聞飛弄，竟迷是何筌目。

這是說江南的文人習氣也傳染到了和尙家的頌讚，成了一種文士化的唱讚，加上

艷逸的音韻，聽的人只聽得音樂飛弄，不懂唱的是什麼了。但北方還不會到這地步，

> 關河晉魏，兼而有之。（兼重聲音與內容。）但以言出非文，雅稱呈拙，且其聲約詞豐，易聽而開深信。

可見北方的唱讚還是『非文』而『易聽』的。道宣提及

> 生嚴之詠佛緣，五言結韻，則百歲宗爲師轄；遠運之讚淨土，四字成章，則七部欽爲風素。

這些作品，都不可見了。但我們看日本與敦煌保存的唐人法照等人的淨土讚（看續藏經第二編乙，第一套，第一册之淨土五會念佛略法事儀讚。巴黎國家圖書館藏有敦煌寫本淨土念佛誦經觀行儀互有詳略。），其中多是五言七言的白話詩。這很可證明頌讚的逐漸白話化了。

唱導之文在這個時期（五六世紀）頗發達。眞觀（死于六一一）傳中說他著有導文二

十餘卷。法韻(死于六〇四)傳中說他曾『誦諸碑誌及古導文百有餘卷，幷王僧孺等諸賢所撰』。又寶巖傳中說到『觀公導文，王孺懺法，梁高沈約徐庾晉宋等數十家』。大約當時文人常替僧家作導文，也許僧家作了導文而假託于有名文人。如今世所傳梁皇懺，究竟不知是誰作的。但無論是文人代作，或假託于文人，這些導文都免不了文人風氣的影響，故當日的導文很有駢偶與用典的惡習氣。善權傳中說他

每讀碑誌，多疏儷詞。……及登席，列用牽引囀之。

又智凱傳中說他

專習子史，今古集傳有開意抱，輒條疏之。隨有福會，因而標擬。

這都是文匠搜集典故，摘鈔名句的法子；道宣作傳，却津津稱道這種『獺祭』法門，我們可以想見當日和尚文家的陋氣了。

但頌讚與唱導都是佈道的方法，目的在於宣傳教義，有時還須靠他捐錢化

緣，故都有通俗的必要。道宣生當唐初，已說：

> 世有法事，號曰『落花』，通引皂素（僧家著黑衣，故稱「緇」，也稱「皂」。素」白衣俗人。），開大施門，打剎唱舉，拘撒泉貝。別請設座，廣說施緣。或建立塔寺，或繕造僧務，隨物讚祝，其紛若花。士女觀聽，擲錢如雨，至如解髮百數數。（『解髮』似是剪下頭髮，可以賣錢。寶嚴傳中說他唱導時，聽者『莫不解髮撤衣，書名記數。』可以參證。）別異詞陳願若星羅，結句皆合韻，聲無暫停，語無重述。（捐錢物者，各求許願，故須隨時變換，替他們陳願。）斯實利口之銛奇，一期之赴捷也。（續傳卷四十論）

這種『落花』似乎即是後來所謂『蓮花落』一類的東西。做這種事的人，全靠隨機應變，出口成章。要點在于感動人，故不能不通俗。今日說大鼓書的，唱『攤簧』的，唱『小熱昏』的，都有點像這種『落花』導師。『聲無暫停，語無重述，結句皆合韻』，也正像後世的鼓詞與攤簧。善權傳中說隋煬帝時，獻后崩，宮內設齋場，善權與立身『分番禮導，既絕文墨，唯存心計。四十九夜總委二僧，將三百度，言無再述。……或三言爲句，便盡一時；七五爲章，其例亦爾』這種導文，或通篇三字句，或通篇五字句，或通篇七字句，都是有韻的，這不是很像後來的彈詞鼓詞嗎？

綜合兩部僧傳所記，我們可以明白當時佛教的宣傳決不是單靠譯經。支曇籥等輸入唱唄之法，分化成『轉讀』與『梵唄』兩項。轉讀之法使經文可讀，使經文可向大衆宣讀。這是一大進步。宣讀不能叫人懂得，於是有『俗文』『變文』之作，把經文敷演成通俗的唱本，使多數人容易了解。這便是更進一步了。後來唐五代的維摩變文等，便是這樣起來的。（說詳下編，另有專論。）梵唄之法用聲音感人，先傳的是梵音。後變爲中國各地的唄讚，遂開佛教俗歌的風氣。後來唐五代所傳的淨土讚，太子讚，五更轉，十二時等，都屬于這一類。佛教中白話詩人的起來（梵志，寒山，拾得等）也許與此有關係罷。唱導之法借設齋拜懺做說法佈道的事。唱導分化出來，一方面是規矩的懺文與導文，大概脫不了文人駢偶的風氣，況且有名家導文作範本，陳套相傳，沒有什麼文學上的大影響。一方面是由那臨機應變的唱導產生『蓮花落』式的導文，和那通俗唱經的同走上鼓詞彈詞的路子了。另一方面是原來說法佈道的本意，六朝以下，律師宣律，禪師談禪，都傾向白話的講說；到禪宗的大師的白話語錄出來，散文的文學上遂開一生面了。（也詳見下編）

第二編　唐朝上

第十一章　唐初的白話詩

向來講初唐（約六二〇—七〇〇）文學的人，只曉得十八學士，上官體，初唐四傑等等。（看謝无量中國大文學史卷六，頁一—三六。）我近年研究這時代的文學作品，深信這個時期是一個白話詩的時期。故現在講唐朝的文學，開篇就講唐初的白話詩人。

* * * * *

白話詩有種種來源。第一個來源是民歌，這是不用細說的。一切兒歌，民歌，都是白話的。第二個來源是打油詩，就是文人用詼諧的口吻互相嘲戲的詩。如我們在上編說的，應璩的諧詩（頁六九—七一），左思的嬌女（頁一二四），程曉的嘲熱客（頁一二四—五），陶潛的責子，挽歌（頁一三五），都是這一類。王褒的僮約（頁四二—四四）也是這一類。嘲戲總是脫口而出，最自然，最沒有做作的；故嘲戲的詩都是極自然的白話詩。雖然這一類的詩往往沒有多大的文學價值，然而他們却有訓練作白話詩的大功用。鍾嶸說陶潛的詩出于應璩，其實只是說陶潛的白話詩是從嘲諷的諧詩出來的。（上文頁一三二）凡嘲戲別人，或嘲諷社會，或自己嘲戲，或爲自己解嘲，都屬于這一類。陶潛的挽歌『但恨在世時，飲酒不得足』，這是自己嘲戲；他的責子詩『天運苟如此，且進杯中物』，這是自己解嘲。從這裏再一變，便到了白居易所謂『諷諭』與『閒適』兩種意境。陶潛的詩大部分是『閑適』一類。『諷諭』一類到唐朝方才充分發達。

此外還有兩種來源。第三是歌妓。在那『好妓好歌喉』的環境之內，文學家自然不好意思把堯典舜典的字和生民清廟的詩拿出來獻醜。唐人作歌詩，晚唐五代兩宋人作詞，元明人作曲，因爲都有這個『好妓好歌喉』的引誘，故自然走到白話的路上去。

第四是宗教與哲理。宗教要傳佈的遠，說理要說的明白清楚，都不能不靠白話。散文固是重要，詩歌也有重要作用。詩歌可以歌唱，便于記憶，易於流傳，皆勝于散文作品。佛教來自印度，本身就有許多韻文的偈頌。這個風氣自然有人倣效。于是也有做無韻偈的，也有做有韻偈的；無韻偈是模倣，有韻偈便是偈體的中國化了。如高僧傳卷十有單道開的一偈：

我矜一切苦，出家爲利世。
利世須學明，學明能斷惡。
山遠粮粒難，作斯斷食計。
非是求仙侶，幸勿相傳說。

同卷又有天竺和尙耆域作的一偈：

守口攝心意，愼莫犯衆惡，
修行一切善，如是得度世。

這都是四世紀的作品。五六世紀中，偈體漸有中國化的趨勢。五世紀初期，鳩摩羅什寄一偈與廬山慧遠：

既已捨染樂，心得善攝不？
若得不馳散，深入實相不？
畢竟空相中，其心無所樂。
若悅禪智慧，是法性無照。
虛誑等無實，亦非停心處。
仁者所得法，幸願示其要。

慧遠答一偈；

本端竟何從？起滅有無際。
一微涉動境，成此穨山勢。
惑相更相乘，觸理自生滯。

因緣雖無主，開途非一世。
時無悟宗匠，誰將握玄契？
末問尙悠悠，相與期暮歲。

這竟是晉人的說理詩，意思遠不如鳩摩羅什原偈的明白曉暢。羅什是說話，而慧遠是做詩。慧遠不做那無韻的偈體，而用那有韻脚的中國舊詩體，也許他有意保持本國風尙，也許那時中國的大師還做不慣這種偈體。但六世紀的和尙便不同了。續高僧傳卷十九有慧可答向居士偈云：

說此眞法皆如實，與眞幽理竟不殊。
本迷摩尼謂瓦礫，豁然自覺是眞珠。
無明智慧等無異，當知萬法即皆如。
愍此二見之徒輩，伸詞措筆作斯書。
觀身與佛不差別，何須更覓彼無餘？

這便是有韻脚的白話偈了。慧可死于六世紀晚年；他是一個習禪的大師，後來禪宗稱他爲此土第二祖。續傳說他「命筆述意，……發言入理，未加鉛墨」；又有「乍託吟謠」的話；大概慧可是六世紀一個能文的詩僧。

這四項——民歌，嘲戲，歌妓的引誘，傳教與說理——是一切白話詩的來源。但各時期自有不同的來源。民歌是永遠不絕的；然而若沒有人提倡，社會下層的民歌未必就能影響文士階級的詩歌。歌妓是常有的；但有時宗教的勢力可以使許多艷歌成爲禁品，僅可以流傳于敎坊妓家，而不成爲公認的文學。嘲戲是常有的，但典古主義盛行的時期，文人往往也愛用古典的詩文相嘲戲，而不因此產生白話文學。傳教與說理也因時代而變遷：佛敎盛行的時期與後來禪宗最盛的時期產生這一類白話詩最多；後來理學代禪宗而起，也產生了不少的白話說理詩；但理學衰落之後，這種詩也就很少了。

唐朝初年的白話詩，依我的觀察，似乎是從嘲諷和說理的兩條路上來的。居多。嘲戲之作流爲詩人自適之歌或諷刺社會之詩，那就也和說理與傳教的一路很接近了。唐初的白話詩人之中，王梵志與寒山拾得都是走嘲戲的路出來的，都是從打油詩出來的；王績的詩似是從陶潛出來的，也富有嘲諷的意味。凡從遊戲的打油詩入手，只要有內容，只要有意境與見解，自然會做出第一流的哲理詩的。

從兩部高僧傳裏，我們可以看見，當佛教推行到中國的智識階級的時候，上流的佛教徒對於文學吟詠，有兩種不同的態度。四世紀的風氣承清談的遺風，佛教不過是玄談的一種，信佛教的人儘可不廢教外的書籍，也不必廢止文學的吟詠。如帛道猷便『好丘壑，一吟一詠，有濠上之風』。(僧傳五)他與竺道壹書云：

始得優遊山林之下，縱心孔釋之書。觸興爲詩，陵峰採藥。……因有詩曰：

連峰數千重，修林帶平津。雲過遠山翳，風至梗荒榛。茅茨隱不見，雞鳴知有人。閒步殘其逕，處處見遺薪。始知百代下，故有上皇民。

這種和尙完全是中國式的和尙，簡直沒有佛教化，不過『玩票』而已。他們對於『孔釋』正同莊老沒多大分別，故他們遊山吟詩，與當日淸談的士大夫沒有分別。這是一種態度。到了四世紀以後，戒律的翻譯漸漸多了，僧伽的組織稍完備了，戒律的奉行也更謹嚴了，佛教徒對於頌讚以外的歌詠便持禁遏的態度了。如慧遠的弟子僧徹傳中說他

> 以問道之暇，亦厝懷篇牘；至若一賦一詠，輒落筆成章。嘗至山南，扳松而嘯。於是淸風遠集，衆鳥和鳴，超然有勝氣。退還諮遠：『律禁管絃，戒絕歌舞；一吟一嘯，可得爲乎？』
>
> 遠曰：『以散亂言之，皆爲違法。』由是乃止。（僧傳卷七）

這又是一種態度。

但詩的興趣是遏抑不住的，打油詩的興趣也是忍不住的。五世紀中的惠休，六世紀初年的寶月（上文頁一四一——一四二），都是詩僧。這可見慧遠的主張在事實上

很難實行。即使吟風弄月是戒律所不許，諷世勸善總是無法禁止的。惠休（後來還俗，名湯惠休）與寶月做的竟是艷詩。此外却像是諷世說理的居多。五世紀下半益州有個邵碩（死於四七三），是個奇怪的和尙；僧傳（卷十二）說他

> 居無定所，恍惚如狂。爲人大口，眉目醜拙，小兒好追而弄之。或入酒肆，同人酣飲。而性好佛法；每見佛像，無不禮拜讚歎，悲感流淚。

他喜歡做打油詩勸人。本傳說他

> 遊歷益部諸縣，及往蠻中，皆因事言謔，協以勸善。……刺史劉孟明以男子衣衣二妾，試碩云：『以此二人給公爲左右，可乎？』碩爲人好韻語，乃謂明白：
>
> 寧自乞酒以淸醼，
> 不能與阿夫竟殘年！
>
> 孟明長史沈仲玉改鞭杖之格，嚴重常科。碩謂玉曰：

天地嗷嗷從此起。

若除鞭格得刺史。

玉信而除之。

最有趣的是他死後的神話：

臨亡，語道人法進云：『可露吾骸，急繫履著脚。』既而依之。出屍寘寺後，經二日，不見所在。俄而有人從郫縣來，遇進云：『昨見碩公在市中，一脚著履，漫語云：

小子無宜適，

失我履一隻。』

進驚而檢問沙彌，沙彌答曰，『近送屍時怖懼，右脚一履不得好繫，遂失之。』

這種故事便是後來寒山拾得的影子了。六世紀中，這種佯狂的和尚更多了，續僧傳『感通』一門中有許多人便是這樣的。王梵志與寒山拾得不過是這種風氣的代表者罷了。

續僧傳卷三十五記六世紀大師亡名（本傳在同書卷九。亡名工文學，有文集十卷，今不傳；續傳載其絕學箴的全文，敦煌有唐寫本，今藏倫敦博物院。）的弟子衞元嵩少年時便想出名，亡名對他說：『汝欲名聲，若不佯狂，不可得也。』

> 嵩心然之，遂佯狂漫走，人逐成羣，觸物摛詠。……自制琴聲，爲天女怨，心風弄。亦有傳其聲者。

衞元嵩後來背叛佛教，勸周武帝毀佛法，事在五七四年。但這段故事却很有趣味。佯狂是求名的捷徑。怪不得當年瘋僧之多了！『人逐成羣，觸物摛詠』，這也正是寒山拾得一流人的行逕。（元嵩作有千字詩，今不傳。）

這一種狂僧『觸物摛詠』的詩歌，大概都是詼諧的勸世詩。但其中也有公然譏諷佛教本身的。續僧傳卷三十五記唐初有個明解和尚，『有神明，薄知才學；

琴詩書畫，京邑有聲。』明解於龍朔中（六六二—六六三）應試得第，脫去袈裟，說：『吾今脫此驢皮，預在人矣！』遂置酒集諸士俗，賦詩曰：『一乘本非有，三空何所歸』云云。這詩是根本攻擊佛教的，可惜只剩此兩句了。同卷又記貞觀中（六二七—六四九）有洛州宋尙禮，『好爲譎詭詩賦』，因與鄴中戒德寺僧有怨，作了一篇慳伽斗賦，描寫和尙的慳吝狀態，『可有十紙許（言其文甚長，古時寫本書，以紙計算。），時俗常誦，以爲口實，見僧輒弄，亦爲黃巾（道士）所笑。』此文也不傳了。

這種打油詩，『譎詭詩賦』的風氣自然不限於和尙階級。北齊書卷四十二說陽休之之弟陽俊之多作六字句的俗歌，『歌辭淫蕩而拙，世俗流傳，名爲陽五伴侶，寫而賣之，在市不絕。』陽俊之有一天在市上看見賣的寫本，想改正其中的誤字，那賣書的不認得他就是作者，不許他改，對他說道：『陽五古之賢人，作此伴侶。君何所知，輕敢議論！』這是六世紀中葉以後的事。可惜這樣風行的一部六言白話詩也不傳了。

在這種風狂和尚與詼諧詩賦的風氣之下，七世紀中出了三五個白話大詩人。

* * * * *

第一位是王梵志。唐宋的人多知道王梵志。八世紀的禪宗大師有引梵志的詩的（歷代法寶記中無住語錄，敦煌唐寫本）；晚唐五代的村學堂裏小學生用梵志的詩作習字課本（法國圖書館藏有這種習字本殘卷）；北宋大詩人如黃庭堅極力推崇梵志的詩（胡仔苕溪漁隱叢話前集卷五十六）；南宋人的詩話筆記也幾次提及他（費衮梁谿漫志卷十；陳善捫蝨新話五；慧洪林間錄下；曉瑩雲臥記譚上，頁十一）。但宋以後竟沒有人知道王梵志是什麼人了。清朝編全唐詩，竟不曾收梵志的詩，大概他們都把他當作宋朝人了！

我在巴黎法國圖書館裏讀得伯希和先生（*Pelliot*）從敦煌莫高窟帶囘去的寫本王梵志詩三殘卷，後來在董康先生處又見着他手鈔日本羽田亨博士影照伯希和先生藏的別本一卷，共四個殘卷，列表如下：

(一)漢乾祐二年己酉（九四九）樊文昇寫本。（原目爲4094，即羽田亨影本）末二行云

王梵志詩集一卷

王梵志詩上中下三卷爲一部又此卷爲上卷，別本稱第一卷。

(二)己酉年（大槪也是乾祐己酉）高文□寫本。（原目爲2842，）這是一個小孩子的習字本，只寫了十多行，也是第一卷中的詩。

(三)宋開寶三年壬申（按開寶五年爲壬申，西曆九七二；三年爲庚午）閻海眞寫本（原目爲2718，）。此卷也是第一卷，爲第一卷最完善之本。

(四)漢天福三年庚戌（漢天福只有一年，庚戌爲乾祐三年，九五〇）金光明寺僧寫本（原目爲2914，）。此本題爲王梵志詩卷第三。

我們看這四個殘卷的年代都在第十世紀的中葉（九四九—九七二），可見王梵志的詩在十世紀時流行之廣。宋初政府編的太平廣記（九七八年編成，九八一年印行）卷八十二有『王梵志』一條，注云『出史遺』。史遺不知是何書，但此條爲關于梵志的

歷史的僅存的材料，故我鈔在下面：

> 王梵志，衛州黎陽人也。黎陽城東十五里有王德祖，當隋文帝時（五八一—六〇四），家有林檎樹，生癭大如斗，經三年，朽爛。德祖見之，乃剖其皮，遂見一孩兒抱胎而口（此處疑脫一字）。德祖收養之。至七歲，能語，曰，『誰人育我？復何姓名？』德祖具以實語之，因名曰『林木梵天』，後改曰『梵志』。曰，『王家育我，可姓王也。』梵志乃作詩示人，甚有義旨。

此雖是神話，然可以考見三事：一爲梵志生于衛州黎陽，即今河南濬縣。一爲他生當隋文帝時，約六世紀之末。三可以使我們知道唐朝已有關于梵志的神話，因此又可以想見王梵志的詩在唐朝很風行，民間才有這種神話起來。

我們可以推定王梵志的年代約當五九〇年到六六〇年。巴黎與倫敦藏的敦煌唐寫本曆代法寶記長卷中有無住和尚的語錄，說無住尋常教戒諸學道者，恐著言說，時時引稻田中螃蟹問衆人會不。（「會不」原作「不會」。今以意改。）又引王梵志詩：

慧眼近空心，非關髑髏孔。對面說不識，饒你母姓董！

無住死于大曆九年（七七四），他住在成都保唐寺，終身似不曾出四川。這可見八世紀中王梵志的詩流行已很遠了。故我們可以相信梵志是七世紀的人。

王梵志詩的第一卷裡都是勸世詩，極像應璩的百一詩。（看頁七〇—七二）這些詩都沒有什麼文學意味。我們挑幾首作例：

（一）

黃金未是寶，學問勝珠珍。丈夫無伎藝，虛霑一世人。

（二）

得他一束絹，還他一束羅。計時應大重，直爲歲年多。

（三）

有勢不煩意，欺他必自危。但看木裏火，出則自燒伊。

第二卷沒有傳本。第三卷裏有很好的詩，我們也挑幾首作例：

（四）

吾有十畝田，種在南山坡。青松四五樹，綠豆兩三窠。熱即池中浴，涼便岸上歌。遨遊自取足，誰能奈我何！

（五）

我見那漢死，肚裏熱如火。不是惜那漢，恐畏還到我。

（六）

我有一方便，價值百疋練：相打長伏弱，至死不入縣。

（七）

共受虛假身，共稟太虛氣。死去雖更生，迴來盡不記。以此好尋思，萬事淡無味。不如慰俗心，時時一倒醉。

（八）

草屋足風塵，牀無破氈臥。客來且喚入，地鋪稿薦坐。家裏元無炭，柳麻且吹火。白酒瓦鉢藏，鐺子兩脚破。鹿脯三四條，石鹽五六課。看客只寧馨，從你痛笑我！（「寧馨」卽「那亨」，「那麼樣」。）

以上八首都是從巴黎的敦煌寫本選出的。黃山谷最賞識梵志的『翻著襪』一首，其詩確是絕妙的詩：

（九）

梵志翻著襪，人皆道是錯。乍可刺你眼，不可隱我脚。（慧洪引此詩，「道是」作「謂我」；「乍」作「寧」。）

南宋詩僧慧洪也稱贊此詩。陳善捫蝨新話說：

知梵志翻著襪法，則可以作文。知九方臯相馬法，則可以觀人文章。

這可見這一首小詩在宋朝文人眼裏的地位。黃山谷又引梵志一首詩云：

（十）

城外土饅頭，餡草在城裏。一人喫一個，莫嫌沒滋味。

山谷評此詩道：

已且爲土饅頭，尙誰食之？今改

預先著酒澆，使教有滋味。

南宋禪宗大師克勤又改爲：

城外土頭饅，餡草在城裏。著羣（?）哭相送，入在肚皮裏。次第作餡草，相送無窮已。以茲警世人，莫開眼瞌睡。（曉瑩雲臥紀譚卷上，續藏經二乙，二一函，一册，頁十一）

宋末費袞梁溪漫志卷十載有梵志詩八首，其中三首是七言的，四首是五言的。我也選幾首作例：

（十一）

他人騎大馬，我獨跨驢子。回顧擔柴漢，心下較些子。

（十二）

世無百年人，強作千年調。打鐵作門限，鬼見拍手笑。

末一首慧洪引作寒山的詩，文字也小不同：

人是黑頭蟲，剛作千年調。鑄鐵作門限，鬼見拍手笑。

大概南宋時已有後人陸續添入的詩；寒山拾得與梵志的詩裏皆不免後人附入的詩。

• • • • •

第二位詩人是王績。王績字無功，絳州龍門人，是王通（「文中子」）的兄弟。据舊說，王通生於五八四，死于六一八，死時年三十五。（疑年續錄一）王績在隋末做過官，他不願意在朝，自求改為六合丞。他愛喝酒，不管官事，後來竟回家鄉閒住。唐高祖武德年間（約六二五），他以前官待詔門下省。那時有太常署史焦革家裏做得好酒，王績遂自求做太常署丞。焦革死後，他也棄官回去了。他自稱東皐子，有東皐子集五卷。他的年代約當五九〇到六五〇年。

王績是一個放浪懶散的人，有點像陶潛，他的詩也有點像陶潛。我們選幾首做例子：

初春

前旦出門遊，林花都未有。今朝下堂來，池冰開已久。雪被南軒梅，風催北庭柳。遙呼竈前妾，却報機中婦：年光恰恰來，滿甕營春酒！

獨坐

問君樽酒外，獨坐更何須？有客談名理，無人索地租。三男婚令族，五女嫁賢夫。百年隨分了，未羨陟方壺。

山家

平生唯酒樂，作性不能無。朝朝訪鄉里，夜夜遣人酤。家貧留客久，不暇道精麤。抽簾持益炬，拔簀更燃爐。恆聞飲不足，何見有殘壺？

過酒家

此日長昏飲，非關養性靈。眼看人盡醉，何忍獨爲醒？

＊　＊　＊　＊　＊

王績是王勃的叔祖。王勃（六四八—六七五）與同時的盧照鄰，駱賓王，楊炯都是少年能文，人稱爲初唐四傑。他們都是駢儷文的大家，沿襲六朝以來的遺風，用駢儷文作序記碑碣，但他們都是有才氣的作家，故雖用駢偶文體，而文字通暢，意旨明顯，故他們在駢文史上是一派革新家。王勃的滕王閣序，駱賓王的討武氏檄文，所以能傳誦一時，作法後世，正是因爲這種文字是通顯明白的駢文。故杜甫有詩云：

王楊盧駱當時體，輕薄爲文哂未休。爾曹身與名俱滅，不廢江河萬古流。

四傑之文乃是駢文的「當時體」，乃是新體的駢文。滕王閣序等文的流傳後代，應正了杜甫『江河萬古流』的預言。在古文運動（見下文）之先，四傑的改革駢文使他可以勉強應用，不能不說是一種過渡時期的改革。當時史學大家劉知幾（六六一—七一三）作史通，評論古今史家得失，主張實錄『當世口語』，反對用典，反對摹古，然而史通本身的文體却是駢偶的居多。這種駢文的議論文也屬于這個新體駢文運動的一部分。

四傑的詩，流傳下來的很少；但就現存的詩看來，其中也頗有白話化的傾向。短詩如王勃的絕句，長詩如盧照鄰的歌行，都有白話詩的趨勢。

九日　王勃

九日重陽節，開門有菊花。不知來送酒，若箇是陶家？（「若箇」即「那個？」）

普安建陰題壁　王勃

江漢深無極，梁岷不可攀。山川雲霧裏，遊子幾時還？

這都有王績的家風。

行路難

盧照鄰

君不見長安城北渭橋邊，枯木橫槎臥古田！昔時含紅復含紫，常時留霧復留煙。春景春風花似雪，香車玉轝恒闐咽。若箇遊人不競攀？若箇娼家不來折？娼家寶襪蛟龍帔，公子銀鞍千萬騎。黃鶯一一向花嬌，青鳥雙雙將子戲。千尺長條百尺枝，月桂星榆相蔽虧。珊瑚葉上鴛鴦鳥，鳳凰巢裏雛鵷兒。——巢傾枝折鳳歸去，條枯葉落狂風吹。一朝零落無人問，萬古摧殘君詎知？——人生貴賤無終始，倏忽須臾難久恃；誰家能駐西山日？誰家能堰東流水？漢家陵樹滿秦川。行來行去盡哀憐。自昔公卿二千石，咸擬榮華一萬年；不見朱唇將白貌，唯聞素棘與黃泉。金貂有時換美酒，玉麈但搖莫計錢。寄言坐客神仙署：一生一死交情處？蒼龍闕下君不來，白鶴山前我應去。雲間海上邈難期，赤心會合在何時？但願堯年一百萬，長作巢由也不辭。

這幾乎全是白話的長歌了。其中如『若箇遊人不競攀？若箇娼家不來折？』『誰家能駐西山日？誰家能堰東流水？』『黃鶯一一向花嬌，青鳥雙雙將子戲』等等句子，必是很接近當日民間的俗歌的。盧照鄰又有長安古意長歌，文太長了，不能全鈔在這裏；其中的句子如

得成比目何辭死？願作鴛鴦不羨仙。

如

生憎帳額繡孤鸞，好取門前帖雙燕。

都是俗歌的聲口。這一篇的末段云：

……專權意氣本豪雄，青虬紫燕坐春風。自言歌舞長千載，自謂驕奢凌五公。節物風光不相待，桑田碧海須臾改。昔時金階白玉堂，即今唯見青松在。寂寂寥寥揚子居，年年歲歲一牀書。獨有南山桂花發，飛來飛去襲人裾。

這種體裁從民歌裏出來，雖然經過曹丕鮑照的提倡，還不曾得文學界的充分採用。盧照鄰的長歌便是這種歌行體中興的先聲。以後繼起的人便多了，天才高的便成李白杜甫的歌行，下等的也不失爲長恨歌秦婦吟。上章（第十章）曾引續高僧傳善權傳中的話，說當時的導師作臨時的唱導文，『或三言爲句，便盡一時；七五爲章，其例亦爾』。這可見六七世紀之間，民間定有不少的長歌，或三言爲句，或五言，或七言，當日唱導師取法于此，唐朝的長篇歌行也出于此。唐以前的導文雖不傳了，但我們看證道歌，季布歌等（另詳見別篇），可以斷言七言歌行體是從民間來的。

七年前（一九二一）我做這部文學史的初稿時，曾表示我對於寒山拾得的年代的懷疑。我當時主張的大意是說：

向來人多把寒山拾得看作初唐的人。寒山詩的後序說他們是貞觀初的人。

此序作于南宋，很靠不住。我覺得這種白話詩一定是晚唐的出品，決不會出在唐初。

我當時並沒有什麼證據。但我後來竟尋得一條證據，當時我很高興。這條證據在古尊宿語錄卷十四的趙州從諗禪師語錄裏面，原文如下：

師（從諗）因到天台國淸寺見寒山拾得。師云，『久嚮寒山拾得，到來只見兩頭水牯牛。』寒山拾得便作牛鬥。師云：『叱，叱！』寒山拾得咬齒相看。師便歸堂。

據傳燈錄卷十，從諗死于唐昭宗乾寧四年（八九七）；但據這部語錄前面的行狀，他死于戊子歲，當後唐明宗天成三年（九二八）。無論如何，這可以證明寒山拾得是唐末五代間人了。

但我現在不信這種證據了。我現在認趙州語錄是一個妄人編的，其人毫無歷史知識，任意捏造，多無根据。如行狀中說從諗死年在『戊子歲』，而無年號；

下文又云：『後唐保大十一年孟夏月旬有三日，有學者咨聞東都東院惠通禪師趙州先人行化厥由，作禮而退，乃援筆錄之。』後唐無保大年號，五代時也沒有一個年號有十一年之長的：保大乃遼時年號，當宋宣和三年至六年（一一二一—一一二四）。這可見編者之揑造。戊子若在後唐，便與傳燈錄所記從諗死年相差三十一年了！傳燈錄說他死時年百二十歲。即使我們承認他活了百二十歲，從後唐明宗戊子（九二八）倒數百二十年，當憲宗元和三年；而語錄中說他見了寒山拾得，又去見百丈和尚（懷海），百丈死于元和九年（八一四），那時從諗還只有六歲，怎麼就能談禪行脚了呢！以此看來，我在七年前發現的證據原來毫無做證據的價值！編造這部趙州語錄的人，大約是遼金之際的一個陋僧，不知百丈是何人，也不知寒山拾得是何人的。

後世關于寒山拾得的傳說，多根据于閭丘胤的一篇序。此序裏神話連篇，本不足信。閭丘胤的事蹟已不可考；序中稱唐與縣，唐與之名起于高宗上元二年

(六七五)故此序至早不過在七世紀末年，也許在很晚的時期呢。此序並不說閭丘胤到台州是在『貞觀初』；『貞觀初』的傳說起于南宋沙門志南的後序。向來各書記寒山拾得見閭丘胤的年代很不一致，今排列各書所記如下：

(1)貞觀七年(六三三)——宋僧志磐佛祖統紀(作於一二五六)

(2)貞觀十六年(六四二)——元僧熙仲釋氏資鑑(作於一三三六)

(3)貞觀十七年(六四三)——宋僧本覺釋氏通鑑(作於一二七〇)

(4)先天中(七一二—七一三)——元僧曇噩科分六學僧傳(成於一三六六)

(5)貞元末(約八〇〇)——元僧念常歷代佛祖通載(成於一三四一)

各書相差，從貞觀七年到貞元末(六三三—八〇〇)，有一百七十年之多！這可見古人因閭丘胤序中未有年代，故未免自由猜測；念常老實把此事移到中唐，我更移後一步，便到了晚唐了。

其實我當時并沒有好證據，不過依据向來分唐詩為『初，盛，中，晚』四期。

的習慣，總覺得初唐似乎不會有這種白話詩出現。但我發現王梵志的白話詩以後，又從敦煌寫本曆代法寶記裏證實了盛唐時人已稱引梵志的詩，我的主張不能不改變了。

但我總覺得寒山拾得的詩是在王梵志之後，似是有意模倣梵志的。梵志生在河南，他的白話詩流傳四方，南方有人繼起，寒山子便是當時的學梵志的一個南方詩人。拾得豐干大概更在後了，大概都是後來逐漸附麗上去的。

以我所知，關於寒山的材料大概都不可靠。比較可信的只有兩件，都是宋以前的記載。

第一件是五代時禪宗大師風穴延沼禪師引的寒山詩句。（延沼死於九七三）風穴語錄（續藏經二，二三套，二册，頁一二〇）有一條說：

上堂，舉寒山詩曰：

梵志死去來，魂識見閻老。讀盡百王書，未免受捶拷。一稱『南無佛』

皆以成佛道。

此詩不在現傳寒山詩各本裏，大概十世紀裏延沼所見當是古本。此詩說梵志見閻王的故事，可見寒山的詩出于梵志之後。大概王梵志的詩流傳很遠，遂開白話詩的風氣，延沼所引的詩可以暗示梵志與寒山的關係。

第二件是太平廣記卷五十五的『寒山子』一條。太平廣記是宋初(九七八)編成的，所收的都是宋以前的小說雜記。這一條注云，『出仙傳拾遺』，其文如下：

> 寒山子者，不知其名氏。大歷中(七六六—七七九)，隱居天台翠屏山。其山深邃，當暑有雪，亦名寒岩，因自號爲寒山子。好爲詩，每得一篇一句，輒題于樹間石上，有好事者隨而錄之，凡三百餘首，多述山林幽隱之興，或譏諷時態，能警勵流俗。桐栢徵君徐靈府序而集之，分爲三卷，行于人間。十餘年，忽不復見。……

這是關于寒山子的最古的記載。此條下半說到咸通十二年(八七一)道士李褐見仙人寒山子的事，可見此文作于唐末，此時寒山子已成仙人了。但此文說寒山子隱居天台在大歷時，可見他生於八世紀初期，他的時代約當七〇〇至七八〇，正是盛唐時期了。他的詩集三卷，是徐靈府『序而集之』的。徐靈府是錢塘人，隱居天目山修道，辭武宗（八四一—八四六）的徵辟，絕粒久之而死。作寒山集序的人是一個道士，寒山子的傳又在仙傳拾遺裏，可見寒山子在當日被人看作一個修道的隱士，到後來才被人編排作國清寺的貧子。

拾得與豐干皆不見於宋以前的記載。只有閭丘胤的序裏說寒山是文殊菩薩，拾得是普賢菩薩，豐干是彌陀佛；豐干是一個禪師，在唐興縣的國清寺裏；寒山拾得都『狀如貧子，又似風狂，或去或來，在國清寺庫院走使廚中着火。』

大概當時的道士與和尚都搶着要拉寒山。徐靈府是道士，故把寒山子看作修道之士；後來的道士遂把寒山看作神仙傳中人了。天台本是佛教的一個中心，豈肯輕易放過這樣一位本山的名人？所以天台的和尚便也造作神話，把寒山化作佛門的一位菩薩，又拉出豐干拾得來作陪。到了宋代禪宗諸書裏，——例如志南的寒山集後序——寒山拾得便成了能談禪機，說話頭的禪師了。

拾山雖然生當盛唐，他的詩分明屬于王梵志的一路，故我們選他的幾首詩附在這裏：

（一）

有個王秀才，笑我詩多失：云不識蜂腰，仍不會鶴膝；平側不解壓，凡言取次出。——我笑你作詩，如盲徒詠日！（看上文頁一四四）

（二）

有人笑我詩。我詩合典雅，不煩鄭氏箋，豈用毛公解？不恨會人稀，秖爲知音寡。若遣趁宮商，余病莫能罷。忽遇明眼人，即自流天下。

（三）

欲得安身處，寒山可長保。微風吹幽松，近聽聲逾好。下有斑白人，咽喃誦黃老。十年歸不得，忘却來時道。

（四）

若人逢鬼魅，第一莫驚懅。捺硬莫倸渠，呼名自當去。燒香請佛力，禮拜求僧助。蚊子叮鐵牛，無渠下嘴處！

（五）

有人把椿樹，喚作白旃檀。學道多沙數，幾個得泥洹？棄金却擔草，謾他亦自謾。似聚沙一處，成團亦大難。

（六）

快哉混沌身，不飯復不尿。遭得誰鑽鑿，因茲立九竅。朝朝爲衣食，歲歲愁租調。千箇爭一錢，聚頭亡命叫。

（七）

出身既擾擾，世事非一狀。未能捨流俗，所以相退訪。昨弔徐五死，今送劉三葬，日日不得閒，爲此心悽愴。

（八）

我在村中住，衆推無比方。昨日到城下，仍被狗形相。或嫌袴太窄，或說衫少長。撐却雞子眼，雀兒舞堂堂。

（九）

三五癡後生，作事不真實：未讀十卷書，強把雌黃筆；將他儒行篇，喚作盜賊律。脫體似蟬蟲，齩破他書帙。

拾得與豐干的詩大概出于後人倣作，故不舉例了。

後記

這一章印成後，我又在唐人馮翊的桂苑叢談（唐代叢書初集）裏尋得「王梵志」一條，其文與太平廣記所載相同，而稍有異文，其異文多可校正廣記之誤；大概兩書同出于一個來源，而馮氏本較早，故訛誤較少。馮翊的事跡不可考，但桂苑叢談多記咸通乾符間（八六〇—八七九）的事，又有一條寫『吳王收復浙右之歲』，吳王卽楊行密，死于九〇五年。此書大概作于九〇〇年左右，在太平廣記編纂（九七八）之前約八十年。今鈔此條全文如下，異文之傍加圈爲記：

王梵志，衞州黎陽人也。黎陽城東十五里有王德祖者，當隋之時，家有林檎樹，生癭大如斗。經三年，其癭朽爛，德祖見之，乃撤其皮，遂見一孩兒抱胎而出。因收養之。至七歲，能語，問曰，『誰人育我？』及問姓名。德祖具以實告。因林木而生曰『梵天』，後改曰『志』。〔曰〕（似應有『曰』字），『我〔王〕（似脫一『王』字）家長育，可姓王也。』作詩諷人，甚有義旨。蓋菩薩示化也。

（一九二七，十二，八，胡適補記。）

第十二章　八世紀的樂府新詞

唐帝國統一中國（六二三）之後，直到安祿山之亂（七五五），凡一百三十年間，沒有兵亂，沒有外患，稱爲太平之世。其間雖有武后的革命（六九〇—七〇五），那不過是朝代的變更，社會民生都沒有擾亂。這個長期的太平便是燦爛的文化的根基。在這個時期之中，文化的各方面都得着自由的發展；宗教，經學，美術，文學都很發達。太宗是個很愛文學的皇帝，他的媳婦武后也是一個提倡文學的君主；他們給唐朝文學種下了很豐厚的種子；到了明皇開元（七一三—七四一）天寶（七四二—七五五）之世，唐初下的種子都生根發芽，開花結果了。

唐太宗爲秦王時，即開文學館，招集十八學士；即帝位之後，開弘文館，收攬文學之士，編纂文籍，吟咏倡和。高宗之世，上官儀作宰相，爲一時文學領袖。武后專政，大倡文治；革命之後，搜求遺逸，四方之士應制者向萬人。其時貴臣公主都依附風氣，招攬文士，提倡吟咏。中宗神龍景龍（七〇五—七〇九）之間，皇帝與羣臣賦詩宴樂，屢見于記載。如大唐新語云：

神龍之際，京城正月望日盛燈影之會；金吾弛禁，特許夜行。貴游戚屬及下俚工賈無不夜游。馬車駢闐，人不得顧。王主之家，馬上作樂以相誇競。文士皆賦詩一章以紀其事。作者數百人。（此條引見謝无量大文學史六，頁三四。唐代叢書本大唐新語無此條。）

又全唐詩話云：

十月，中宗誕辰，內殿宴，聯句。……帝謂侍臣曰：「今天下無事，朝野多歡。欲與卿等詞人時賦詩宴樂。可識朕意，不須惜醉。」……

中宗正月晦日幸昆明池賦詩，羣臣應制百餘篇。帳殿前結綵樓，命昭容（昭儀上官婉兒，上官儀之孫女。）選一篇爲新翻御製曲。羣臣悉集其下。須臾，紙落如飛；各認其名而懷之。惟沈佺期宋之問二詩不下。移時，一紙飛墜，競取而觀，乃沈詩也。評曰：「二詩工力悉敵。沈詩落句云：「微臣雕朽質，羞覩豫章才」，蓋詞氣已竭。宋詩云。「不愁明月盡，自有夜珠來」，猶陡健舉。』沈乃伏，不敢復爭。

這種空氣裏產生的文學自然不能不充滿了廟堂館閣的氣味。這種應制之詩很少文學價值。六朝以來的律詩到此時期更加華麗工整。沈佺期宋之問最工律體，嚴定格律，學者尊奉，號爲「沈宋」。這種體裁最適宜于應制與應酬之作，只要聲律調和，對仗工整，便沒有內容也可成篇。律詩的造成都是齊梁以至唐代的愛文學的帝后造作的罪孽。

但當日君臣宴樂賦詩的環境裏，有時候也會發生一點詼諧遊戲的作物。隋唐嘉話云：

> 景龍中，中宗遊興慶池，侍宴者遞起歌舞，幷唱下兵詞，方便以求官爵。給事中李景伯亦起唱曰：

迴波爾持酒巵。兵兒志在箴規。侍宴旣過三爵，喧譁竊恐非宜。

於是乃罷坐。（「迴波」是一種舞曲。）

又中宗受制于韋后，御史大夫裴談也有怕老婆之名，宴樂的時候，有優人唱迴波樂云：

迴波爾持栲栳。怕婦也是大好。外邊祇有裴談，內裏無過李老！（本事詩）

又開天傳信記云：

天寶初，玄宗遊華清宮。劉朝霞獻賀幸溫泉賦，詞調倜儻，雜以俳諧。……其賦首云：

若夫天寶二年，十月後兮臘月前，辦有司之供具，命鑾駕幸於溫泉。天門軋然，開神仙之偪塞；鑾輿劃出，驅甲仗而駢闐。青一隊兮黃一隊，熊蹋胸兮豹拏背。珠一團兮繡一團，玉鏤珂兮金鈒鞍。……

其後述聖德云：

直獲得盤古髓，掐得女媧氏孃。遮莫你古來千帝，豈如我今代三郎？

(明皇稱李三郎。)

其自敘云：

別有家愁蹭蹬，失路猖狂；骨撞雖短，伎倆能長。夢裏幾迴富貴，覺來依舊恓惶！只是千年一遇，扣頭五角而六張！(「五角六張」是當時的俗語，謂五日遇角宿，六日遇張宿，俗謂這兩日作事多不成。)

上覽而奇之，將加殊賞，命朝霞改去「五角六張」。奏云：「臣草此賦，若有神助，自謂文不加點，筆不停輟，不願改之。」

當時風氣簡略，沒有宋儒理學的刻論，君主與臣民之間還不很隔絕，故還有這種親狎嘲謔的空氣。這種打油詩的出現便是打倒那堂皇典麗的死文學的一個起點。

唐明皇(玄宗)於七一二年即位，做了四十五年(七一二—七五六)的皇帝。開元天寶的時代在文化史上最有光榮。開國以來，一百年不斷的太平已造成了一個富裕的，繁華的，奢侈的，閑暇的中國。到明皇的時代，這個閑暇繁華的社會裏遂自然產生出優美的藝術與文學。

唐明皇是一個愛美的皇帝，他少年時就顯出這種天性，如舊唐書賈曾傳（卷一九〇）說：

> 玄宗在東宮，……頻遣使訪召女樂，命宮臣就率更署閱樂，多奏女妓。

這就是後來寵愛楊貴妃的李三郎。舊唐書音樂志（卷二八）說：

> 玄宗在位多年，善樂音。若讌設酺會，即御勤政樓。……天子開簾受朝，禮畢，又素扇垂簾。百寮常參，供奉官貴戚二王後諸蕃酋長謝食，就坐。太常大鼓，藻繪如錦，樂工齊擊，聲震城闕。太常卿引雅樂，每色數十人，自南魚貫而進，列於樓下。鼓笛雞婁（雞婁是鼓名，「正圓，兩手所擊之處平可數寸。」），充庭考擊。太常樂立部伎，坐部伎，依點鼓舞，間以胡夷之伎。日旰，即內閑廐引蹀馬三十四，傾杯樂曲，奮首鼓尾，縱橫應節。

……又令宮女數百人自帷出，擊雷鼓，爲破陣樂，太平樂，上元樂。雖太常積習皆不如其妙也。……

玄宗又於聽政之暇，教太常樂工子弟三百人爲絲竹之戲，音響齊發，有一聲誤，玄宗必覺而正之。號爲「皇帝弟子」，又云「梨園弟子」，以置院近于禁苑之梨園。

太常又有別教院，教供奉新曲。太常每陵晨，鼓笛亂發；於「太樂」別署教院。廩食常千人。宮中居宜春院。

玄宗又製新曲四十餘，又新製樂譜。……

音樂志又云：

開元二十五年太常卿韋縚令博士韋逌……等銓叙前後所行用樂章爲五卷，以付太樂鼓吹兩署，令工人習之。時太常舊相傳有宮商角徵羽讌樂五調歌詞各一卷；或云，貞觀中侍中楊仁恭妾趙方等所銓集，詞多鄭衞，皆近代詞人雜詩。至貂，又令太樂令孫玄成更加整比爲七卷。又自開元已來，歌者雜用胡夷里巷之曲；其孫玄成所集者，工人多不能通，相傳謂爲法曲。但此段下文又云：『其五調法曲，詞多不經，不復載之。』据此可見當時樂工所傳習的固多胡夷里巷之音；那些所謂『五調法曲』也是『詞多不經』，大概也是採集民間俗歌而成的。

在這個音樂發達而俗歌盛行的時代，高才的文人運用他們的天才，作爲樂府歌詞，採用現成的聲調或通行的歌題，而加入他們個人的思想與意境。如本事詩云：

> 天寶末，玄宗嘗乘月登勤政樓，命梨園弟子歌數闋。有唱李嶠詩（此係李嶠的汾陰天的末段。李嶠是中宗時宰相。）者云：
>
> 山川滿目淚沾衣。富貴榮華能幾時？不見祇今汾水上，惟有年年秋雁飛。

時上春秋已高，問是誰詩。或對曰，李嶠。因淒然泣下，不終曲而起，曰：『李嶠眞才子也！』（次柳氏舊聞也記此事稍與此不同。）

又如李白傳（舊唐書卷一九〇）云：

白旣嗜酒，日與飲徒醉於酒肆。玄宗度曲，欲造樂府新詞，亟召白，白已臥於酒肆矣。召入，以水灑面，卽令秉筆。頃之，成十餘章。帝頗嘉之。

這是隨便舉一兩事，略見當日的詩人與樂府新詞的關係。李白論詩道：

自從建安來，綺麗不足珍。

唐人論詩多特別推重建安時期。（例如元稹論詩，引見舊唐書卷一九〇杜甫傳中。）我們在上編（頁九八—六〇）曾說建安時期的主要事業在于制作樂府歌辭，在於文人用古樂府的舊曲改作新詞。開元天寶時期的主要事業也在於制作樂府歌辭，在於繼續建安曹氏父子的事業，用活的語言同新的意境創作樂府新詞。所謂『力追建安』一句標語的意義其實不過如此。

盛唐是詩的黃金時代。但後世講文學史的人都不能明白盛唐的詩所以特別發展的關鍵在什麼地方。盛唐的詩的關鍵在樂府歌辭。第一步是詩人做作樂府。第二步是詩人沿用樂府古題而自作新辭，但不拘原意，也不拘原聲調。第三步是詩人用古樂府民歌的精神來創作新樂府。在這三步之中，樂府民歌的風趣與文體不知不覺地浸潤了，影響了，改變了詩體的各方面，遂使這個時代的詩在文學史上放一大異彩。

唐初的人也偶然試作樂府歌辭。但他們往往用律詩體做樂府，正像後世妄人用駢文來做小說，怎麼會做的出色呢！試舉樂府古題「有所思」作個例。沈佺期用的是律體：

君子事行役，再空芳歲期。美人曠延佇，萬里浮雲思。園槿綻紅艷，郊桑柔綠滋。坐看長夏晚，秋月生羅幃。

這是做試帖詩，只要揣摩題面，敷衍成五言四韻就完卷了。再看盛唐詩人李白做此題，是什麼境界：

我思仙人乃在碧海之東隅！
海寒多天風，
白波連山倒蓬壺！
長鯨噴湧不可涉，
撫心茫茫淚如珠。
西來青鳥東飛去，
願寄一書謝麻姑。

這便是借舊題作新詩了。這個解放的風氣一開，便不可關閉了。

* * * * *

這個時代是個解放的時代。古來的自然主義的哲學（所謂「道家」哲學）與佛教的思想的精采部分相結合，成爲禪宗的運動；到這個時代，這個運動已成熟了，南方一個不識字的和尚名叫慧能的（死于七一三），打起宗敎革命的旗幟，成立『南宗』。這個新宗派的標語是『打倒一切文字障與儀式障！』他們只要人人自己明白自性本來清淨，本來圓滿具足。他們反對一切漸修之法，如念佛坐禪之類。他們主張人人可以頓悟，立證佛性。這個南宗運動起于七世紀晚年，到八世紀中葉便與北宗舊勢力實地衝突，到八世紀晚年竟大占勝利，代替北宗成爲正統。這是中國佛教史上的一大革命，也是中國思想史上的一大革命。這個大運動的潮流自然震盪全國，美術文學都逃不了他們的影響。

這個時代的人生觀是一種放縱的，愛自由的，求自然的人生觀。我們試引杜甫的飲中八仙歌來代表當時的風氣：

知章（賀知章）騎馬似乘船，眼花落井水底眠。

汝陽（汝陽王璡）三斗始朝天，道逢麴車口流涎，恨不移封向酒泉！

左相（李適之，天寶元年作左丞相）日興費萬錢，飲如長鯨吸百川，銜杯樂聖稱避賢。(他罷相後，有詩云：『避賢初罷相，樂聖且銜杯。爲問門前客，今朝幾個來？』)

宗之(齊國公崔宗之)瀟灑美少年，舉觴白眼望青天，皎如玉樹臨風前。

蘇晉(左庶子)長齋繡佛前，醉中往往愛逃禪。

李白斗酒詩百篇，長安市上酒家眠，天子呼來不上船，自稱臣是酒中仙。

張旭三杯『草聖』傳，脫帽露頂王公前，揮毫落紙如雲煙。

焦遂五斗方卓然，高談雄辯驚四筵。

這裏面有親王，有宰相，有佛教徒，有道士(賀知章後爲道士)，有詩人，有美術家，很可以代表一時的風氣了。這種風氣在表面上看來很像是頹廢，其實只是對於舊禮俗的反抗，其實是一種自然主義的人生觀的表現。

這八個人的第一人賀知章便是當時文學界的一個大師，他的傳記很可以使我們注意。他是會稽永興人，少年時便有文學的名譽。舉進士後，官做到禮部侍

郎，集賢院學士，又充皇太子侍讀，工部侍郎，秘書監。舊唐書（卷一九〇中）說他

> 性放曠，善談笑，當時賢達皆傾慕之。……晚年尤加縱誕，無復規檢。自號『四明狂客』，又稱『秘書外監』。遨遊里巷，醉後屬詞，動成卷軸，文不加點，咸有可觀。……天寶三載（七四四），知章因病恍惚，乃上疏請度爲道士，求還鄉里，仍捨本鄉宅爲觀。上許之，……御製詩以贈行，皇太子已下咸就執別。至鄉無幾壽終，年八十六。

最可注意的是這樣一個狂放的人在當時却很受社會的敬重，臨去朝廷，皇帝作詩送行，皇太子親來送別；他死後多年，肅宗還下詔追悼，說他『器識夷淡，襟懷和雅，神清志逸，學富才雄。』這可見這是一個自由解放的時代，那不近人情的佛教的威權倒了，而那不近人情的道學的權威還沒有起來。所以這個時代產生的文學也就多解放的，自然的文學。賀知章傳中說他『遨遊里巷，醉後屬詞，文不加點』。遨遊里巷，故能接近民間的語言；醉後屬詞，文不加點，故多近于自然

也。賀知章的詩保存甚少（全唐詩石印本卷四，頁七六），然而已有狠可表示時代精神的作品，如下列幾首：

柳枝詩

碧玉裝成一樹高，萬條垂下綠絲縧。不知細葉誰裁出？二月春風似剪刀。

回鄉偶書　二首

少小離家老大回，鄉音難改鬢毛衰。兒童相見不相識，笑問客從何處來。

離別家鄉歲月多，近來人事半銷磨。唯有門前鏡湖水，春風不改舊時波。

讀史的人注意：詩體大解放了，自然的，白話的詩出來了！

＊　＊　＊　＊

我們在上文說過，這個時代的詩的關鍵在于樂府歌詞；故我們現在述評這時期的幾個樂府大家。

高適，字達夫，渤海蓨人。舊唐書說他少年時不事生產，家貧，客於梁宋，

『以求丐取給』，大概是一個高等叫化子。到中年時，他始學做詩。（舊唐書說他年過五十，始留意篇什。此言不確。他的詩中有「年過四十尙躬耕」的話可證。）『數年之間，體格漸變，以氣質自高。每吟一篇，已爲好事者傳誦。』宋州刺史薦他舉有道科，後不很得意，遂投在哥舒翰幕下掌書記。安祿山之亂，哥舒翰兵敗，高適趕到明皇行在，受明皇的賞識，拔他做侍御史，諫議大夫；後來他做到淮南節度使，轉劍南西川節度使，召爲刑部侍郎，轉散騎常侍，封渤海縣侯。永泰元年（七六五）死。

高適的詩似最得力于鮑照；鮑照的奔逸的天才在當時雖不見賞識，到了八世紀却正好做一個詩體解放的導師。高適是個有經驗，有魄力的詩人，故能運用這種解放的詩體來抬高當日的樂府歌詞。

行路難

君不見富家翁，舊時貧賤誰比數？一朝金多結豪貴，萬事勝人健如虎。子孫生長滿眼前　妻能管絃妾能舞、自矜一身忽如此，却笑傍人獨愁苦。東鄰少年安所如？席門窮巷出無車，有才不肯事干謁，何用年年空讀書？

此詩雖不佳，但可表示他有意學鮑照的樂府，又可表示他做『文丐』時代的詩是這樣通俗的樂府。

邯鄲少年行

邯鄲城南游俠子，自矜生長邯鄲裏。千場縱博家仍富，幾度報讎身不死。宅中歌笑日紛紛，門外車馬如雲屯。未知肝膽向誰是，令人却憶平原君。君不見今人交態薄，黃金用盡還疏索？以茲感激辭舊游，更於時事無所求，且與少年飲美酒，往來射獵西山頭。

營州歌

營州少年愛原野，狐裘蒙茸獵城下。虜酒千鍾不醉人，胡兒十歲能騎馬。

漁父歌

曲岸深潭一山叟，駐眼看鉤不移手。世人欲得知姓名，良久問他不開口。

笋皮笠子荷葉衣，心無所營守釣磯：料得孤舟無定止，日暮持竿何處歸？

封丘縣（他初任封丘尉）

我本漁樵孟諸野，一生自是悠悠者，乍可狂歌草澤中，寧堪作吏風塵下？祇言小邑無所爲，公門百事皆有期。拜迎官長心欲碎，鞭撻黎庶令人悲。歸來向家問妻子，舉家大笑今如此，生事應須南畝田，世情付與東流水！夢想舊山安在哉，爲銜君命且遲迴。乃知梅福徒爲爾，轉憶陶潛歸去來。

送別

昨夜離心正鬱陶，三更白露西風高。螢飛木落何淅瀝！此時夢見西歸客。曙鐘寥亮三四聲，東鄰嘶馬使人驚。攬衣出戶一相送，唯見歸雲縱復橫。

春酒歌　畢員外宅夜飲，時洛陽告捷。

故人美酒勝濁醪，故人清詞合風騷。長歌滿酌推吾曹，高談正可揮麈毛，半醉忽然持蟹螯。——洛陽告捷傾前後，武侯腰間印如斗；郎官無事時飲酒：杯中綠蟻吹轉來，甕上飛花拂還有。——前年持節將楚兵，去年留司在東京，今年復拜二千石，盛夏五月西南行。彭門劍門蜀山裏，昨逢軍人劫奪我，到家但見妻與子。賴得飲君春酒數十杯，不然令我愁欲死！

我們看這些詩，可以明白當日的詩人從樂府歌詞裏得來的聲調與訓練，往往應用到樂府以外的詩題上去。這是從樂府出來的新體詩：五言也可，七言也可，五七言夾雜也可，大體都是朝着解放自由的路上走，而文字近於白話或竟全用白話。後世妄人不懂歷史，却把這種詩體叫做『古詩』『五古』『七古』！要知道律詩雖起于齊梁，而駢儷的風氣來源甚古，故律詩不能說是『近體』。至于那解放的七言詩體，曹丕鮑照雖開其端，直到唐朝方才成熟，其實是逐漸演變出來的一種新體，如何可說是『古詩』呢？故研究文學史的人應該根本放棄這種謬見，認清這種解放而近于自然的詩體是唐朝的新詩體。讀一切唐人詩，都應該作如此看法。

岑參，南陽人。少孤貧，好學，登天寶三年（七四四）的進士第，官做到嘉州刺史。杜鴻漸鎮西川，表請他領幕職。他後來死在蜀中。杜鴻漸死于大歷四年（七六九），岑參之死約在那時。他也是當時的一個有名詩人，『每一篇出，人競傳寫』。

走馬川行　奉送出師西征

君不見走馬川行雪海邊，平沙莽莽黃入天？輪臺九月風夜吼，一川碎石大如斗，隨風滿地石亂走。匈奴草黃馬正肥，金山西見煙塵飛，漢家大將西出師。將軍金甲夜不脫，半夜軍行戈相撥，風頭如刀面如割。馬毛帶雪汗氣蒸，五花連錢旋作冰，幕中草檄硯水凝。——虜騎聞之應膽慴，料知短兵不敢接，車師西門佇獻捷。

燉煌太守後庭歌

燉煌太守才且賢，郡中無事高枕眠。太守到來山出泉，黃砂磧裏人種田。燉煌耆舊鬢皓然，願留太守更五年。城頭月出星滿天，曲房置酒張錦筵。美人紅妝色正鮮，側垂高髻插金鈿。醉坐藏鉤紅燭前，不知鉤在若箇邊。爲君手把珊瑚鞭，射得半段黃金錢，——此中樂事亦已偏。

酒泉太守席上醉後作

琵琶長笛曲相和，羌兒胡雛齊唱歌。渾炙犂牛烹野駝，交河美酒歸叵羅。三更醉後軍中寢，無奈秦山歸夢何！

涼州館中與諸判官夜集

彎彎月出挂城頭，城頭月出照涼州。涼州七里(一作七城)十萬家，胡人半解彈琵琶。琵琶一曲腸堪斷，風蕭蕭兮夜漫漫。河西幕中多故人，故人別來三五春。花門樓前見秋草，豈能貧賤相看老？一生大笑能幾迴？斗酒相逢須醉倒。

送李副使赴磧西官軍

火山六月應更熱，赤亭道口行人絕。知君慣度祁連城，豈能愁見輪臺月？脫鞍暫入酒家壚，送君萬里西擊胡！功名祇向馬上取，眞是英雄一丈夫！

胡歌

異姓蕃王貂鼠裘，葡萄宮錦醉纏頭。關西老將能苦戰，七十行兵仍未休。

春夢

洞庭昨夜春風起，故人尙隔湘江水。枕上片時春夢中，行盡江南數千里。

逢入京使

故園東望路漫漫！雙袖龍鐘淚不乾。馬上相逢無紙筆，憑君傳語報平安。

岑參的詩往往有嘗試的態度。如走馬川行每三句一轉韻，是一種創體。燉煌太守後庭歌也是一種大胆的嘗試。古人把岑參比吳均何遜，他們只賞識他的律詩，故如此說。律詩固不足稱道；然而即以他的律詩來說，也遠非吳均何遜所能比。如他的佳句：

歸夢秋能作，鄉書嬾醉題。（瀘水東店）

欲語多時別，先愁計日迴。（送蔣侍御）

三年絕鄉信，六月未春衣。（臨洮客舍）

這種白話句子豈是吳均何遜做得出的嗎？

* * * * *

王昌齡，字少伯，京兆人；登開元十五年（七二七）進士第，補祕書郎；二十二年（七三四）中弘詞科，調汜水尉，遷江寧丞。舊唐書（卷一九〇下）說他「不護細行，屢見貶斥」。史又說他「爲文緒微而思淸」。

長歌行

曠野饒悲風，颼颼黃蒿草。繫馬倚白楊，——誰知我懷抱？所是同袍者，相逢盡衰老。北登漢家陵，南望長安道；下有枯樹根，上有鼯鼠窠，高皇子孫盡，千載無人過。寶玉頻發掘，精靈其奈何？——人生須達命，有酒且長歌。

箜篌引

盧谿郡南夜泊舟，夜聞兩岸羌戎謳。其時月黑猿啾啾，微雨霑衣令人愁。有一遷客登高樓，不言不寐彈箜篌，彈作薊門桑葉秋，風沙颯颯青塚頭，將軍鐵驄汗血流，深入匈奴戰未休，黃旗一點兵馬收，亂殺胡人積如丘。——瘡病驅來配邊州，仍披漠北羔羊裘，顏色飢枯掩面羞，眼眶淚滴深兩眸。欲還本鄉食犛牛，欲語不得指咽喉；或有強壯能咿嚘，意說被他邊將讎：——五世屬藩漢主留，碧毛氈帳河曲遊，橐駝五萬部落稠，敕賜飛鳳金兜鍪。爲君百戰如過籌，靜掃陰山無鳥投。家藏鐵券特承優。——黃金百斤不稱求，九族分離作楚囚！——深谿寂寞絃苦幽，草木悲感聲颼飀。僕本東山爲國憂，明光殿前論九疇，籠讀兵書盡冥搜，爲君掌上施權謀：

（删一句）紫宸詔發遠懷柔，（删三句）朔河屯兵須漸抽，盡遣降來拜御溝，便令海內休戈矛。何用班超定遠侯？史官書之得已不？（此詩中删去最劣的四句，更覺貫串。——適）

出塞

秦時明月漢時關，萬里長征人未還。但使龍城飛將在，不教胡馬度陰山。

閨怨

閨中少婦不曾愁，春日凝妝上翠樓。忽見陌頭楊柳色，悔教夫壻覓封侯。

* * * * *

王維，字摩詰，河東人，開元九年（七二一）進士。他是一個書畫家，又通音樂，登第後調爲太樂丞，歷官右拾遺，監察御史，左補闕，庫部郎中，給事中。天寶末，安祿山陷兩京，他被拘留。亂平後，授太子中允，遷中庶子，中書舍人，復拜給事中，轉尚書右丞。乾元二年（七五九）卒。

王維是一個美術家，用畫意作詩，故人說他『詩中有畫』。他愛山水之樂；得宋之問的藍田別墅，在輞口，輞水周遶舍下，有竹洲花塢。他與道友裴迪浮舟往來，彈琴賦詩，嘯詠終日。他又信佛，每日齋僧，坐禪念佛。（他的名與字便是把維摩詰斬成兩截！）他的好禪靜，愛山水，愛美術，都在他的詩裏表現出來，遂開一個『自然詩人』的宗派。這一方面的詩，我們另有專論。現在只論他的樂府歌詞。

他的樂府歌辭在當時很流傳，故傳說說他早年用鬱輪袍新曲進身，又說當時梨園子弟唱他的曲子，又說他死後代宗曾對他的兄弟王縉說：『卿之伯氏，天寶中，詩名冠代。朕嘗于諸王座聞其樂章。』他的集中有時註有作詩年代，如他作洛陽女兒行時年僅十六，作桃源行時年僅十九，作燕支行時年僅二十一。這可見他少年時多作樂府歌辭；晚年他的技術更進，見解漸深，故他的成就不限于樂府歌曲。這一個人的詩的演變，可以推到一個時代的詩的演變：唐人的詩多從樂府歌詞入手，後來技術日進，工具漸熟，個人的天才與個人的理解漸漸容易表現出來，詩的範圍方才擴大，詩的內容也就更豐富，更多方了。故樂府詩歌是唐詩的一個大關鍵：詩體的解放多從這裏來，技術的訓練也多從這裏來。從做作樂府而進爲創作新樂府，從做樂府而進爲不做樂府，這便是唐詩演變的故事。

所以我們要選王維的幾篇樂府：

隴頭吟

長安少年遊俠客，夜上戍樓看太白。隴頭明月迥臨關，隴上行人夜吹笛。

關西老將不勝愁，駐馬聽之雙淚流。身經大小百餘戰，麾下偏裨萬戶侯。

蘇武纔爲典屬國，節旄落盡海西頭！

夷門歌（信陵君上的客侯嬴居夷門）

七國雄雄猶未分，攻城殺將何紛紛！秦兵益圍邯鄲急，魏王不救平原君。

公子爲嬴停駟馬，執轡愈恭意愈下。亥（朱亥）爲屠肆鼓刀人，嬴乃夷門抱關者。非但慷慨獻奇謀，意氣兼將身命酬。向風刎頸送公子，——七十老翁何所求？

少年行

新豐美酒斗十千，咸陽遊俠多少年。相逢意氣爲君飲，繫馬高樓垂柳邊。

出身仕漢羽林郎，初隨驃騎戰漁陽。孰知不向邊庭死，縱死猶聞俠骨香！

九月九日憶山東兄弟（時年十七）

獨在異鄉爲異客，每逢佳節倍思親。遙知兄弟登高處，遍插茱萸少一人。

渭城曲（即陽關曲）

渭城朝雨浥輕塵，客舍青青柳色新。勸君更盡一杯酒，西出陽關無故人。

* * * * *

李白，字太白，山東人；他的父親作任城尉，因住家任城。（李白的故鄉，各說不一致，我依舊唐書本傳。）少年時與山東諸生孔巢父等隱於徂徠山，酣歌縱酒，時人號為『竹溪六逸』。天寶初，他遊會稽，與道士吳筠隱於剡中。『既而玄宗詔筠赴京師，筠薦之於朝，遣使召之，與筠俱待詔翰林。』（今各本舊唐書均脫去此二十五字，下面還有一個「白」字，共脫二十六字。今用張元濟先生用宋本校補的本子。）他好飲酒，天天與一班酒徒在酒肆中爛醉，故杜甫詩云：

李百斗酒詩百篇，長安市上酒家眠，天子呼來不上船，自稱臣是酒中仙。

（舊唐書記此事，已引見上文了。）

舊史說他『嘗沉醉殿上，引足令高力士脫靴，由是斥去，乃浪迹江湖，終日沉飲。』安祿山之亂，明皇奔蜀，永王璘為江淮兵馬都督，李白去謁見他，遂留在他幕下。後來永王謀獨立，失敗之後，李白因此被長流夜郎。後雖遇赦得還，竟以飲酒過度，醉死在宣城。（李白的歷史，諸書頗不一致。新唐書記他的事便與舊書不同。越到後來，神話越多。我覺得舊唐書較可信 故多採此書。）他的生死年代有幾種說法。今依李華所

作墓誌，定他生于大足元年，死于寶應元年（七〇一—七六二）

李白是一個天才絕高的人，在那個解放浪漫的時代裏，時而隱居山林，時而沉醉酒肆，時而鍊丹修道，時而放浪江湖，最可以代表那個浪漫的時代，最可以代表那時代的自然主義的人生觀。他歌唱的是愛自由的歌唱，

安能摧眉折腰事權貴，
使我不得開心顏？

這個時代的君主提倡文學，文學遂成了利祿的捷徑，如高適傳中說：「天寶中，海內事干進者注意文詞。」集異記說王維少年時曾因岐王的介紹，到貴公主宅裏，夾在伶人之中，獨奏他的新曲鬱輪袍，因此借公主的勢力得登第。此說是否可信，我們不敢斷定。但當時確有這種風氣。如李頎有「送康洽入京進樂府歌」，末段云：

曳裾此日從何所？中貴由來盡相許。白袷春衫仙吏贈，烏皮隱几臺郎與。

新詩樂府唱堪愁，御妓應傳鳷鵲樓。西上雖因貴公主，終須一見曲陵侯。

這可見當日的詩人奔走於中貴人貴公主之門，用樂府新詩作進身的禮物，並不以為可恥之事。李白雖作樂府歌詞，他似乎不會用此作求功名的門路。他早年先隱居山東，天寶初年隱居剡中，那時他已四十多歲了。賀知章告歸會稽在天寶三年(七四四)，他見了李白稱他為『天上謫仙人』。李白憶賀監詩自序說他們在長安紫極宮相見，賀解金龜換酒為樂。紫極宮是道觀，詩中也不說他薦李白。新唐書說『吳筠被召，故白亦至長安，往見賀知章，知章……言於玄宗，召見金鑾殿』，這明是不願李白因道士被薦，故硬改舊史之文，歸功于賀知章。却不知賀知章傳明說他天寶三年告歸，而李白傳明說李白天寶初始遊會稽。李白憶賀監詩提及鏡湖故宅，云『人亡餘故宅，空有荷花生』；又重憶詩云：『稽山無賀老，却棹酒船回』，可見李白遊會稽在賀知章死後，他何嘗受知章的推薦？楊貴妃之立在天寶四年(七四五)，李白被薦入京似已在楊貴妃的時代，那時李白已近五十歲了。明皇雖賞識他的樂府歌詩，但他似乎不屑單靠文詞進身，故他的態度很放肆，很倨傲：天子還呼喚不動他，高力士自然只配替他脫靴了。安祿山之亂，永王璘起兵，李白在宣州謁見，舊史並不為他隱諱；他有永王東巡歌十一首，其二云：

但用東山謝安石，為君談笑靜胡沙。

其十一云：

南風一掃胡塵靜，西入長安到日邊。

他自己也不諱他擁戴永王的態度。後人始有替他辯護的，說他『時臥廬山，璘迫致之』（曾鞏李白詩序）。還有人偽作他自序的詩，說他『迫脅上樓船，從賜五百金，棄之若浮煙』，這眞是畫蛇添足了。

我們的考證只是要說明李白的人格。他是個隱逸的詩人，做他自己的詩歌，不靠做詩進身。他到近五十歲時方才與吳筠以隱居道士的資格被召見；雖然待詔翰林，他始終保持他的高傲狂放的意氣。晚年遇見天下大亂，北方全陷，兩京殘破，他擁護永王（明皇第五子）倂不算犯罪。他這種藐視天子而奴使高力士的氣魄，在那一羣抱着樂府新詩奔走公主中貴之門的詩人之中，眞是黃庭堅所謂『太白豪放，人中鳳凰麒麟』了！

李白的樂府有種種不同的風格。有些是很頽放的，很悲觀的醉歌，如

將進酒

君不見黃河之水天上來，奔流到海不復回！君不見高堂明鏡悲白髮，朝如青絲暮成雪！人生得意須盡歡，莫使金樽空對月。天生我材必有用，千金散盡還復來。烹羊宰牛且爲樂，會須一飲三百杯。岑夫子，丹丘生，將進酒，君莫停！與君歌一曲，請君爲我傾耳聽：——

鐘鼓饌玉不足貴，
但願長醉不願醒。
古來聖賢皆寂寞，

惟有飲者留其名。
陳王昔時宴平樂，
斗酒十千恣歡謔。
主人何為言少錢？
徑須沽取對君酌。
五花馬，千金裘，
呼兒將出換美酒，
與爾同銷萬古愁！

陽襄歌

落日欲沒峴山西，倒著接䍦花下迷。襄陽小兒齊拍手，攔街爭唱白銅鞮。
傍人借問笑何事，笑殺山公醉似泥！（晉時山簡鎮襄陽，多在池邊置酒，常醉倒。故民歌曰：『山公在何許？往至高陽池。時時能騎馬，倒著白接䍦。』接䍦是一種白帽子。）鸕鶿杓，鸚鵡杯，百年三萬六千日，一日須傾三百杯！遙看漢水鴨頭綠，恰似葡萄初醱醅。此江若變作春酒，壘麴便築糟邱臺。千金駿馬換小妾，笑坐雕鞍歌落梅。車傍倒挂一壺酒，鳳笙龍管行相催。咸陽市中歎黃犬，何如月下傾金罍？（李斯臨殺斬時，回頭對他兒子說：『吾欲與若復牽黃犬俱出上蔡東門逐狡兔，豈可得乎？』）君不見晉朝羊公一片石，龜頭剝落生莓苔！（羊祜鎭襄陽，有遺愛，民過羊公碑多墮淚，故稱爲墮淚碑。李白別有襄陽曲，有云，『上有墮淚碑，青苔久磨滅。』）淚亦不能爲之墮，心亦不能爲之哀。清風朗月不用一錢買，玉山自倒非人推。——舒州杓，力士鐺，李白與爾同死生！襄王雲雨今安在？江水東流猿夜聲。

有些很美的艷歌，如

長相思

美人在時花滿堂，美人去後空餘牀。牀中繡被卷不寢，至今三載猶聞香。

香亦竟不滅，人亦竟不來。相思黃葉落，白露點青苔。

有些是很飄逸奇特的遊仙詩，如

懷仙歌

一鶴東飛過滄海，放心散漫知何在？仙人浩歌望我來，應攀玉樹長相待。堯舜之事不足驚，自餘囂囂直可輕，巨鼇莫戴三山去，我欲蓬萊頂上行。

有些是很沉痛的議論詩，如

戰城南

去年戰桑乾源，今年戰葱河道。洗兵條支海上波，放馬天山雪中草。萬里長征戰，三軍盡衰老。匈奴以殺戮爲耕作，古來唯見白骨黃沙田。秦家築城備胡處，漢家還有烽火然。烽火然不息，征戰無已時。野戰格鬬死，敗馬號鳴向天悲。烏鳶啄人腸，銜飛上挂枯樹枝。士卒塗草莽，將軍空爾爲。——乃知兵者是凶器，聖人不得已而用之。（用老子的話）

有些是客觀地試作民歌：

長干行

妾髮初覆額，折花門前劇。郎騎竹馬來，遶牀弄青梅。同居長干里，兩小無嫌猜。十四為君婦，羞顏未嘗開；低頭向暗壁，千喚不一迴。十五始展眉，願同塵與灰。常存抱柱信，豈上望夫臺。十六君遠行，瞿塘灩澦堆。五月不可觸，猿聲天上哀。門前遲行跡，一一生綠苔。苔深不可掃，落葉秋，風早；八月胡蝶來，雙飛西園草。感此傷妾心，坐愁紅顏老。早晚下三巴，預將書報家。相迎不道遠，直至長風沙。

橫江詞

人道橫江好，儂道橫江惡。一風三日吹倒山，白浪高於瓦官閣。

有些卻又是個人的離愁別恨，如

客中行

蘭陵美酒鬱金香，玉椀盛來琥珀光。但使主人能醉客，不知何處是他鄉。

靜夜思

牀前看月光，疑是地上霜。舉頭望山月，低頭思故鄉。

贈汪倫

李白乘舟將欲行，忽聞岸上踏歌聲。桃花潭水深千尺，不及汪倫送我情。

金陵酒肆留別

風吹柳花滿店香，吳姬壓酒勸客嘗。金陵子弟來相送，欲行不行各盡觴。
請君試問東流水，別意與之誰短長？

樂府到了李白，可算是集大成了。他的特別長處有三點。第一，樂府本來起于民間，而文人受了六朝浮華文體的餘毒，往往不敢充分用民間的語言與風趣。李白認清了文學的趨勢，

自從建安來，綺麗不足珍。

聖代復元古，垂衣貴清眞。

他是有意用『清眞』來救『綺麗』之弊的，所以他大胆地運用民間的語言，容納民歌的風格，很少雕飾，最近自然。第二，別人作樂府歌辭，往往先存了求功名科第的念頭；李白却始終是一匹不受羈勒的駿馬，奔放自由，

人生在世不稱意，
明朝散髮弄扁舟。

有這種精神，故能充分發揮詩體解放的趨勢，爲後人開不少生路。第三，開元天寶的詩人作樂府，往往勉強作壯語，說大話；仔細分析起來，其實很單調，很少個性的表現。李白的樂府有時是酒後放歌，有時是離筵別曲，有時是發議論，有時是頌贊山水，有時上天下地作神仙語，有時描摹小兒女情態，體貼入微，這種多方面的嘗試便使樂府歌辭的勢力侵入詩的種種方面。兩漢以來無數民歌的解放的作用與影響，到此才算大成功。

然而李白究竟是一個山林隱士。他是個出世之士，賀知章所謂「天上謫仙人」。這是我們讀李白詩的人不可忘記的。他的高傲，他的狂放，他的飄逸的想像，他的遊山玩水，他的隱居修道，他的迷信符籙，處處都表示他的出世的態度。在他的應酬贈答的詩裏，有時候他也會說，

> 苟無濟代心，獨善亦何益？（「代」即「世」，唐人避李世民的諱，故用「代」字。）

有時他竟說：

> 余亦草間人，頗懷拯物情。

但他始終是個世外的道士：

> 我本楚狂人，鳳歌笑孔丘。手持綠玉杖，朝別黃鶴樓。五嶽尋山不辭遠，一生好入名山遊。……早服還丹無世情，琴心三疊道初成。遙見仙人綵雲裏，手把芙蓉朝玉京。

這才是眞正的李白。這種態度與人間生活相距太遠了。所以我們讀他的詩，總覺

得他好像在天空中遨遊自得，與我們不發生交涉。他儘管說他有『濟世』『拯物』的心腸；我們總覺得酒肆高歌，五嶽尋山是他的本分生涯；『濟世』『拯物』未免汚染了他的芙蓉綠玉杖。樂府歌辭本來從民間來，本來是歌唱民間生活的；到了李白手裏，竟飛上天去了。雖然

咳唾落九天，隨風生珠玉，

然而我們凡夫俗子終不免自慚形穢，終覺得他歌唱的不是我們的歌唱。他在雲霧裏嘲笑那瘦詩人杜甫，然而我們終覺得杜甫能了解我們，我們也能了解杜甫。杜甫是我們的詩人，而李白則終于是『天上謫仙人』而已。

第十三章　歌唱自然的詩人

五世紀以下，老莊的自然主義的思想已和外來的佛敎思想混合了：士大夫往往輕視世務，寄意於人事之外；雖不能出家，而往往自命爲超出塵世。於是在文學的方面有『山水』一派出現。劉勰所謂『宋初文詠，莊老告退而山水方滋』，即是指這種趨勢。代表這種趨勢的，在五世紀有兩個人：陶潛與謝靈運。陶潛生在民間，做了幾回小官，仍舊回到民間，

久在樊籠裏，復得返自然，

所以他更能賞識自然界的眞美，所以他歌唱『自然』，都不費氣力，輕描淡寫，便成佳作。

採菊東籬下，悠然見南山。
山氣日夕佳，飛鳥相與還。

此中有眞意，欲辨已忘言。

後來他的詩影響了無數詩人，成爲『自然詩人』的大宗。謝靈運也歌唱自然界的景物，但他中駢儷文學的毒太深了，用駢偶句子來描寫山水，偶然也有一兩句好句子，然而『自然』是不能硬割成對偶句的，所以謝靈運一派的詩只留給後人一些很壞的影響，叫人做不自然的詩來歌唱自然。（看上編頁一二九——一三七）

七八世紀是個浪漫時代，文學的風尙很明顯地表現種種浪漫的傾向。酒店裏狂歌痛飲，在醉鄉裏過日子，這是一方面。放浪江湖，隱居山林，寄情于山水，這也是很時髦的一方面。如王績，在官時便是酒鬼，回鄉去也只是一個酒狂的隱士。如賀知章，在長安市上作酒狂作的厭倦了，便自請度爲道士，回到鏡湖邊作隱士去。爛醉狂歌與登山臨水同是這個解放時代的人生觀的表現。故我們在這一章裏敘述這時代的幾個歌唱自然的詩人。

孟浩然，襄陽人，隱居鹿門山，以詩自適。年四十，來遊長安，應進士，不第，仍回到襄陽。張九齡鎮荊州，請他爲從事，同他唱和。他死在開元之末，約當七四〇年。

孟浩然的詩有意學陶潛，而不能擺脫律詩的勢力，故稍近於謝靈運。

題終南翠微寺空上人房

翠微終南裏，雨後宜返照。閉關久沉冥，杖策一登眺。遂造幽人室，始知靜者妙。儒道雖異門，雲林頗同調。兩心喜相得，畢景共談笑。暝還高窻昏，時見遠山燒。緬懷赤城標，更憶臨海嶠。風泉有淸音，何必蘇門嘯？

過故人莊

故人具雞黍，邀我至田家。綠樹村邊合，靑山郭外斜。開筵面場圃，把酒話桑麻。待到重陽日，還來就菊花。

夜歸鹿門山

山寺鐘鳴晝已昏。漁梁渡頭爭渡喧。人隨沙路向江村，我亦乘舟歸鹿門。
鹿門月照開煙樹，忽到龐公棲隱處。巖扉松徑長寂寥，惟有幽人夜來去。

* * * *

王維晚年隱居輞川，奉佛禪誦，彈琴賦詩，故他晚年的詩多吟詠山水之作。他的朋友裴迪儲光羲同他往來唱和，都是吟詠自然的詩人。舊唐書說王維「嘗聚其田園所爲詩，號輞川集。」這可見他們竟是自覺地做這種田園詩了。我們把這幾個人叫做「輞川派的自然詩人」。

王維的詩：

偶然作　六首之一

陶潛任天眞，其性頗耽酒。自從棄官來，家貧不能有。九月九日時，菊花空滿手。中心竊自思，儻有人送否？白衣携壺觴，果來遺老叟。且喜得斟酌，安問升與斗。奮衣野田中，今日嗟無負！兀傲迷東西，簑笠不能守。

傾倒強行行，酣歌歸五柳。生事不曾問，肯媿家中婦？

答張五弟

終南有茅屋，前對終南山。終年無客常閉關，終日無心長自閑。不妨飲酒復垂釣，君但能來相往還。

輞川閑居，贈裴秀才迪

寒山轉蒼翠，秋水日潺湲。倚杖柴門外，臨風聽暮蟬。渡頭餘落日，墟里上孤烟。復值接輿醉，狂歌五柳前。

終南別業

中歲頗好道，晚家南山陲。興來每獨往，勝事祇自知。行到水窮處，坐看雲起時。偶然值林叟，談笑無還期。

輞川集　二十首之二

鹿柴

空山不見人，但聞人語響。返景入深林，復照青苔上。

竹里館

獨坐幽篁裏，彈琴復長嘯。深林人不知，明月來相照。

裴迪是關中人，舊唐書說他是王維的『道友』。他後來做官，做過蜀州刺史。他的詩也收在輞川集裏，我們選一首：

宮槐陌

門前宮槐陌，是向欹湖道。秋來山雨多，落葉無人掃。

儲光羲，兗州人，也是王維的朋友，後來做到監察御史。我們選他的詩一首：

田家卽事

蒲葉日已長，杏花日已滋。老農要看此，貴不違天時。迎晨起飯牛，雙駕耕東菑。蚯蚓土中出，田烏隨我飛，羣合亂啄噪，嗷嗷如道飢。我心多惻隱，顧此兩傷悲，撥食與田烏，日暮空筐歸。親戚更相誚，我心終不移。

李白的詩也很多歌詠自然的。他是個山林隱士，愛自由自適，足跡遊遍許多名山，故有許多吟詠山水之作。他的天才高，見解也高，眞能欣賞自然的美，而文筆又恣肆自由，不受駢偶體的束縛，故他的成績往往比那一班有意做山水詩的人更好。

山中問答

問余何事棲碧山，笑而不答心自閑。桃花流水窅然去，別有天地非人間。

獨坐敬亭山

衆鳥高飛盡，孤雲獨去閑。相看兩不厭，只有敬亭山。

自遣

對酒不覺暝，落花盈我衣。醉起步溪月，鳥還人亦稀。

春日醉起言志

處世若大夢，胡爲勞其生？所以終日醉，頹然臥前楹，覺來盼庭前，一鳥花間鳴。借問此何時，春風語流鶯。感之欲歎息，對酒還自傾。浩歌待明月，曲盡已忘情。

月下獨酌

花間一壺酒，獨酌無相親。舉杯邀明月，對影成三人。月旣不解飲，影徒隨我身。暫伴月將影，行樂須及春。我歌月徘徊，我舞影零亂。醒時同交歡，醉後各分散。永結無情遊，相期邈雲漢。

＊　＊　＊　＊　＊

元結，字次山，河南人，生於開元十一年（七二三），死於大歷七年（七七二）。他是個留心時務的人，做過幾任官；代宗時，他做道州刺史，政治的成績很好，爲當時的一個循吏。他的詩文裏頗多關心社會狀況的作品，雖天才不及杜甫，而用意頗像他。（參看下章）他又是個愛山水的人，意態閒適，能用很樸素的語言描寫他對於自然的欣賞。

招孟武昌

漫叟（元結自號）作退谷銘，指曰，『干進之客不能遊之。』作桮湖銘，指曰，『爲人厭者，勿泛桮湖。』孟士源嘗黜官，無情干進；在武昌不爲人厭，可遊退谷，可泛桮湖，故作詩招之。

風霜枯萬物，退谷如春時。窮冬涸江湖，桮湖澄淸漪。湖盡到谷口，單船近堦墀。湖中更何好？坐見大江水；攲石爲水涯，半山在湖裏。谷口更何好？絕壑流寒泉，松桂蔭茅舍，白雲生坐邊。武昌不干進，武昌人不厭，退谷正可遊，桮湖任來泛。湖上有水鳥，見人不飛鳴。谷口有山獸，往往隨人行。莫將車馬來，令我鳥獸驚。

夜宴石魚湖作

風霜雖慘然，出遊熙天晴。登臨日暮歸，置酒湖上亭。高燭照泉深，光華溢軒楹，如見海底日，曈曈始欲生。夜寒閉窗戶，石溜何清泠！若在深洞中，半崖聞水聲。醉人疑舫影，呼指遞相驚。何故有雙魚，隨吾酒舫行？醉昏能誕語，勸醉能忘情。坐無拘忌人，勿限醉與醒。

石魚湖上作

吾愛石魚湖，石魚在湖裏，魚背有酒樽，繞魚是湖水。兒童作小舫，載酒勝一杯；座中令酒舫，空去復滿來。湖岸多欹石，石下流寒泉；醉中一盥漱，快意無比焉。金玉吾不須，軒冕吾不愛。且欲坐湖畔，石魚長相對。

無爲洞口作

無爲洞口春水滿，無爲洞傍春雲白。愛此踟躕不能去，令人悔作衣冠客。洞傍山僧皆學禪，無求無欲亦忘年。欲問其心不能問，我到山中得無悶。

說洄溪，招退者

長松亭亭滿四山，山間乳竇流淸泉。洞溪正在此山裏，乳水松膏常灌田。
松膏乳水田肥良，稻苗如蒲米粒長。糜色如珈玉液酒，酒熟猶聞松節香。
溪邊老翁年幾許？長男頭白孫嫁女。問言只食松田米，無藥無方向人語。
浯溪石下多泉源，盛暑大寒冬大温。屠蘇宜在水中石，洞溪一曲自當門。
吾今欲作洞溪翁，誰能住我舍西東？勿憚山深與地僻，羅浮尚有葛仙翁。

* * * * *

以上不過是略舉幾個歌唱自然的詩人，表示當時的一種趨勢。中國的思想界經過佛敎大侵入的震驚之後，已漸漸恢復了原來的鎭定，仍舊繼續東漢魏晉以來的自然主義的趨勢，承認自然的宇宙論與適性的人生觀。禪宗的運動與道敎中的智識分子都是朝着這方向上走的。在這個空氣裏，隱逸之士遂成了社會上的高貴階級。聰明的人使不去應科第，卻去隱居山林，做個隱士。隱士的名氣大了，自然有州郡的推薦，朝廷的徵辟；即使不得徵召，而隱士的地位很高，仍不失社會的崇敬。唐書盧藏用傳有一個故事說的最妙：

司馬承禎嘗召至闕下，將還山。藏用指終南山曰：『此中大有佳處。』承禎徐曰：『以僕觀之，仕宦之捷徑耳。』

司馬承禎是個眞隱士；盧藏用早年隱居少室終南兩山，時人稱爲『隨駕隱士』，後來被徵辟，依附權貴，做到大官，故不免受司馬承禎的譏誚。這個故事可以使我們知道當日隱逸的風氣的社會背景。思想所趨，社會所重，自然產生了這種隱逸的文學，歌頌田園的生活，讚美山水的可愛，鼓吹那樂天安命，適性自然的人生觀。人人都自命陶淵明謝靈運，其中固然有眞能欣賞自然界的眞美的，但其中有許多作品終不免使人感覺有點做作，有點不自然。例如王維的

獨坐幽篁裏，琴彈復長嘯，

在我們看來，便近於做作，遠不如陶潛的

采菊東籬下，悠然見南山。

天天狂飲爛醉，固不是自然；對着竹子彈琴長嘯，也算不得自然，都不過一種做作而已。

但這個崇拜自然的風氣究竟有點解放的功用，因爲對着竹子彈琴長嘯，究竟稍勝于夾在伶人隊裏唱鬱輪袍去巴結公主貴人罷？在文學史上，崇拜自然的風氣產生了一個陶潛，而陶潛的詩影響了千餘年歌詠田園山水的詩人。其間雖然也有用那不自然的律體來歌唱自然的，然而王維孟浩然的律詩也都顯出一點解放的趨勢，使律詩傾向白話化。這個傾向，經過杜甫白居易的手裏，到了晚唐便更顯明了，律詩幾乎全部白話化了。

第十四章　杜甫

歷歷開元事，分明在眼前。
無端盜賊起，忽已歲時遷！（杜甫）

八世紀中葉（七五五），安祿山造反。當時國中久享太平之福，對於這次大亂，絲毫沒有準備。故安祿山史思明的叛亂不久便蔓延北中國，兩京破陷，唐朝的社稷幾乎推翻了。後來還是借了外族的兵力，才把這次叛亂平定。然而中央政府的威權終不能完全恢復了，貞觀開元的盛世終不回來了。

這次大亂來的突兀，驚醒了一些人的太平迷夢。有些人仍舊過他們狂醉高歌的生活；有些還捧着貢諛獻媚，做他們的靈武受命頌，鳳翔出師頌；但有些人卻覺悟了，變嚴肅了，變認真了，變深沉了。這裏面固然有個人性情上的根本不同，不能一概說是時勢的影響。但我們看天寶以後的文學新趨勢，不能不承認時勢的變遷同文學潮流有很密切的關係。

> 憶昔開元全盛日，小邑猶藏萬家室，稻米流脂粟米白，公私倉廩俱豐實。九州道路無豺虎，遠行不勞吉日出。……宮中聖人奏雲門，天下朋友皆膠漆。百餘年間未災變，叔孫禮樂蕭何律。豈聞一絹直萬錢，有田種穀今流血！洛陽宮殿燒焚盡，宗廟新除狐兔穴。傷心不忍問耆舊，復恐初從離亂說。……（杜甫憶昔）

時代換了，文學也變了。八世紀下半的文學與八世紀上半截然不同了。最不同之點就是那嚴肅的態度與深沉的見解。文學不僅是應試與應制的玩意兒了，也不僅是做作樂府歌詞供教坊樂工歌妓的歌唱或貴人公主的娛樂了，也不僅是勉強作壯語或勉強說大話，想像從軍的辛苦或神仙的境界了。八世紀下半以後，偉大作家的文學要能表現人生，——不是那想像的人生，是那實在的人生：民間的實在痛苦，社會的實在問題，國家的實在狀況，人生的實在希望與恐懼。

向來論唐詩的人都不會明白這個重要的區別。他們只會攏統地誇說『盛唐』，却不知道開元天寶的詩人與天寶以後的詩人，有根本上的大不同。開元天寶是盛世，是太平世；故這個時代的文學只是歌舞昇平的文學，內容是浪漫的，意境是做作的。八世紀中葉以後的社會是個亂離的社會；故這時個代的文學是呼號愁苦的文學，是痛定思痛的文學，內容是寫實的，意境是眞實的。

這個時代已不是樂府歌詞的時代了。樂府歌詞只是一種訓練，一種引誘，一種解放。天寶以後的詩人從這種訓練裏出來，不再做這種僅僅做作的文學了。他們要創作文學了，要創作『新樂府』了，要作新詩表現一個新時代的實在的生活了。

這個時代的創始人與最偉大的代表是杜甫。元結顧況也都想作新樂府表現時代的苦痛，故都可說是杜甫的同道者。這個風氣大開之後，元稹白居易張籍韓愈柳宗元劉禹錫相繼起來，發揮光大這個趨勢，八世紀下半與九世紀上半（七五五—八五〇）的文學遂成爲中國文學史上一個最光華燦爛的時期。

故七世紀的文學（初唐）還是兒童時期，王梵志王績等人直是以詩爲游戲而已。朝廷之上，邸第之中，那些應酬應制的詩，更是下流的玩藝兒，更不足道了。開元天寶的文學只是少年時期，體裁大解放了，而內容頗淺薄，不過是酒徒與自命爲隱逸之士的詩而已。以政治上的長期太平而論，人稱爲「盛唐」；以文學論，最盛之世其實不在這個時期。天寶末年大亂以後，方才是成人的時期。從杜甫中年以後，到白居易之死（八四六），其間的詩與散文都走上了寫實的大路，由浪漫而回到平實，由天上而回到人間，由華麗而回到平淡，都是成人的表現。

* * * * *

杜甫字子美，襄陽人。他的祖父杜審言，是武后中宗時的一個有名文學家，與李嶠蘇味道崔融爲文章四友。杜甫早年家很貧，奔波吳越齊魯之間。他有奉贈韋左丞丈詩，敘他早年的生活云：

甫昔少年日，早充觀國賓。讀書破萬卷，下筆如有神。賦料揚雄敵，詩看子建親。李邕求識面，王翰願卜鄰。自謂頗挺出，立登要路津，致君堯舜上，要使風俗淳。此意竟蕭條，行歌非隱淪。騎驢三十載，旅食京華春。朝扣富兒門，暮隨肥馬塵。殘杯與冷炙，到處潛悲辛。主上忽見徵，欻然欲求伸。青冥却垂翅，蹭蹬無縱鱗。（天寶六年，詔徵天下士有一藝者，皆待詣京師就選。李林甫主張考試，遂無一人及第。）……

天寶九年（七五〇），他獻三大禮賦。表文中說：

臣生陛下淳樸之俗，行四十載矣。

其賦中明說三大禮皆將在明年舉行，故蔡興宗作杜甫年譜系此事於天寶九年，因據唐史，三大禮（朝獻太淸宮，享太廟，祀天地於南郊）皆在十年。蔡譜說他這年三十九歲。以此推知他生於先天元年壬子（七一二）。

他獻賦之後，玄宗命宰相考試他的文章，試後授他河西尉，他不願就。改爲右衛率府冑曹。他有詩云：

憶獻三賦蓬萊宮，自怪一日聲輝赫。集賢學士如堵牆，觀我落筆中書堂。

……（莫相疑行）

又云：

不作河西尉，淒涼爲折腰。老夫怕奔走，率府且逍遙。（官定後戲贈）

他這時候做的是閒曹小官，同往來的是一班窮詩人如鄭虔之類。但他很關心時政，感覺時局不能樂觀，屢有諷刺的詩，如麗人行，兵車行等篇。他是個貧苦的詩人，有功名之志，而沒有進身的機會。他從那『騎驢三十載』的生活裏觀察了不少的民生痛苦，從他個人的貧苦的經驗裏體認出人生的實在狀況，故當大亂爆發之先已能見到社會國家的危機了。他在這個時代雖然也縱飲狂歌，但我們在他的醉歌裏往往聽得悲哀的歎聲：

但覺高歌有鬼神，焉知餓死塡溝壑！

這已不是歌頌昇平的調子了。到天寶末年（七五五），他到奉先縣去看他的妻子，

……入門聞號咷，幼子飢已卒！……

他在這種慘痛裏回想社會國家的危機，忍不住了，遂盡情傾吐出來，成爲自京赴奉先縣詠懷五百字，老老實實地揭穿所謂開元天寶盛世的黑幕。墨跡未乾，而大亂已不可收拾了。

大亂終于來了。那年十二月，洛陽失陷。明年（七五六）六月，潼關不守，皇帝只好西奔；長安也攻破了。七月，皇太子即位于靈武，是爲肅宗。杜甫從奉先帶了家眷避往鄜州；他自己奔赴新皇帝的行在，途中陷於賊中，到次年夏間始得脫身到鳳翔行在。肅宗授他爲左拾遺。九月，西京克復；十月，他跟了肅宗回京。他在左拾遺任內，曾營救宰相房琯，幾乎得大罪。房琯貶爲刺史，杜甫出爲華州司功參軍，時在乾元元年（七五八）。他這一年到過洛陽，次年（七五九）九節度的聯兵潰於相州，郭子儀退守東都，杜甫那時還在河南，作有許多紀兵禍的新詩。

這一年（七五九）的夏天，他還在華州，有早秋苦熱詩云：

> 七月六日苦炎蒸，對食暫餐還不能。……束帶發狂欲大叫，簿書何急來相仍！南望青松架短壑，安得赤脚踏層冰！

又有立秋後題云：

> 平生獨往願，惆悵年半百。罷官亦由人，何事拘形役？

新唐書云。

> 關輔饑，〔甫〕輒棄官去，客秦州，負薪採橡栗自給。

依上引的立秋後題詩看來，似是他被上司罷官，並非他自己棄官去。舊書不說棄官事，但說：

> 時關畿亂離，穀食踴貴。甫寓居成州同谷縣，自負薪採梠。兒女餓殍者數人。

乾元二年立秋後往秦州，冬十月離秦州，十一月到成州，十二月從同谷縣出發往劍南，有詩云：

> 始來茲山來，休駕喜地僻。奈何迫物累，一歲四行役？……平生嬾拙意，偶值棲遁跡。去住與願違，仰慙林間翮。(發同谷縣)

大概他的南行全是因爲生計上的逼迫。

他從秦中遷到劍南，是時裴冕鎭成都，爲他安頓在成都西郭浣花溪。他有詩云：

> 我行山川異，忽在天一方。自古有羈旅，我何苦哀傷？

他在成都共六年(七六〇—七六五)，中間經過兩次變亂，但却也曾受當局的優待。嚴武節度劍南時，表杜甫爲參謀，檢校工部員外郎。舊唐書云：

> 武與甫世舊，待遇甚隆。甫……嘗憑醉登武之牀，瞪視武曰，『嚴挺之乃有此兒！』武雖急暴，不以爲忤。(新書紀此事說武要殺他，其母奔救得止；又有『冠鉤於簾三』的神話，大概皆不可信。)

永泰元年（七六五），他南下到忠州。大曆元年（七六六），他移居夔州，在夔凡二年。大曆三年（七六八），他因他的兄弟在荊州，故東下出三峽，到江陵，移居公安，又到岳陽。明年（七六九），他到潭州，又明年（七七〇）到衡州。他死在『衡岳之間，秋冬之交』（據譜）：年五十九。

* * * * *

杜甫的詩有三個時期：第一期是大亂以前的詩；第二期是他身在離亂之中的詩；第三期是他老年寄居成都以後的詩。

杜甫在第一時期過的是那『騎驢三十載』的生活，後來獻賦得官，終不能救他的貧窮。但他在貧困之中，始終保持一點『詼諧』的風趣。這一點詼諧風趣是生成的，不能勉強的。他的祖父杜審言便是一個愛詼諧的人；新唐書說審言病危將死，宋之問武平一等一班文人去問病，審言說：

甚爲造化小兒相苦，尙何言？然吾在，久壓公等；今且死，固大慰。但恨不見替人耳！

這樣臨死時還忍不住要說笑話，便是詼諧的風趣。有了這樣風趣的人，貧窮與病都不容易打倒他，壓死他。杜甫很像是遺傳得他祖父的滑稽風趣，故終身在窮困之中而意興不衰頹，風味不乾癟。他的詩往往有『打油詩』的趣味：這句話不是誹謗他，正是指出他的特別風格；正如說陶潛出于應璩，並不是毀謗陶潛，只是說他有點詼諧的風趣而已。

杜甫有今夕行，原注云：『自齊趙西歸，至咸陽作』：

今夕何夕歲云徂，更長燭明不可孤。咸陽客舍一事無，相與博塞爲歡娛。

憑陵大叫呼『五白』，祖跣不肯成『梟盧』！英雄有時亦如此，邂逅豈即非良圖？君莫笑劉毅從來布衣願，家無儋石輸百萬！

這樣的『窮開心』便是他祖老太爺臨死還要說笑話的遺風。

他在長安做窮官，同廣文館博士鄭虔往來最密，常有嘲戲的詩，如下舉的一篇：

戲簡鄭廣文，兼呈蘇司業源明

廣文到官舍，繫馬堂階下；醉即騎馬歸，頗遭官長罵。才名四十年，坐客寒無氈。賴有蘇司業，時時與酒錢。

他的醉時歌也是贈鄭虔的，開頭幾句：

諸公衮衮登臺省，廣文先生官獨冷。甲第紛紛厭粱肉，廣文先生飯不足。

……

也是嘲戲的口氣。他又有

示從孫濟

平明跨驢出，未知適誰門。權門多蹭蹬，且復尋諸孫。諸孫貧無事，客舍如荒村。堂前自生竹，堂後自生萱。萱草秋已死，竹枝霜不蕃。淘米少汲水，汲多井水渾。刈葵莫放手，放手傷葵根。——阿翁嬾情久，覺兒行步

奔。所來為宗族，亦不為盤飧。小人利口實，薄俗難具論。勿受外嫌猜，
同姓古所敦。

這樣絮絮說家常，也有點詼諧的意味。

他寫他自己的窮苦，也都帶一點諧趣。如秋雨歎三首之第一三兩首云：

雨中百草秋爛死，階下決明顏色鮮。著葉滿枝翠羽蓋，開花無數黃金錢。涼風蕭蕭吹汝急，恐汝後時難獨立。堂上書生空白頭，臨風三嗅馨香泣。

長安布衣誰比數？反鎖衡門守環堵。老夫不出長蓬蒿，穉子無憂走風雨。雨聲颼颼催早寒，胡雁翅濕高飛難。秋來未曾見白日，泥污厚土何時乾？

苦雨不能出門，反鎖了門，悶坐在家裏，却有心情嘲弄草決明，還自嘲長安布衣誰人能比，這便是老杜的特別風趣。這種風趣到他的晚年更特別發達，成為第三

時期的詩的最大特色。

在這第一時期裏，他正當中年，還懷抱着報國濟世的野心。有時候，他也不免發點牢騷，想拋棄一切去做個隱遯之士。如去矣行便是發牢騷的：

去矣行

君不見韝上鷹一飽則飛掣！焉能作堂上燕銜泥附炎熱？野人曠蕩無靦顏，豈可久在王侯間？未試囊中餐玉法，明朝且入藍田山。

傳說後魏李預把七十塊玉椎成玉屑，每日服食。藍田山出產美玉，故杜甫說要往藍田山去試試餐玉的法子。沒有飯吃了，却想去餐玉，這也是他尋窮開心的風趣。根本上他是不贊成隱遯的，故說

行歌非隱淪。

故說

許身一何愚，竊比稷與契！……兀兀遂至今，忍爲塵埃沒。終媿巢與由，

未能易其節。

他自比稷與契，寧可『取笑同學翁』，而不願學巢父與許由。這是杜甫與李白大不同之處：李白代表隱遯避世的放浪態度，杜甫代表中國民族積極入世的精神。（看第十三章末段論李杜。）

當時楊貴妃得寵，楊國忠作宰相，貴妃的姊妹虢國夫人秦國夫人，都有大權勢。杜甫作麗人行云：

三月三日天氣新，長安水邊多麗人。態濃意遠淑且眞，肌理細膩骨肉勻。畫羅見裳照暮春，蹙金孔雀銀麒麟。頭上何所有？翠爲㔩葉垂鬢脣。背後何所見？珠壓腰衱穩稱身。就中雲幕椒房親，賜名大國虢與秦。紫駝之峯出翠釜，水精之盤行素鱗。犀箸厭飫久未下，鸞刀縷切坐紛綸。黃門飛鞚不動塵，御廚絡繹送八珍。簫管哀吟感鬼神，賓從雜遝實要津。後來鞍馬何逡巡？當軒下馬入錦茵。楊花雪落覆白蘋，青鳥飛去銜紅巾。——炙手可熱勢絕倫，愼莫近前丞相嗔。

此詩諷刺貴戚的威勢，還很含蓄。那時雖名爲太平之世，其實屢次有邊疆上的兵事。北有契丹，有奚，有突厥，西有吐蕃，都時時擾亂邊境，屢次勞動大兵出來討伐。天寶十年（七五二）劍南節度使鮮于仲通討雲南蠻，大敗，死了六萬人。有詔書招募兩京及河南河北兵去打雲南，人民不肯應募；楊國忠遣御史分道捕人，枷送軍前。杜甫曾遊歷各地，知道民間受兵禍的痛苦，故作兵車行：

車轔轔，馬蕭蕭，行人弓箭各在腰。耶娘妻子走相送，塵埃不見咸陽橋。牽衣頓足攔道哭，哭聲直上干雲霄。——道傍過者問行人，行人但云點行頻：或從十五北防河，便至四十西營田；去時里正與裹頭，歸來頭白還戍邊。邊庭流血成海水，武皇開邊意未已。君不聞漢家山東（太行山以東，河北諸郡皆爲山東）二百州，千村萬落生荊杞！縱有健婦把鋤犂，禾生隴畝無東西。況復秦兵耐苦戰，被驅不異犬與雞？——長者雖有問，役夫敢申恨？

且如去年冬，未休關西卒，縣官急索租，租稅從何出？——信知生男惡，反是生女好：生女猶得嫁比鄰，生男埋沒隨百草。——君不見青海頭，古來白骨無人收，新鬼煩寃舊鬼哭，天陰雨濕聲啾啾！

拿這詩來李白比的戰城南，我們便可以看出李白是仿作樂府歌詩，杜甫是彈劾時政。這樣明白的反對時政的詩歌，三百篇以後從不曾有過，確是杜甫創始的。古樂府裏有些民歌如戰城南與十五從軍征之類(頁二二一—二二三)，也是寫兵禍的慘酷的；但負責的明白攻擊政府，甚至于直指皇帝說：

邊庭流血成海水，武皇(一本作「我皇」)開邊意未已。

這樣的問題詩是杜甫的創體。

但兵車行借漢武來說唐事，(詩中說「漢家」，又說「武皇」。「武皇」是漢武帝；後人曲說爲「唐人稱太宗爲文皇，玄宗爲武皇。」此說甚謬。文皇是太宗諡法，武皇豈是諡法嗎？)還算含蓄。麗人行直說虢國秦國夫人，已是直指當時事了。但最直截明白的指摘當日的政治社會狀況，還算得那一篇更偉大的作品——自京赴奉先縣詠懷。

此詩題下今本有注云，『原注，天寶十四載十二月初作』。這條注大有研究的餘地。宋刻『分門集註』本（四部叢刊影印本）卷十二於此詩題下注云：『洙曰，天寶十四載十一月初作』。洙即是王洙，曾注杜詩。這可證此條注文並非原注，乃是王洙的注語。詩中有『歲暮百草零』，『霜嚴衣帶斷，指直不得結』，『羣冰從西下，極目高崒兀』的話，故他考定為十一月初，後人又改為十二月初，而仍稱『原注』！其實此詩無一字提及安祿山之反，故不得定為大亂已起之作。按新唐書玄宗本紀，

天寶十四載……十月庚寅（初四）幸華清宮。十一月，安祿山反，陷河北諸郡。范陽將何千年殺河東節度使楊光翽。壬申（十七），伊西節度使封常清為范陽平盧節度使，以討安祿山。丙子（廿一），至自華清宮。

安祿山造反的消息，十一月月半後始到京，故政府到十七日始有動作。即使我們

假定王洙的注文眞是原注，那麼，十一月初也還在政府得祿山反耗之前，其時皇帝與楊貴妃正在驪山的華淸宮避寒，還不曾夢想到漁陽鼙鼓呢。

此詩的全文分段寫在下面：

自京赴奉先縣詠懷五百字

杜陵有布衣，老大意轉拙。許身一何愚，自比稷與契！居然成濩落，白首甘契闊。蓋棺事則已，此志常覬豁。窮年憂黎元，歎息腸內熱。取笑同學翁，浩歌彌激烈。非無江海志，蕭灑送日月。生逢堯舜君，不忍便永訣。當今廊廟具，構廈豈云缺？葵藿傾太陽，物性固難奪。顧惟螻蟻輩，但自求其穴。胡爲慕大鯨，輒擬偃溟渤？以茲悟生理，獨恥事干謁。兀兀遂至今，忍爲塵埃沒。終媿巢與由，未能易其節。沈飲聊自遣，放歌頗愁絕。

歲暮百草零，疾風高岡裂。天衢陰崢嶸，客子中夜發。霜嚴衣帶斷，指直不得結。凌晨過驪山，御榻在嵽嵲。（華清宮在驪山湯泉）蚩尤（霧也）塞寒空，蹴踏崖谷滑。瑤池氣鬱律，羽林相摩戛。君臣留歡娛，樂動殷樛嶱。（樛嶱一作膠葛。）賜浴皆長纓，與宴非短褐。彤庭所分帛，本自寒女出。鞭撻其夫家，聚斂貢城闕。聖人筐篚恩，實欲邦國活。臣如忽至理，君豈棄此物。多士盈朝廷，仁者宜戰慄。況聞內金盤，盡在衛霍室。中堂舞神仙，煙霧蒙玉質。煖客貂鼠裘，悲管逐清瑟。勸客駝蹄羹，（參看麗人行中「紫駝之峰出翠釜」。當時貴族用駱駝背峯及蹄為珍肴。）霜橙壓香橘。朱門酒肉臭，路有凍死骨！榮枯咫尺異，惆悵難再述。

北轅就涇渭，官渡又改轍。羣冰從西下，極目高崒兀。疑是崆峒來，恐觸天柱折。河梁幸未坼，枝撐聲窸窣。行旅相攀緣，川廣不可越。

老妻寄異縣，十口隔風雪。誰能久不顧？庶往共飢渴。入門聞號咷，幼子飢已卒！吾寧舍一哀？里巷亦嗚咽。所媿為人父，無食致夭折。豈知秋未登，貧窶有倉卒？生常免租稅，名不隸征伐，撫迹猶酸辛，平人固騷屑。默思失業徒，因念遠戍卒，憂端齊終南，澒洞不可掇！

這首詩作於亂前，舊說誤以爲祿山反後作，便不好懂。杜甫這時候只是從長安到奉先縣省視妻子，入門便聽見家人號哭，他的小兒子已餓死了！這樣的慘痛使他回想個人的遭際，社會的種種不平；使他回想途中經過驪山的行宮所見所聞的歡娛奢侈的情形，他忍不住了，遂發憤把心裏的感慨盡情傾吐出來，作爲一篇空前的彈劾時政的史詩。

＊　＊　＊　＊　＊

從安祿山之亂起來時，到杜甫入蜀定居時，這是杜詩的第二時期。這是個大亂的時期：他倉皇避亂，也曾陷在賊中，好容易逃到鳳翔，得着一官，不久又貶到華州。華州之後，他又奔走流離；到了成都以後，才有幾年的安定。他在亂離之中，發爲歌詩：觀察愈細密，藝術愈眞實，見解愈深沈，意境愈平實忠厚，這時代的詩遂開後世社會問題詩的風氣。

他陷在長安時，眼見京城裏的種種慘狀，有兩篇最著名的詩：

哀江頭

少陵野老吞聲哭，春日潛行曲江曲。江頭宮殿鎖千門，細柳新蒲為誰綠？憶昔霓旌下南苑，苑中萬物生春色。昭陽殿裏第一人，同輦隨君侍君側。輦前才人帶弓箭，白馬嚼齧黃金勒；翻身向天仰射雲，一箭正墜雙飛翼。明眸皓齒今何在？血污遊魂歸不得。清渭東流劍閣深，去住彼此無消息。人生有情淚霑臆，江水江花豈終極？黃昏胡騎塵滿城，欲往城南忘南北。

哀王孫

長安城頭頭白烏，夜飛延秋門上呼，又向人家啄大屋，屋底達官走避胡。金鞭斷折九馬死，骨肉不得同馳驅。——腰下寶玦青珊瑚，可憐王孫泣路隅。問之不肯道姓名，但道困苦乞為奴。已經百日竄荊棘，身上無有完肌膺。高帝子孫盡高準，龍種自與常人殊。豺狼在邑龍在野，王孫善保千金軀。——不敢長語臨交衢，且爲王孫立斯須。昨夜東風吹血腥，東來駱駝滿舊都。朔方健兒好身手，昔何勇銳今何愚？竊聞太子已傳位，聖德北服南單于。花門剺面請雪恥，——愼勿出口他人狙！——哀哉王孫愼勿疏！五陵佳氣無時無。

哀王孫一篇借一個殺剩的王孫，設爲問答之辭，寫的是這一個人的遭遇，而讀者自能想像都城殘破時皇族遭殺戮的慘狀。這種技術從古樂府上山採蘼蕪，日出東南隅等詩裏出來，到杜甫方才充分發達。兵車行已開其端，到哀王孫之作，技術更進步了。這種詩的方法只是摘取詩料中的最要緊的一段故事，用最具體的寫法敍述那一段故事，使人從那片段的故事裏自然想像得出那故事所涵的意義與所代表的問題。說的是一個故事，容易使人得一種明瞭的印象，故最容易感人。杜甫後來作石壕吏等詩，也是用這種具體的，說故事的方法。後來白居易張籍等人繼續做作，這種方法遂成爲社會問題新樂府的通行技術。

杜甫到了鳳翔行在，有墨制准他往鄜州看視家眷，他有一篇北征，紀此次旅行。北征是他用氣力做的詩，但是在文學藝術上，這篇長詩只有中間敘他到家的一段有點精采，其餘的部分只是有韻的議論文而已。那段最精采的是：

……潼關百萬師，往者散何卒！遂令半秦民，殘害爲異物。況我墮胡塵，及歸盡華髮。經年至茅屋，妻子衣百結。慟哭松聲回，悲泉共幽咽。平生所嬌兒，顏色白勝雪，見耶背面啼，垢膩脚不韈。牀前兩小女，補綻才過膝；海圖坼波濤，舊繡移曲折；天吳及紫鳳，顚倒在短褐。老夫情懷惡，嘔泄臥數日。那無囊中帛，救汝寒凜慄？粉黛亦解包，衾裯稍羅列。瘦妻面復光，癡女頭自櫛，學母無不爲，曉粧隨手抹。移時施朱鉛，狼藉畫眉闊。生還對童稚，似欲忘飢渴。問事競挽鬚，誰能卽嗔喝？翻思在賊愁，甘受雜亂聒。新歸且慰意，生理焉能說？……

這一段很像左思的嬌女詩。在極愁苦的境地裏，却能同小兒女開玩笑，這便是上文說的詼諧的風趣，也便是老杜的特別風趣。他又有羌村三首，似乎也是這時候作的，也都有這種風趣：

羌村

（一）

崢嶸赤雲西，日脚下平地。柴門鳥雀噪，歸客千里至。妻孥怪我在，驚定還拭淚。世亂遭飄蕩，生還偶然遂。鄰人滿牆頭，感歎亦歔欷。夜闌更秉燭，相對如夢寐。

（二）

晚歲迫偷生，還家少歡趣。嬌兒不離膝，畏我復却去。憶昔好追涼，故繞池邊樹。蕭蕭北風勁，撫事煎百慮。賴知禾黍收，已覺糟牀注。如今足斟酌，且用慰遲暮。

羣雞正亂叫，客至雞鬥爭。驅雞上樹木，始聞叩柴荊。父老四五人，問我久遠行。手中各有攜，傾榼濁復清。苦辭酒味薄，黍地無人耕。兵革旣未息，兒童盡東征。請爲父老歌，艱難媿深情。歌罷仰天歎，四座淚縱橫。

（三）

北征像左思的嬌女，羌村最近于陶潛。鍾嶸說陶詩出于應璩左思，杜詩同他們也都有點淵源關係。應璩做諧詩，左思的嬌女也是諧詩，陶潛與杜甫都是有詼諧風趣的人，訴窮說苦都不肯拋棄這一點風趣。因爲他們有這一點說笑話做打油詩的風趣，故雖在窮餓之中不至於發狂，也不至於墮落。這是他們幾位的共同之點，又不僅僅是同做白話諧詩的淵源關係呵。

這時期裏，他到過洛陽，正值九節度兵潰於相州；他眼見種種兵禍的慘酷，做了許多記兵禍的詩 新安吏，潼關吏，石壕吏，新婚別，垂老別，無家別諸篇爲這時期裏最重要的社會問題詩。我們選幾首作例：

新安吏

客行新安道，喧呼聞點兵。借問新安吏，『縣小更無丁』？『府帖昨夜下，次選中男行。』中男絕短小，何以守王城？肥男有母送，瘦男獨伶俜。白水暮東流，青山猶哭聲。莫自使眼枯，收汝淚縱橫！眼枯即見骨，天地終無情。——我軍取相州，日夕望其平。豈意賊難料，歸軍星散營？就糧近故壘，練卒依舊京。掘壕不到水，牧馬役亦輕。況乃王師順，撫養甚分明。送行勿泣血，僕射如父兄。（僕射指郭子儀。）

石壕吏

暮投石壕村，有吏夜捉人。老翁踰牆走，老婦出門看。吏呼一何怒，婦啼一何苦！聽婦前致詞：『三男鄴城戍。一男附書至，二男新戰死。存者且偷生，死者長已矣！室中更無人，惟有乳下孫。有孫母未去，出入無完裙。老嫗力雖衰，請從吏夜歸，急應河陽役，猶得備晨炊。』——夜久語聲絕，如聞泣幽咽。天明登前途，獨與老翁別。

石壕吏的文學藝術最奇特。捉人拉夫竟拉到了一位抱孫的祖老太太，時世可想了！

無家別

寂寞天寶後，園廬但蒿藜。我里百餘家，世亂各東西；存者無消息，死者爲塵泥。賤子因陣敗，歸來尋舊蹊。久行見空巷，日瘦氣慘悽；但對狐與狸，豎毛怒我啼。四鄰何所有？一二老寡妻。宿鳥戀本枝，安辭且窮棲。方春獨荷鋤，日暮還灌畦。縣吏知我至，召令習鼓鞞。雖從本州役，內顧無所攜。近行止一身，遠去終轉迷。家鄉既蕩盡，遠近理亦齊。永痛長病母，五年委溝谿。生我不得力，終身兩酸嘶。人生無家別，何以爲烝黎！

這些詩都是從古樂府歌辭裏出來的，但不是做作的樂府歌辭，却是創作的『新樂府。』杜甫早年也曾做作樂府，如前出塞九首，後出塞五首，都屬於這一類。這些做作的樂府裏也未嘗沒有規諫的意思，如前出塞第一首云：

戚戚去故里，悠悠赴交河。公家有程期，亡命嬰禍羅。君已富土境，開邊一何多！棄絕父母恩，呑聲行負戈。

但總括出塞十餘篇看來，我們不能不承認這些詩都是泛泛的從軍歌，沒有深遠的意義，只是做作從軍樂府而已。杜甫在這時候經驗還不深刻，見解還不會成熟，他還不知戰爭生活的實在情形，故還時時勉強作豪壯語，又時時勉強作愁苦語。如前出塞第六首云：

挽弓當挽強，用箭當用強。射人先射馬，擒賊先擒王。殺人亦有限，立國自有疆。苟能制侵陵，豈在多殺傷？

又第八首云：

單于寇我壘，百里風塵昏。雄劍四五動，彼軍爲我奔。虜其名王歸，繫頸授轅門。潛身備行列，一勝安足論？

都是勉強作壯語。又如第七首云：

> 驅馬天雨雪，軍行入高山。逕危抱寒石，指落層冰間。已去漢月遠，何時築城還？浮雲暮南征，可望不可攀。

便是勉強作苦語。這種詩都是早年的嘗試，他們的精神與藝術都屬于開元天寶的時期；他們的意境是想像的，說話是做作的。拿他們來比較石壕吏或哀王孫諸篇，很可以觀時世與文學的變遷了。

乾元二年（七五九），杜甫罷官後，從華州往秦州，從秦州往同谷縣，從同谷縣往四川。他這時候已四十八歲了。亂離的時世使他的見解稍稍改變了；短時期的做官生活又使他明白他自己的地位了。他在秦州有雜詩二十首，其中有云：

> ……黃鵠翅垂雨，蒼鷹飢啄泥。——不意書生耳，臨衰厭鼓鞞。

又云：

> 唐堯眞自聖，野老復何知？曬藥能無婦？應門幸有兒。……爲報鴛行舊，

鶺鴒在一枝。

他對於當日的政治似很失望。他曾有洗兵馬一篇，很明白地指斥當日政治界的怪現狀。此詩作于『收京後』，

……京師皆騎汗血馬，回紇餵肉葡萄宮。……二三豪俊爲時出，整頓乾坤濟時了。……攀龍附鳳勢莫當，天下盡化爲侯王。汝等豈知蒙帝力，時來不得誇身強？……寸地尺天皆入貢，奇祥異瑞爭來送：不知何國致白環，復道諸山得銀甕。隱士休歌紫芝曲，詞人解撰河清頌。……安得壯士挽天河，淨洗甲兵長不用！

這時候兩京剛克復，安史都未平，北方大半還在大亂之中，那有『寸地尺天皆入貢』的事？這樣的蒙蔽，這樣的阿諛諂媚，似乎很使杜甫生氣。北征詩裏，他還說：

雖乏諫諍姿，恐君有遺失。……揮涕戀行在，道途猶恍惚。……

他現在竟大胆地說：

　　唐堯眞自聖，野老復何知？

這是絕望的表示。肅宗大概是個很昏庸的人，受張后與李輔國等的愚弄，使一班志士大失望。杜甫晚年（肅宗死後）有憶昔詩，明白指斥肅宗道：

　　關中小兒（指李輔國。他本是閑廐馬家小兒）壞紀綱，張后不樂上爲忙。……

這可見杜甫當日必有大不滿意的理由。政治上的失望使他丟棄了那『自比稷與契』的野心，所以他說：

　　爲報鴛行舊，鷦鷯在一枝。

從此以後，他打定主意，不妄想『致君堯舜上』了。從此以後，——尤其是他到了成都以後——他安心定志以詩人終老了。

* * * * *

從杜甫入蜀到他死時，是杜詩的第三時期。在這時期裏，他的生活稍得安定，雖然仍舊很窮，但比那奔走避難的亂離生活畢竟平靜的多了。那時中原仍舊多事，安史之亂經過八年之久，方才平定；吐蕃入寇，直打到京畿；中央政府的威權旁落，各地的『督軍』（藩鎮）都變成了『土皇帝』，割據的局面已成了。杜甫也明白這個局面，所以打定主意過他窮詩人的生活。他並不贊成隱遯的生活，所以他並不求『出世』，他只是過他安貧守分的生活。這時期的詩大都是寫這種簡單生活的詩。喪亂的餘音自然還不能完全忘却，依人的生活自然總有不少的苦況；幸而杜甫有他的詼諧風趣，所以他總尋得事物的滑稽的方面，所以他處處可以有消愁遣悶的詩料，處處能保持他那打油詩的風趣。他的年紀大了，詩格也更老成了；晚年的小詩純是天趣，隨便揮灑，不加雕飾，都有風味。這種詩上接陶潛，下開兩宋的詩人。因爲他無意於作隱士，故杜甫的詩沒有盛唐隱士的做作氣；因爲他過的眞是田園生活，故他的詩眞是欣賞自然的詩。

試舉一首詩，看他在窮困裏的詼諧風趣：

茅屋為秋風所破歌

八月秋高風怒號，卷我屋上三重茅。茅飛渡江灑江郊，高者挂罥長林梢，下者飄轉沈塘坳。南村羣童欺我老無力，忍能對面為盜賊，公然抱茅入竹去，脣焦口燥呼不得。歸來倚杖自歎息。——俄頃風定雲墨色，秋天漠漠向昏黑。布衾多年冷似鐵，驕兒惡臥踏裏裂。牀牀屋漏無乾處，雨脚如麻未斷絕。自經喪亂少睡眠，長夜霑濕何由徹？——安得廣厦千萬間，大庇天下寒士俱歡顏，風雨不動安如山？嗚呼，何時眼前突兀見此屋！吾廬獨破受凍死亦足！

在這種境地裏還能作詼諧的趣話，這真是老杜的最特別的風格。

他的滑稽風趣隨處皆可以看見。我們再舉幾首作例：

百憂集行

憶年十五心尚孩，健如黃犢走復來。庭前八月梨棗熟，一日上樹能千回。

即今倏忽已五十，坐臥只多少行立。強將笑語供主人，悲見生涯百憂集。入門依舊四壁空，老妻覩我顏色同。癡兒未知父子禮，叫怒索飯啼門東。

下面的一首便像是『強將笑語供主人』的詩：

遭田父泥飲，美嚴中丞

步屧隨春風，村村自花柳。田翁逼社日，邀我嘗春酒。酒酣誇新尹，畜眼未見有。回頭指大男，『渠是弓弩手，名在飛騎籍，長番歲時久。前日放營農，辛苦救衰朽。差科死則已，誓不舉家走。今年大作社，拾遺能住否？』叫婦開大瓶，盆中為吾取。感此氣揚揚，須知風化首。語多雖雜亂，說尹終在口。朝來偶然出，自卯將及酉。久客惜人情，如何拒鄰叟？高聲索果栗，欲起時被肘。指揮過無禮，未覺村野醜。月出遮我留，仍嗔問升斗。

白話詩多從打油詩出來，我們在第十一章裏已說過了。杜甫最愛作打油詩遣悶消愁，他的詩題中有『戲作俳諧體遣悶』一類的題目。他做慣了這種嘲戲詩，他又是個最有諧趣的人，故他的重要詩（如北征）便常常帶有嘲戲的風味，體裁上自然走上白話詩的大路。他晚年無事，更喜歡作俳諧詩，如上文所舉的幾首都可以說是打油詩的一類。後人崇拜老杜，不敢說這種詩是打油詩，都不知道這一點便是讀杜詩的訣竅：不能賞識老杜的打油詩，便根本不能了解老杜的眞好處。試看下舉的詩：

夜歸

夜來歸來衝虎過，山黑家中已眠臥。傍見北斗向江低，仰看明星當空大。

庭前把燭嗔兩炬，峽口驚猿聞一箇。白頭老罷舞復歌，杖藜不睡誰能那？

（此詩用土音，第四句『大』音墮；末句『那』音娜，爲『奈何』二字的合音。）

這自然是俳諧詩，然而這位老詩人杖藜不睡，獨舞復歌，這是什麼心境？所以我們不能不說這種打油詩裏的老杜乃是眞老杜阿。

我們這樣指出杜甫的詼諧的風趣，並不是忘了他的嚴肅的態度，悲哀的情緒。我們不過要指出老杜並不是終日拉長了面孔，專說忠君愛國話的道學先生。他是一個詩人，骨頭裏有點詩的風趣；他能開口大笑，却也能吞聲暗哭。正因爲他是個愛開口笑的人，所以他的吞聲哭使人覺得格外悲哀，格外嚴肅。試看他晚年的悲哀：

夜聞觱栗

夜聞觱栗滄江上，衰年側耳情所嚮。鄰舟一聽多感傷，塞曲三更欻悲壯。
積雪飛霜此夜寒，孤燈急管復風湍。君知天下干戈滿，不見江湖行路難。

觀公孫大娘弟子舞劍器行

大曆二年（七六七，那年杜甫五十六歲）十月十九日，夔府別駕元持宅，見臨穎李十二娘舞劍器，壯其蔚跂，問其所師。曰，「余，公孫大娘弟子也。」開元五載（七一七，那時他六歲），余尚童稚，記於郾城觀公孫氏舞劍器渾脫，（劍器是一種舞，渾脫也是一種舞。）瀏灕頓挫，獨出冠時。自高頭宜春梨園二伎坊內人，洎外供奉，曉是舞者 聖文神武皇帝（玄宗）初，公孫一人而已。玉貌繡衣，況余白首！今茲弟子亦匪盛顏。既辨其由來，知波瀾莫二。撫事慷慨，聊爲劍器行。……

昔有佳人公孫氏，一舞劍器動四方。觀者如山色沮喪，天地爲之久低昂。
㸌如羿射九日落，矯如羣帝驂龍翔，來如雷霆收震怒，罷如江海凝清光。
絳脣珠袖兩寂寞，晚有弟子傳芬芳。臨潁美人在白帝，妙舞此曲神揚揚；
與余問答既有以，感時撫事增惋傷。先帝侍女八千人，公孫劍器初第一。
五十年間似反掌，風塵澒洞昏王室。梨園弟子散如煙，女樂餘姿映寒日。
金粟堆南（舊注，金粟堆在明皇泰陵之北。）木已拱，瞿塘石城草蕭瑟。玳筵急管曲復終，樂極哀來月東出。老夫不知其所往，足繭荒山轉愁疾。

江南逢李龜年（天寶盛時，樂工李龜年特承寵顧，於洛陽大起宅第，奢侈過於王侯。亂後倫流落江南，每爲人歌舊曲，座上聞者多掩泣罷酒。）

岐王宅裏尋常見，崔九（原注，殿中監崔滌，中書令崔湜之弟。）堂前幾度聞。正是江南好風景，落花時節又逢君！

有時候，他爲了中原的好消息，也很高興：

聞官軍收河南河北

劍外忽傳收薊北，初聞涕淚滿衣裳。卻看妻子愁何在，漫卷詩書喜欲狂。白日放歌須縱酒，青春作伴好還鄉。即從巴峽穿巫峽，便下襄陽向洛陽。

但中原的局勢終不能叫人樂觀。內亂不曾完全平定，吐蕃又打到長安了。政治上的腐敗更使杜甫傷心。

釋悶

四海十年不解兵，犬戎也復臨咸京！……豺狼塞路人斷絕，烽火照夜屍縱橫。天子亦應厭奔走，羣公固合思升平。但恐誅求不改轍，聞道嬖孽能全生。江邊老翁錯料事，眼暗不見風塵淸！

這個時期裏，他過的是閒散的生活，耕田種菜，摘蒼耳，種萵苣（即萵筍），然是一個農家了。有時候，他也不能忘掉時局，

不眠憂戰伐，無力正乾坤。

但他究竟是個有風趣的人，能自己排遣，又能從他的田園生活裏尋出詩趣來。他晚年做了許多『小詩』，敍述這種簡單生活的一小片，一小段，一個小故事，一個小感想，或一個小印象。有時候他試用律體來做這種『小詩』；但律體是不適用的。律詩須受對偶與聲律的拘束，很難沒有湊字湊句，很不容易專寫一個單純的印象或感想。因爲這個緣故，杜甫的『小詩』常常用絕句體，並且用最自由的絕句體，不拘平仄，多用白話。這種『小詩』是老杜晚年的一大成功，替後世詩家開了不少的法門；到了宋朝，很有些第一流詩人倣作這種『小詩』，遂成中國詩的一種重要的風格。

下面選的一些例子可以代表這種『小詩』了：

春水生　二絕

二月六夜春水生，門前小灘渾欲平。鸕鷀鸂鶒莫漫喜：吾與汝曹俱眼明！

一夜水高二尺強，數日不可更禁當。南市津頭有船賣，無錢即買繫籬旁。

絕句漫興　九之七

眼見客愁愁不醒，無賴春色到江亭。即遣花開深造次，便覺鶯語太丁寧。

手種桃李非無主，野老牆低還似家。恰似春風相欺得，夜來吹折數枝花！

熟知茅齋絕低小，江上燕子故來頻；銜泥點污琴書內，更接飛蟲打著入。

二月已破三月來，漸老逢春能幾迴？莫思身外無窮事，且盡生前有限杯。

腸斷江春欲盡頭，杖藜徐步立芳洲。顛狂柳絮隨風去，輕薄桃花逐水流。

糝徑楊花鋪白氈，點溪荷葉疊青錢。竹根稚子無人見，沙上鳧雛傍母眠。

隔戶楊柳弱嫋嫋，恰似十五女兒腰。誰謂朝來不作意？狂風挽斷最長條。

江畔獨步尋花　七之二

江深竹靜兩三家，多事紅花映白花。報答春光知有處，應須美酒送生涯。

黃四娘家花滿蹊，千朵萬朵壓枝低。留連戲蝶時時舞，自在嬌鶯恰恰啼。

三絕句 三之二

楸樹馨香倚釣磯，斬新花朵未應飛。不如醉裏風吹盡，可忍醒時雨打稀？

門外鸕鷀去不來，沙頭忽見眼相猜。自今以後知人意，一日須來一百回。

漫成

江月去人只數尺，風燈照夜欲三更。沙頭宿鷺聯拳靜，船尾跳魚撥剌鳴。

絕句

謾道春來好！狂風大放顛，吹花隨水去，翻却釣魚船。

若用新名詞來形容這種小詩，我們可說這是『印象主義的』(*Impressionistic*)

藝術，因為每一首小詩都只是抓住了一個斷片的影象或感想。絕句之體起于魏晉南北朝間的民歌；這種體裁本只能記載那片段的感想與影象。如華山畿中的一首：

奈何許！天下人何限！慊慊祇為汝！

這便是寫一個單純的情緒。又如讀曲歌中的一首云：

折楊柳。百鳥園林啼，道歡不離口。

這便是寫一個女子當時心中的印象。她自覺得園林中的百鳥都在那兒歌唱她的愛人，所以她自己的歌唱只是直叙她的印象如此。凡好的小詩都是如此：都只是抓住自然界或人生的一個小小的片段，最單一又最精采的一小片段。老杜到了晚年，風格老辣透了，故他作這種小詩時，造語又自然，又突兀，總要使他那個印象逼人而來，不可逃避。他控告春風擅入他家吹折數枝花；他嘲笑鄰家楊柳有意和春風調戲，被狂風挽斷了她的最長條；他看見沙頭的鸕鶿，硬猜是舊相識，便同他訂約，要他一日來一百回；他看見狂風翻了釣魚船，偏要說是風把花片吹過去，把船撞翻了！這樣頑皮無賴的詼諧風趣使使他的小詩自成一格，看上去好像最不經意，其實是他老人家最不可及的風格。

* * * *

我們現在要略約談談他的律詩。

老杜是律詩的大家，他的五言律和七言律都是最有名的。律詩本是一種文字游戲，最宜於應試，應制，應酬之作；用來消愁遣悶，與圍棋踢球正同一類。老杜晚年作律詩很多，大概只是拿這件事當一種消遣的玩藝兒。他說：

陶冶性靈在底物？（『底』是『什麼』。）新詩改罷自長吟。孰（一作『熟』）知二謝（謝靈運，謝朓）將能事，頗學陰何（陰鏗，何遜，參看上文。頁一五四——一五六）苦用心。（解悶）

在他只不過『陶冶性靈』而已，但他的作品與風格却替律詩添了不少的聲價，因此便無形之中替律詩延長了不少的壽命。

老杜作律詩的特別長處在於力求自然，在於用說話的自然神氣來做律詩，在於從不自然之中求自然。最好的例是：

早秋苦熱堆案相仍

七月六日苦炎蒸，對食暫餐還不能。每愁夜中皆是（今本作「自足」今依一本。）蝎，況乃秋後轉多蠅。束帶發狂欲大叫，簿書何急來相仍！南望青松架短壑，安得赤脚踏層冰！

這樣做律詩便是打破律詩了。試更舉幾個例：

九日

去年登高郪縣北，今日重在涪江濱。苦遭白髮不相放，羞見黃花無數新。
世亂鬱鬱久為客，路難悠悠常傍人。酒闌却憶十年事，腸斷驪山清路塵。

晝夢

二月饒睡昏昏然，不獨夜短晝分眠。桃花氣暖眼自醉，春渚日落夢相牽。
故鄉門巷荆棘底，中原君臣豺虎邊。安得務農息戰鬭，普天無吏橫索錢！

十二月一日三首之一

寒輕市上山煙碧，日滿樓前江霧黃。負鹽出井此谿女，打鼓發船何郡郎？
新亭舉目風景切，茂陵著書消渴長。春花不愁不爛漫，楚客唯聽棹相將。

這都是有意打破那嚴格的聲律，而用那說話的口氣。後來北宋詩人多走這條路，用說話的口氣來作詩，遂成一大宗派。其實所謂『宋詩』，只是作詩如說話而已，他的來源無論在律詩與非律詩方面，都出于學杜甫。

杜甫用律詩作種種嘗試，有些嘗試是很失敗的。如諸將等篇用律詩來發議論，其結果只成一些有韻的歌括，既不明白，又無詩意。秋興八首傳誦後世，其實也都是一些難懂的詩謎。這種詩全無文學的價值，只是一些失敗的詩頑藝兒而已。

律詩很難沒有雜湊的意思與字句。大概做律詩的多是先得一兩句好詩，然後湊成一首八句的律詩。老杜的律詩也不能免這種毛病。如

江天漠漠鳥雙去，

這是好句子；他對上一句『風雨時時龍一吟』，便是雜湊的了。又如

重露成涓滴，稀星乍有無。

下句是實寫，上句便是不通的湊句了。又如

暗飛螢自照，水宿鳥相呼。

上句很有意思，下句便又是雜湊的了。又如

四更山吐月，殘夜水明樓。

這眞是好句子。但此詩下面的六句便都是雜湊的了。這些例子都可以教訓我們：律詩是條死路，天才如老杜尚且失敗，何況別人？

第十五章　大曆長慶間的詩人

從杜甫到白居易，這一百年（七五〇——八五〇）是唐詩的極盛時代。我在上章曾指出這個時期的文學與開元天寶盛時的文學有根本上的大不同。前一期爲浪漫的文學，這一期爲寫實的文學；前者無論如何富麗妥帖，終覺不是脚踏實地；後者平實淺近，却處處自有觔兩，使人感覺他的懇摯親切。李白杜甫並世而生，他們却代表兩個絕不同的趨勢。李白結束八世紀中葉以前的浪漫文學，杜甫開展八世紀中葉以下的寫實文學。

天寶末年的大亂使社會全部起一個大震動，文學上也起了一個大變動。故大亂以前與大亂以後的文學迥然不同。但話雖如此說，事實上却沒有這樣完全驟然的大變。安史之亂也不是一天造成的，亂後的文學新趨勢也不是一天造成的。即如杜甫，他在亂前作的兵車行，麗人行，與自京赴奉先縣詠懷，已不是開元盛日之番了。不過他的天才高，蘊積深，故成就也最大，就成爲這時期的開山大師。其實大亂以前，已有許多人感覺當日的文學的流弊，很想挽救那浪漫不切實的文風歸到平實切近的路上去。不過那些人的天才不够，有心而無力，故只能做那個新運動裏的幾個無名英雄而已。

元結在乾元三年（七六〇）選集他的師友沈千運，于逖，孟雲卿，張彪，趙徵明，王季友，同他的哥哥元季川七人的詩二十四首，名曰篋中集。他作的篋中集序很可以表示大亂以前一班明眼人對於改革文學的主張。

篋中集序

元結作篋中集。或問曰，公所集之詩何以訂之？對曰，風雅不興幾及千歲。溺於時者，世無人哉？嗚呼，有名位不顯，年壽不將，獨無知音，不見稱頌，死而已矣，誰云無之？近世作者更相沿襲，拘限聲病，喜尚形似，且以流易爲辭，不知喪於雅正。然哉。彼則指詠時物，會諧絲竹，與

> 歌兒舞女生污惑之聲於私室可矣。若令方直之士大雅君子聽而誦之，則未見其可矣。吳興沈千運獨挺於流俗之中，強攘於已溺之後，窮老不惑，五十餘年。凡所為文皆與時異。故朋友後生稍見師效，能似類者有五六人。於戲，自沈公及二三子皆以正直而無祿位，皆以忠信而久貧賤，皆以仁讓而至喪亡。異於是者，顯榮當世。誰為辯士？吾欲問之。天下兵興於今六歲，人皆務武，斯焉誰嗣？已長逝者遺文散失，方阻絕者不見近作。盡篋中所有，總編次之，命曰篋中集，且欲傳之親故，冀其不亡於今。凡七人，詩二十四首。時乾元三年也。

這七人之中，杜甫最佩服孟雲卿，曾說，

> 李陵蘇武是吾師，孟子論文更不疑。

可惜孟雲卿論文的話不可見了。杜甫詩中也曾提及王季友及張彪；李白也有贈于逖的詩。故篋中集的一派不能算是孤立的一派。他們的詩傳下來的很少（全唐詩中，孟雲卿有一卷，餘人多僅有篋中集所收的幾首。）依現有的詩看來，他們的才力實在不高，大概可說是眼高手低的批評家。但他們的文論，一方面也許曾影響杜甫，一方面一定影響了元結，遂開一個新局面。

* * * * *

元結（參看第十三章）的詩才不很高，但他却是一個最早有意作新樂府的人。他在天寶丙戌（七四六）作閔荒詩一首，自序云：

> 天寶丙戌中，元子浮隋河至淮陰間。其年水壞河防，得隋人寃歌五篇；考其歌義似寃怨時主。故廣其意，采其歌，爲閔荒詩一篇，其餘載于異錄。

這明明是元結眼見當日運河流域百姓遭水災後的愁苦，假託隋人的寃歌，作爲此詩，這是『新樂府』最早的試作。其詩大有歷史的價值，故摘鈔于下：

> 煬皇嗣君位，隋德滋昏幽，日作及身禍，以爲長世謀。……意欲出明堂，
> 便令浮海舟。令行山川改，功與玄造侔。河淮可支合，峰滬生回溝。（這四

句其實很稱讚煬帝開運河的偉大功績。）……浮荒娛未央，始到滄海頭。忽見海門山。思作望海樓。不知新都城，已爲征戰丘！當時有遺歌，歌曲太冤愁：

四海非天獄，何爲非天囚？
天囚正凶忍，爲我萬姓愁。
人將引天釤，人將持天鍠。
所欲充其心，相與絕悲憂。

自得隋人歌，每爲隋君羞。欲歌當陽春，似覺天下秋。更歌曲未終，如有怨氣浮。奈何昏王心，不覺此怨尤，遂令一夫唱，四海欣提矛！……嗟嗟有隋氏，四海誰與儔？

大概當時表面上雖是太平之世，其實崩亂的危機已漸漸明顯了。故元結此詩已不是開元盛世之音；不出十年，大亂遂起，這首詩幾乎成預言了。

荒閔詩的次年（七四七），他在長安待制；這一年，他作治風詩五篇，亂風詩五篇，自序云，『將欲求干司匭氏，以禆天監。』這也是作詩諷諫，但詩太壞了，毫沒有詩的意味。他又作『補樂歌』十首，要想補上古帝王的樂歌，這些也不成詩。他又有『系樂府』十二首，序云：

天寶辛未中（天寶無辛未，此當是辛卯，或乙未，——七五一，或七五五），元子將前世嘗可稱歎者，爲詩十二篇，爲引其義以名之，總名曰『系樂府。』古人詠歌不盡其情聲者，化金石以盡之，其歡怨甚邪？戲盡歡怨之聲者，可以上感於上，下化於下。故元子系之。（元結作文多艱澀，如此序便不好懂。）

○○○○○○

這眞是有意作『新樂府』，這十二首稍勝於前作諸篇，今鈔一篇作例：

貧婦詞

誰知苦貧夫，家有愁怨妻？請君聽其詞，能不爲酸悽？所憐抱中兒，不如山下麑。空念庭前地，化爲人吏蹊。出門望山澤，回頭心復迷。何時見府主，長跪向之啼？

寶應壬寅（七六二），他作『漫歌』八曲；他又有『引極』三首，『演興』四篇，均不詳作詩年月。這些詩也可算是試作的新樂府；詩雖不佳，都可以表現這個時代的詩人的新態度，——嚴肅的，認眞的態度。

最能表現這種態度的是他的忝官引，舂陵行，賊退示官吏三首　忝官引的大意云：

天下昔無事，僻居養愚鈍。……忽逢暴兵起，閭巷見軍陣。……往在乾元初（七五八——九），……天子垂清問。……屢授不次官，曾與專征印。……偶得兇醜降，功勞愧方寸。爾來將四歲，慙恥言可盡？請取冤者辭，爲吾忝官引。冤辭何者苦？萬邑餘灰燼。冤辭何者悲？生人盡鋒刃。冤辭何者甚？力役遇勞困。冤辭何者深？孤弱亦哀恨。無謀救冤者，祿位安可近？……實欲辭無能，歸耕守吾分。

舂陵行并序如下：

癸卯歲（代宗廣德元年，七六三）漫叟（元結）授道州刺史。道州舊四萬餘戶，經賊已來，不滿四千。大半不勝賦稅。到官未五十日，承諸使徵求符牒二百餘封，皆曰，『失其限者，罪至貶削。』於戲！若悉應其命，則州縣破亂，刺史欲焉逃罪？若不應命，又卽獲罪戾。必不免也，吾將守官，靜以安人，待罪而已。此州是春陵故地，故作春陵行，以達下情。

軍國多所需，切責在有司。有司臨郡縣，刑法競欲施。供給豈不憂？徵斂又可悲。州小經亂亡，遺人實困疲。大鄉無十家，大族命單羸。朝餐是草根，暮食仍木皮。出言氣欲絕，意速行步遲。追呼尙不忍，況乃鞭撻之？郵亭傳急符，來往跡相追。更無寬大恩，但有迫促期。欲令鬻兒女，言發恐亂隨。悉使索其家，而又無生資。聽彼道路言，怨傷誰復知？去冬山賊來，殺奪幾無遺。所願見王官，撫養以惠慈。奈何重驅逐，不使存活爲？

安人天子命，符節我所持。州縣如亂亡，得罪復是誰？逋緩違詔令，蒙責固其宜。前賢重守分，惡以禍福移。亦云貴守官，不愛能適時。顧惟孱弱者，正直當不虧。何人采國風，吾欲獻此辭。

賊退示官吏一篇更說的沉痛。其序與本詩如下：

癸卯歲，西原賊入道州，焚燒殺掠幾盡而去。明年（七六四），賊又攻永，破邵，不犯此州邊鄙而退。豈力能制敵歟？蓋蒙其傷憐而已。諸使何爲忍苦徵斂？故作詩一篇以示官吏。

昔歲逢太平，山林二十年，泉源在庭戶，洞壑當門前；井稅有常期，日晏猶得眠。忽然遭世變，數歲親戎旃。今來典斯郡，山夷又紛然。城小賊不屠，人貧傷可憐。是以陷鄰境，此州獨見全。使臣將王命，豈不如賊焉！今彼徵斂者，迫之如火煎。誰能絕人命，以作時世賢？思欲委符節，引竿自刺船，將家就魚麥，歸老江湖邊。

這竟是說官吏不如盜賊了。這種嚴肅的態度，說老實話的精神，眞是這個時代的最大特色。

杜甫在夔州時，得讀元結的舂陵行賊退示官吏兩篇，感歎作「同元使君舂陵行」，有序云：

> 覽道州元使君結舂陵行兼賊退示官吏作二首，志之曰：當天子分憂之地，效漢官良吏之目。今盜賊未息，知民疾苦，得結輩十數公落落然參錯天下爲邦伯，萬物吐氣，天下少安可得矣。不意復見比興體制微婉頓挫之詞！感而有詩，增諸卷軸，簡知我者，不必寄元。

杜甫認元結爲一個同志，故感慨贊歎，作詩和他，寫在原詩之後，替他轉送知者，替他宣傳。他的和詩前半贊歎元結的原詩，後段自述云：

> ……我多長卿病，日夕思朝廷，肺枯渴太甚，漂泊公孫城（白帝城，曾爲公孫述所據）。呼兒具紙筆，隱几臨軒楹，作詩呻吟內，墨濃字攲傾。感彼危苦

詞，庶幾知者聽。

這時候大概是大曆元年至二年（七六六——七六七），他在老病呻吟之中，作詩表章他新得的一位同志詩人。三四年後，老杜死在湖南衡岳之間，那時元結也許還在道州（他大曆二年還在道州），但他們兩人終不得相見。然而他們兩人同時發起的『新樂府』運動在他們死後却得着不少有力的新同志，在這一世紀內放很大的異彩。

* * * * *

顧況，字逋翁，海鹽人。事蹟附見舊唐書（卷一三〇）李泌傳，傳中無生卒年代。他有傷子詩云，『老夫已七十』，又天寶題壁詩云，

五十餘年別，伶俜道不行。却來書處在，惆悵似前生。

他的後人輯他的詩文爲顧華陽集（明萬歷中顧端輯本；清咸豐中顧履成補輯本），其中有他的嘉興監記，末署貞元十七年（八〇一）。補遺中有焦山瘞鶴銘，中有云，

壬辰歲得於華亭，甲午歲化於朱方。

壬辰爲元和七年（八一二），甲午爲九年（八一四），上距天寶末年（七五五）已近六十年了。他大概生於開元中葉（約七二五），死於元和中（約八一五），年約九十歲，故全唐詩說他『以壽終』。

顧況與李泌柳渾爲『人外之交，吟詠自適』。柳渾與李泌做到了封侯拜相的地位，而顧況只做到著作郎。他不免有怨望之意。他是個滑稽詩人，常作打油詩狎玩同官，人多恨他。李泌柳渾死時（皆在七八九），憲司劾他不哭李泌之喪而有調笑之言，貶逐爲饒州司戶。他後來隱於茅山，自號華陽眞隱。

舊唐書說他『能爲歌詩；性詼諧，雖王公之貴與之交者，必戲侮之。然以嘲笑能文，人多狎之。』又說，他對於『班列同官，咸有侮玩之目』。又說，他『有文集二十卷。其贈柳宜城（柳渾封宜城伯）辭句率多戲劇，文體皆此類也。』這都是說，顧況是一個做詼諧諷刺詩的詩人。

他也有意做新樂府。他起初用古詩三百篇的體裁來做新樂府，有補亡訓傳十三章，我試舉兩章作例：

築城

築城，刺臨戎也。寺人臨戎，以墓塼為城壁。（『臨戎』是監軍）

築城登登，于以作固。（『于以』二字在國風裏多作『于何』解。注家多不明此義。顧況也誤用了。）咨爾寺兮，發郊外冢墓。死而無知，猶或不可。若其有知，惟上帝是愬。

持斧

持斧，啟戎士也。戎士伐松柏為蒸薪，孝子徘徊而作是詩。

持斧，持斧。無翦我松柏兮。

柏下之土，藏吾親之體魄兮。

但他在這十三章之中，忽夾入一章用土話作的：

囝

囝，哀閩也。（原注，囝音蹇，閩俗呼子為囝，父為郎罷。）

囝生閩方。
閩吏得之，乃絕其陽。
為臧為獲，致金滿屋。
為髡為鉗，如視草木。
天道無知，我罹其毒！
神道無知，彼受其福！
郎罷別囝：『吾悔生汝。
及汝既生，人勸不舉。
不從人言，果獲是苦。』
囝別郎罷，心摧血下：
『隔地絕天，及至黃泉，

不得在郎罷前！」

這一首可算是眞正新樂府，充滿着嘗試的精神，寫實的意義。

他在詩的體裁上，很有大胆的嘗試，成績也不壞，如下舉的幾首：

琴歌

琴調秋些。
胡風遶雪，
峽泉聲咽，
佳人愁些。

長安道

長安道，
人無衣，馬無草，
何不歸來山中老？

可惜他的詼諧詩保存的不多。我們只可以舉幾首作例：

梁廣畫花歌

王母欲過劉徹（漢武帝名劉徹）家，飛瓊夜入雲輧車。紫書分付與靑鳥，却向人間求好花。上元夫人最小女，頭面端正能言語，手把梁生畫花看，凝嚬掩笑心相許。心相許，爲白阿孃從嫁與。

酬柳相公

天下如今已太平，相公何事喚狂生？此身恰似籠中鶴，東望滄溟叫數聲。

這一首大概卽是舊唐書所謂「贈柳宜城，辭句率多戲劇」的一首。柳渾有愛妾名叫琴客，柳渾告老時，把她嫁了，請顧況作詩記此事。他作了一篇宜城放琴客歌，末段云：

……人情厭薄古共然。相公心在持事堅。上善若水任方圓，憶昨好之今棄捐。服藥不如獨自眠，從他更嫁一少年。

末兩句便是很詼諧的打油詩了。他又有杜秀才畫立走水牛歌，更是純粹的白話諧詩：

崑崙兒，騎白象，時時鎖著師子項。奚奴跨馬不搭鞍，立走水牛驚漢官。
江村小兒好誇騁，腳踏牛頭上牛領。淺草平田擦過時，大蟲著鈍幾落井。
杜生知我戀滄洲，畫作一障張牀頭。八十老婆拍手笑，妬他織女嫁牽牛。

他又有古仙壇一首，有同樣的頑皮：

遠山誰放燒？疑是壇旁醮。仙人錯下山，拍手壇邊笑。

* * * *

孟郊，字東野，洛陽人，新唐書說是湖州武康人。生於天寶十年（七五一），死于元和九年（八一四）。他壯年隱於嵩山。年幾五十，始到長安應進士試；貞元十二年（七六九），他登進士第。過了四年，選溧陽尉。韓愈薦士詩云：

酸寒溧陽尉，五十幾何耄！

故相鄭餘慶爲河南尹，奏他爲水陸運從事，試協律郎。故白居易與元九書云：

近日孟郊六十終試協律。（試卽後世的「試用」）

元和九年，鄭餘慶爲興元尹，奏他爲參謀，試大理評事。他帶了他的夫人去就職，在路上病死，年六十四。（以上均據韓愈的貞曜先生墓誌）

他終身窮困，却很受同時的詩人劉言史，盧殷，韓愈，張籍，一班人的敬愛。韓愈比他少十七歲，同他爲忘年的朋友，詩文中屢次推重他。韓愈說：

其爲詩，劌目鉥心，刃迎縷解，鉤章棘句，招擢胃腎；神施鬼設，間見層出。唯其大翫於詞，而與世抹摋。人皆劫劫 我獨有餘。（墓誌）

韓愈的詩裏也屢次贊歎孟郊的詩，如云：

東野動驚俗，天葩吐奇芬。（醉贈張秘書）

又云：

有窮者孟郊，受材實雄驁。……橫空盤硬語，妥帖力排奡（荐士）

孟郊是個用氣力做詩的，一字一句都不肯苟且，故字句往往『驚俗』；墓誌所謂『大甑於詞，而與世抹摋』，所謂『劌目鉥心，鉤章棘句』，都指這一點。他把做詩看作一件大事，故能全神貫注。他弔詩人盧殷詩云：

……至親惟有詩，抱心死有歸……

又他送淡公詩云：

詩人苦爲詩，不如脫空飛。一生空鷙氣，非諫復非譏。脫枯挂寒枝，棄如一唾微。一步一步乞，半片半片衣。倚詩爲活計，從古無多肥。詩饑老不怨，勞師淚霏霏。

這樣的認眞的態度，便是杜甫以後的新風氣。從此以後，做詩不是給貴人貴公主做玩物的了，也不僅是應試應制的工具了。做詩成了詩人的第二生命，『至親惟有詩』，是値得用全副精神去做的。孟郊有老恨一章云：

老恨

無子抄文字，老吟多飄零。有時吐向床，枕席不解聽。鬭蟻甚微細，病聞亦清冷。小大不自識，自然天性靈。

這種詩開一種新風氣：一面完全打破六朝以來的駢偶格律，一面用樸實平常的說話，鍊作詩句。韓愈說他『橫空盤硬語』，其實他只是使用平常說話、加點氣力鍊鑄成詩而已。試聽他自己說：

偸詩

餓犬齚枯骨，自喫饞飢涎。　今文與古文，各各稱可憐。亦如嬰兒食，餳桃口旋旋。唯有一點味，豈見逃景延？繩牀獨坐翁，默覽有所傳。終當罷文字，別著逍遙篇。從來文字淨，君子不以賢。

他的『硬語』　只是刪除浮華，求個『文字淨』而已。

孟郊的詩是得力於杜甫的。試看下面的幾首絕句，便知他和杜甫的關係：

濟源寒食　七之二

女婢童子黃短短，耳中聞人惜春晚。逃蜂匿蝶踏花來，拋却齋糜一瓷椀。

一日踏春一百回，朝朝沒脚走芳埃。飢童餓馬掃花餵，向晚飲溪三兩杯。

長安落花飛上天，南風引至三殿前。可憐春物亦朝謁，唯我孤吟渭水邊。

枋口花開掣手歸，嵩山爲我留紅暉。可憐躑躅（花名）千萬尺，柱地柱天疑欲飛。

蜜蜂爲主各磨牙，咬盡村中萬木花。君家甕甕今應滿，五色冬籠甚可誇。

這種詩的聲調與風味，都很像杜甫晚年的白話絕句。（看上章，頁三四八——三五三）中唐晚唐的詩人都不能欣賞杜甫這種『小詩』的風趣，只有孟郊可算例外。

孟郊作的社會樂府也像是受了杜甫的影響。如織婦辭云：

> 夫是田中郎，妾是田中女，當得嫁得君，爲君秉機杼。筋力日已疲，不息窗下機。如何織紈素，自著藍縷衣！官家榜村路，更索栽桑樹。

後人的『遍身羅綺者，不是養蠶人』，即是這首詩的意思。又寒地百姓吟云：

> 無火炙地眠，半夜皆立號。冷箭何處來？棘針風騷騷。霜吹破四壁，苦痛不可逃。高堂搥鐘飲，到曉聞烹炮。寒者願爲蛾，燒死彼華膏。華膏隔仙羅，虛遶千萬遭。到頭落地死，踏地爲遊遨。遊遨者是誰？君子爲鬱陶。

前一首即是『彤庭所分帛，本自寒女出；鞭撻其夫家，聚斂會城闕；』後一首即是『朱門酒肉臭，路有凍死骨。』（看上章，頁三二七——三二九）寒地百姓吟題下有自註：『爲鄭相（故相鄭餘慶），其年居河南，畿內百姓大蒙矜恤。』大概孟郊作此詩寫河南百姓的苦況，感動了鄭相，百姓遂受他的恩卹。此詩也可以表示孟郊用心思作詩，用氣力修辭鍊句。他說，門外寒凍欲死的人想變作飛蛾，情願死在高堂上的華燈油膏裏；誰知燈油有仙羅罩住，飛不進去，到頭落在地上，被人一腳踏死。『爲遊遨』大概只是「好玩而已。」

* * * * *

張籍，字文昌，東郡人（全唐詩作蘇州人，新唐書作和州烏江人），貞元中登進士第，爲太常寺大祝。白居易與元九書云：

> 近日……張籍五十未離一太祝。

又白居易讀張籍古樂府詩云：

> ……如何欲五十，官小身賤貧，病眼街西住，無人行到門？

他五十歲時，還做太祝窮官；我們可用與元九書的時代（此書作于白居易在江州，元稹在通州時，但無正確年月，約在元和十年，西曆八一五）考張籍的年歲，可以推定他大概生于代宗初年（約七六五）。舊唐書說他後來

> 轉國子助教，秘書郎，……累授國子博士，水部員外郎，轉水部郎中，

卒。世謂之張水部云。（卷百六十）

新唐書說他

歷水部員外郎，主客郎中，……仕終國子司業。

二書不合，不知那一書不錯。

他的死年也不能確定。他集中有祭退之詩（韓愈死在八二四），又有莊陵挽歌詞（敬宗死在八二六），又有酬浙東元尚書詩（元稹加檢校禮部尚書在八二七），又有寄白賓客分司東都詩（白居易以太子賓客分司東都在八二九），故我們可以推想他死時與元稹大約相同，約在八三〇年左右。

上文引白詩有『病眼』的話。張籍的眼睛有病，屢見于他自己和他的朋友的詩裏。他有患眼詩；孟郊有寄張籍詩，末段云：

窮瞎張太祝，縱爾有眼誰爾珍？天子咫尺不得見，不如閉眼且養真。

張籍與孟郊韓愈相交最久。韓愈很敬重他，屢次推荐他，三十年敬禮不衰，他也很感激韓愈，他有祭退之一篇中說。

籍在江湖間，獨以道自將，學詩為衆體，久乃溢笈囊，略無相知人，黯如霧中行。北遊偶逢公，盛語相稱明，名因天下聞，傳者入歌聲。……由茲類朋黨，骨肉無以當。……出則連轡馳，寢則對榻牀，搜窮古今書，事事相酌量；有花必同尋，有月必同望。……到今三十年，曾不少異更。公文為時師，我亦有微聲。而後之學者，或號為「韓張。」

他有兩篇勸告韓愈的書（文見東雅堂昌黎先生集卷十四，頁三六——四十注中），勸戒他不要賭博，期望他用全副精力著一部書。這邊可以表見張籍的人格和他們兩人的交誼。

白居易讀張籍古樂府云：

張君何為者？業文三十春，尤工樂府詞，舉代少其倫。為詩意如何？六義互鋪陳；風雅比興外，未嘗著空文。讀君學仙詩，可諷放佚君。讀君董公詩，可誨貪暴臣。讀君商女詩，可感悍婦仁。讀君勤齊詩，可勸薄夫敦。

(今所傳張籍詩中無商女勸齊兩篇，大槪已佚了。)上可裨教化，舒之濟萬民。下可理情性，卷之善一身。始從青衿歲，迨此白髮新，日夜秉筆吟，心苦力亦勤。時無采詩官，委棄如泥塵。……

白居易是主張『歌詩合爲事而作』的(詳見下章)，故他認張籍爲同志。張籍遺韓愈書中有云：

君子發言舉足，不遠於理，未嘗闘以駁雜無實之說爲戲也。……

這也可見張籍的嚴肅態度。白居易說他『未嘗著空文』，大致是不錯的。張籍有沈千運舊居一篇，對於千運表示十分崇敬。詩中有云：

汝北君子宅，我來見頹墉。……君辭天子書，放意任體躬。……高議切星辰，餘聲激瘖聾。方將旌舊閭，百世可封崇。嗟其未積年，已爲荒林叢！時豈無知音？不能崇此風。浩蕩竟無覩，我將安所從？

沈千運即上文元結篋中集序中說過的『凡所爲文皆與時異』的吳興沈千運。他代表天寶以前的嚴肅文學的運動，影響了元結孟雲卿一班人，孟雲卿似乎又影響了杜甫。（看本章第一節。）張籍這樣崇敬沈千運，故他自己的文學也屬于這嚴肅認眞的一路。

這一路的文學只是要用文學來表現人生，要用詩歌來描寫人生的呼號寃苦。老杜的『朱門酒肉臭，路有凍死骨』一類的問題詩，便是這種文學的模範。張籍的天才高，故他的成績很高。他的社會樂府，上可以比杜甫，下可以比白居易。元結元稹都不及他。

他的董公詩，雖受白居易的稱許，其實算不得好詩。他的學仙詩稍好一點，也只是平鋪直敘，沒有深刻的詩味。學仙的大略是：

> 樓觀開朱門，樹木連房廊。中有學仙人，少年休穀糧。……自言天老書，秘覆雲錦囊。百年度一人，妄泄有災殃。每占有仙相，然後傳此方。……守神保元氣，動息隨天罡。爐燒丹砂盡，晝夜候火光。藥成旣服食，計日

乘鸞凰。虛空無靈應，……壽命多夭傷。身歿懼人見，夜埋山谷傍。求道慕靈異，不如守尋常。先王知其非，戒之在國章。

這樣敍述，竟是一篇有韻的散文，嚴格地說，不能叫做詩。但唐朝的皇帝自附于老子的後裔，尊道教爲國教，鍊丹求長生是貴族社會的一種風尚，公主貴婦人往往有入道院作女道士的，熱中的文人往往以隱居修道作求仕宦的捷徑。張籍這樣公然攻擊學仙，可以代表當日這班新文人的大膽的精神。

他的樂府新詩討論到不少的社會問題。其中有一組是關於婦人的問題的。他的詩很表示他對於婦人的同情，常常代婦人喊冤訴苦。試看他寫離別之苦：

離怨

切切重切切，秋風桂枝折。人當少年嫁，我當少年別。念君非征行，年年長遠途。妾身甘獨歿，高堂有舅姑。山川豈遙遠？行人自不返！

這是很嚴厲的責備男子。

妾薄命

薄命嫁得良家子，無事從軍去萬里。……與君一日為夫婦，千年萬歲亦相守。君愛龍城征戰功，妾願青樓歡樂同。（此處青樓並不指妓家，只泛指閨房。）人人各各有所欲，詎得將心入君腹！

這是公然承認婦人有她的正當要求；忍心不顧這種要求，便是不人道。

別離曲

行人結束出門去，幾時更踏門前路？憶昔君初納采時，不言身屬遼陽戍。
早知今日當別離，成君家計良為誰？男兒生身自有役，那得誤我少年時？
不如逐君征戰死。誰能獨老空閨裏！

這樣承認婦人『少年時』應當愛護珍貴，與前一首相同。這三首都是很明白地攻擊『守活寡』的婚姻生活。

離婦

十載來夫家，閨門無瑕疵。薄命不生子，古制有分離。（古禮有『無子去』之條。）……堂上謝姑嫜，長跪請離辭。姑嫜　我往，將決復沉疑；與我古時釧，留我嫁時衣；高堂拊我身，哭我於路陲。——昔日初為婦，當君貧賤時，晝夜常紡績，不得事蛾眉；辛勤積黃金，濟君寒與飢。洛陽買大宅，邯鄲買侍兒；夫壻乘龍馬，出入有光儀。將為富家婦，永為子孫資。誰謂出君門，一身上車歸！——有子未必榮，無子坐生悲。為人莫作女，作女實難為！

這是公然攻擊『無子去』的野蠻禮制。男女之間的不平等，最無理的是因無子而出妻。張籍此詩是代婦女鳴不平的最有力的喊聲。

張籍有　篇節婦吟，雖然是一篇寓言，卻算得一篇最哀艷的情詩。當時李師道父子三世割據一方，是最跋扈的一個藩鎮。李師道大概慕張籍的名，想聘他去，張籍雖是一個窮瞎的太祝，卻不願就他的聘，故寄此詩去婉轉辭謝：

節婦吟　寄東平李司空師道

君知妾有夫，贈妾雙明珠。感君纏綿意，繫在紅羅襦。——妾家高樓連苑起，良人執戟明光裏。（明光殿）知君用心如日月，事夫誓擬同生死。——還君明珠雙淚垂：何不相逢未嫁時！

這種詩有一底一面：底是却聘，面是一首哀情詩。丟開了謎底，仍不失爲一首絕好的情詩。這才叫做『言近而旨遠。』旨遠不難，難在言近。旨便是底子，言便是面子。凡不知謎底便不可懂的，都不成詩。

他的商女詩，大概是寫娼妓問題的，故白居易說此詩『可感悍婦仁』。可惜不傳了，集中現存江南行一首，寫的是江南水鄉的娼家生活。

他的烏夜啼引，用古代民間的一個迷信——『烏夜啼則遇赦』——作題目，描寫婦女的心理最眞實，最懇切；在他的詩裏，這一篇可算是最哀艷的了。

烏夜啼引

秦烏啼啞啞，
夜啼長安吏人家。
吏人得罪囚在獄，
傾家賣產將自贖。

少婦起聽夜啼烏，
知是官家有赦書，
下牀心喜不重寐，
未明上堂賀舅姑。
少婦語啼烏：
汝啼慎勿虛！

借汝庭樹作高巢，
年年不令傷爾雛。

他不說這吏人是否冤枉，也不說後來他會否得赦；他只描寫他家中少婦的憂愁，希冀，——無可奈何之中的希冀。這首詩的見地與技術都是極高明的。

張籍不但寫婦女問題，他還作了許多別種社會問題的詩。他是個最富於同情心的人，對於當時的民間苦痛與官場變幻，都感覺深厚的同情。他的沙堤行與傷歌行都是記當時的政治狀態的。我們舉一篇為例：

傷歌行（元和中，楊憑貶臨賀尉）

黃門詔下促收捕，京兆尹繫御史府。出門無復部曲隨，親戚相逢不容語。
辭成謫尉南海州，受命不得須臾留。身着青衫騎惡馬，中門之外無送者。
郵夫防吏急喧驅，往往驚墮馬蹄下。長安里中荒大宅，朱門已除十二載。
高堂舞樹鎖管絃，美人遙望西南天。

他寫農民的生活云：

山農詞

老農家貧在山住，耕種山田三四畝；苗疎稅多不得食，輸入官倉化爲土。
歲暮鋤犂傍空室，呼兒登山收橡實。——西江賈客珠百斛，船中養犬長食肉。

山頭鹿

山頭鹿，角芟芟，尾促促。貧兒多租輸不足，夫死未葬兒在獄。早日熬熬蒸野岡，禾黍不收無獄糧。縣官唯憂少軍食，誰能令爾無死傷？

這已是很大胆的評論了。但最大胆的還得算他的一篇寫兵亂的廢宅行：

廢宅行

胡馬崩騰滿阡陌，都人避亂唯空宅。宅邊青桑垂宛宛，野蠶食葉還成繭。
黃雀銜草入燕窠，嘖嘖啾啾白日晚。去時禾黍埋地中，飢兵掘土翻重重。

鴟梟養子庭樹上，曲牆空屋多旋風。——亂後幾人還本土？唯有官家重作主！

末兩句眞是大胆的控訴。大亂過後，皇帝依舊回來做他的皇帝，只苦了那些破產遭刼殺老百姓，有誰顧惜他們？

＊　＊　＊　＊　＊

孟郊張籍韓愈的朋友盧仝，是一個有點奇氣的詩人，用白話作長短不整齊的新詩，狂放自恣，可算是詩體解放的一個新詩人。盧仝的原籍是范陽，寄居洛陽，自號玉川子。韓愈有寄盧仝詩云：

玉川先生洛城裏，破屋數間而已矣；一奴長鬚不裹頭，一婢赤脚老無齒。辛勤奉養十餘人，上有慈親下妻子。先生結髮憎俗徒，閉門不出動一紀。……先生事業不可量，惟用法律自繩己。春秋三傳束高閣，獨抱遺經究終始。往年弄筆嘲同異，（盧仝與馬異結交詩，有「仝不同。異不異，……仝自同，異自異』的話）怪辭驚衆謗不已。近來自說尋坦途，猶上虛空跨綠駬。……昨晚長鬚來下狀：隔牆惡少惡難似，每騎屋山下窺瞰，渾舍驚怕走折趾。……

這首詩寫盧仝的生活很詳細。盧仝愛做白話怪詩，故韓愈此詩也多用白話，並且很有風趣。這大概可說是盧仝的影響。

盧仝死於『甘露之變』，在八三五年。他在元和五年（八一〇）作了一首最奇怪的月蝕詩，這詩約有一千八百字，句法長短不等，用了許多很有趣的怪譬喻，說了許多怪話。這詩裏的思想實在幼稚的可笑，如云：

玉川子，
涕泗下，
中庭獨自行。（「中庭」可屬上行讀，便多一韻。但韓愈改本，此句無「自」字，故知當如此讀。）
念此日月者，

太陰太陽精；
皇天要識物，
日月乃化生；
走天汲汲勞四體，
與天作眼行光明。
此眼不自保，
天公行道何由行！

又如云：

吾見患眼人
必索良工訣。
想天不異人，
愛眼固應一。

安得嫦娥氏，
來習扁鵲術，
手操舂喉戈，
去此睛上物？
其初猶朦朧，
既久如抹漆；
但恐功業成，
便此不吐出。

這種思想固然可笑，但這詩的語言和體裁都是極大胆的創例，充滿着嘗試的精神。如他寫月明到月全蝕時的情形云：

森森萬木夜殭立，
寒氣贔屭（音Pi-hsi有力之狀）頑無風。

爛銀盤從海底出，
出來照我草屋東。
天色紺滑凝不流，
冰光交貫寒曈曨。……
此時怪事發，
有物吞食來！
輪如壯士斧斫壞，
桂似雪山風拉摧。
百鍊鏡照見膽，
平地埋寒灰。
火龍珠飛出腦，
却入蚌蛤胎。

摧環破壁眼看盡，
當天一搭如煤炲。
磨蹤滅跡須臾間，
便似萬古不可開。
不料至神物，
有此大狼狽！
星如撒沙出
爭頭事光大。
奴婢炷暗燈，
揜菼如玳瑁，
今夜吐燄長如虹，
孔隙千道射戶外。

詩裏的怪話多着呢。中間有韻告四方的四段，其告北方寒龜云：

北方寒龜被蛇縛，
藏頭入殼如入獄，
蛇筋束緊束破殼。
寒龜夏鼈一種味，
且當以其肉充臛；
死殼沒信處，
唯堪支牀脚，
不堪鑽灼與天卜。

這種詩體眞是『信口開河。』我疑心這種體裁是從民間來的：佛敎的梵唄和唱導，民間的佛曲俗文，街頭的盲詞鼓書，也許都是這種新體詩的背景。

盧仝的月蝕詩，在思想方面完全代表中古時代的迷信思想，但在文學形式方面却很有開闢新路的精神。他的朋友韓愈那時做河南令，同他很相得，見了他的月蝕詩，大删大改，另成了一篇月蝕詩。盧仝大概不承認韓愈的删改，故此詩現存在韓愈的集子裏（東雅堂本，卷五，頁三六——三九。）盧仝的原詩約有一千八百字，韓愈的改本只存六百字，簡鍊乾淨多了；中古的迷信思想依然存在，然而盧仝的奇特的語言和大胆創造的精神却沒有了。這樣『買櫝還珠』未免太傻了。

盧仝似是有意試做這種奔放自由，信口開河的怪詩。如他與馬異結交詩中一段云：

神農畫八卦，
鑿破天心胸。
女媧本是伏羲婦，
恐天怒，
擣鍊五色石，

引日月之針，五星之縷，把天補。
補了三日不肯歸壻家。
走向日中放老鴉，
月裏栽桂養蝦蟆。
天公發怒化龍蛇。
此龍此蛇得死病，
神農合藥救死命。
天怪神農黨龍蛇，
罰神農爲牛頭，
今載元氣車。
不知車中有毒藥，
藥殺元氣天不覺。

爾來天地不神聖，
日月之光無正定。
不知元氣元不死，
忽聞空中喚馬異！……

這是眞上天下地譆嚼蛆了。其中又有一段云：

白玉璞裏斲出相思心。
黃金鑛裏鑄出相思淚。
忽聞空中崩崖倒谷聲，
絕勝明珠千萬斛買得西施南威一雙婢。
此婢嬌饒惱殺人，
凝脂爲膚翡翠裙，
唯解畫眉朱點唇。

自從獲得君，
敲金攧玉淩浮雲，
却返顧一雙婢子何足云！

又一段云：

青雲欲開白日沒，
天眼不見此奇骨。
此骨縱橫奇又奇
千歲萬歲枯松枝，
半折半殘壓山谷，
盤根蹙節成蛟螭。
忽雷霹靂卒風暴雨撼不動，
欲動不動，千變萬化總是鱗皴皮。

此奇怪物不可欺！

韓愈說他這首詩

往年弄筆嘲同異，怪辭驚衆謗不已。

可見這種詩在當時確是一種驚動流俗的『怪辭』，確有開風氣的功效。

我說這種詩體是從民間的佛曲鼓詞出來的。這固然是我的猜測，却也有點根據。盧仝有感古四首，其第四首詠朱買臣的故事，簡直是一篇唱本故事：

君莫以富貴輕忽他年少，
聽我暫話會稽朱太守。
正受凍餓時，
索得人家貴傲婦。
讀書書史未潤身，
負薪辛苦胝生肘。

謂言琴與瑟，
糟糠結長久。
不分殺人羽翮成，
臨臨冲天婦嫌醜。
□□□□□□□（原文闕一句）
其奈太守一朝振羽儀，
鄉關晝行衣錦衣。
哀哉舊婦何眉目，
新壻隨行向天哭！
寸心金石徒爾爲，
杯水庭沙空自覆。
乃知愚婦人，

妬悪陰毒心，
唯救眼底事，
不思日月深。
等閑取羞死，
豈如甘布衾？

這首詩通篇說一個故事，並且在開篇兩句指出這個故事的命意與標題。『聽我暫話會稽朱太守』，這便是後來無數說書唱本的開篇公式。這不可以幫助證明盧仝的詩同當時俗文學的關係嗎？

盧仝只是一個大胆嘗試的白話詩人，愛說怪話，愛做怪詩。他有走筆謝孟諫議寄新茶詩云：

一椀喉吻潤，兩椀破孤悶。三椀搜枯腸，唯有文學五千卷。四椀發輕汗：平生不平事，盡向毛孔散。五椀肌骨清，六椀通仙靈，七椀喫不得也，唯覺兩腋習習清風生。蓬萊山在何處？玉川子乘此清風欲歸去。……

這是打油詩。打油詩也是白話詩的一個重要來源。（看上文頁二一七——二三九）左思嬌女，陶潛責子，都是嘲戲之作，其初不過脫口而出，發洩一時忍不住的詼諧風趣；後來却成了白話詩的一個來源。盧仝有兩個兒子，大的叫抱孫，小的叫添丁。他有寄男抱孫詩，又有示添丁詩，都是白話詼諧詩：

寄男抱孫

別來三得書，書道違離久。書處甚麤殺，且喜見汝手。殷十七又報，汝文頗新有。……尚書當畢功，禮記速須剖。嘍囉兒讀書，何異摧枯朽？尋義低作聲，便可養年壽。莫學村學生，麤氣強叫吼。下學偸功夫，新宅鋤藜莠。……引水灌竹中，蒲池種蓮藕。撈漉蛙蟆脚，莫遣生科斗。竹林吾最惜，新筍好看守。……兩手莫破拳（「破拳」似卽是今之猜拳），一吻莫飲酒。莫學捕鳩鴿，莫學打雞狗。小時無大傷，習性防已後。頑發苦惱人，汝母必不受。任汝惱弟妹，任汝惱姨舅：姨舅非吾親，弟妹多老醜。（據此句，「弟妹」似不是抱孫的弟和妹，若是他的弟和妹，醜還可說，怎麼會老？）莫引添丁郎，淚子作面垢。莫引添丁郎，赫赤日裏走。添丁郎小小，別吾來久久，脯脯不得喫，兄兄莫撚搜。他日吾歸來，家人若彈糾，一百放一下，打汝九十九。

詩題出王褒僮約與左思嬌女的影響不少。

示添丁

春聲苦不仁，呼逐馬蹄行人家。慚愧瘴氣却憐我，入我憔悴骨中爲生涯。數日不食強強行，何忍索我抱看滿樹花？不知四體正困憊，泥人啼哭聲呀呀。忽來案上翻墨汁，塗抹詩書如老鴉。父憐母惜摑不得，却生癡笑令人嗟。宿舂連曉不成米，日高始進一椀茶。氣力龍鐘頭欲白，憑仗添丁莫惱爺。

盧仝的白話詩還有好幾首，我且舉幾首作例，在這些詩裏都可以看出詼諧的風趣同白話詩的密切關係。

贈金鵝山人沈師魯

金鵝山中客，來到揚州市。買藥牀頭一破顏，撇然便有上天意。……光不外照及不磨，迴避人間惡富貴。……示我插血不死方，賞我風格不肥膩。肉眼不試天上書，小儒安敢窺奧秘。崑崙路臨西北天，三山後浮不著地，君到頭來憶我時，金簡爲吾鐫一字。

憶金鵝山沈山人二首

（一）

君家山頭松樹風，適來入我竹林裏。一片新茶破鼻香，請君速來助我喜。莫合九轉大還丹，莫讀三十六部大洞經；閑來共我說眞意，齒下領取眞長生。不須服藥求神仙，神仙意智或偶然。自古聖賢放入土，淮南雞犬驅上天！白日上昇應不惡；藥成且輒一丸藥。暫時上天少問天，蛇頭蝎尾誰安著？（請你稍稍問天：蛇的頭，蠍的尾，那樣毒害人的東西，是誰安排的？——這是打破「天有意志」「上天有好生之德」等等迷信的話。）

（二）

君愛鍊藥藥欲成，我愛鍊骨骨已淸。試自比校得仙者，也應合得天上行。
天門九重高崔嵬。淸空鑿出黃金堆。夜叉守門晝不啟，夜半醮祭夜半開！
夜叉喜歡動關鎖，鎖聲摚地生風雷。地上禽獸重血食，性命血化飛黃埃。
大上道君蓮花臺，九門隔闊安在哉？——嗚呼沈君大藥成，兼須巧會鬼物情，無求長生喪厥生！

盧仝有許多好笑的思想：他信月蝕是被蝦蟆精吃了，日中的老鴉和月中的桂樹是女媧留下的，他信姜太公釣魚用的是直鉤（直鉤行）。他的社會思想也不高明：例如他的小婦吟那樣歌頌妻妾和睦「永與同心事我郎」的生活，讀了使人肉麻。他雖是個處士，却有奴有婢，有妻有妾，沒有孟郊張籍的貧困經驗，故他對于社會問題沒有深刻的見解。但他這三首送給沈山人的詩，這樣指斥道士的迷信，嘲諷那有意志安排的天道觀念，却與張籍韓愈白居易等人的態度相同，可以表現一個時代的精神。

盧仝的特別長處只是他那壓不住的滑稽風趣，同他那大膽嘗試的精神。他游揚州，住在蕭慶中的宅裏，後來蕭到歙州去了，想把宅子賣去。盧仝作『蕭宅二三子贈答詩』二十首，托爲他同園中石頭，竹子，馬蘭，蛺蝶，蝦蟆相贈答的詩，其中很有許多詼諧的怪詩，其中最怪特的『石再請客』云：

……我在天地間，自是一片物。可得杠壓我，使我頭不出！

這種句子大可比梵志寒山的最好句子。

我且選一首我最愛的小詩作結束：

村醉

村醉黃昏歸，健倒三四五。摩挲青莓苔，莫嗔驚著汝。

這時期裏最著名的人物自然是韓愈。韓愈字退之，河內南陽人。（舊唐書作昌黎人，新書作鄧州南陽人，此從朱子考定。）他生于大曆三年（七六八），三歲時，父死，他跟他哥哥韓會到嶺南。會死後，他家北歸，流寓江南。他登進士第後，曾在董晉和張封建的幕下，後來做到監察御史。他是個愛說話的人，得罪了政府，貶爲陽山令。元和三年（八〇八）始做國子博士；升了幾次官，隔了幾年（八一二）仍舊降到國子博士，那時他已四十五歲了。他那時已有盛名，久不得志，故作了一篇詼諧的解嘲文字，題爲進學解。其中說他自己

> 口不絕唫於六藝之文，手不停披於百家之編。……燒膏油以繼晷，常矻矻以窮年。……觝排異端，攘斥佛老；補苴罅漏，張皇幽眇；尋墜緒之芒芒，獨旁搜而遠紹。障百川而東之，回狂瀾於既倒。……沈浸醲郁，含英咀華，作爲文章，其書滿家。……

這樣的自誇，可想見他在當時的聲望。

當時的執政把他改在史館做修撰，後來進中書舍人，知制誥。裴度宣慰淮西，奏請韓愈爲行軍司馬。蔡州平定後，他被陞作刑部侍郎。元和十四年（八一九），有迎佛骨的事，韓愈因此幾乎有殺身之禍。舊唐書（卷一六〇）記此事稍詳：

鳳翔法門寺有護國眞身塔，塔內有釋迦文佛指骨一節。其書本傳法，三十年一開，開則歲豐人泰。元和十四年正月，上令中使杜英奇押宮人三十人，持香花，赴臨臯驛迎佛骨，自光順門入大內，留禁中三日，乃送諸寺。王公士庶奔走捨施，唯恐在後。百姓有廢業破產，燒頂灼臂而求供養者。……

韓愈向不喜佛教，上疏諫曰：

伏以佛者，夷狄之一法耳。自後漢時流入中國，上古未嘗有也。……此時（上古）天下太平，百姓安樂壽考。……漢明帝時始有佛法，……其後亂亡相亂，運祚不長。宋齊梁陳元魏以下，事佛漸謹，年代尤促。梁武帝……前後三度捨身施佛，……其後竟爲侯景所逼，餓死臺城，國亦尋滅。事佛求福，乃更得禍。……

今聞陛下令羣僧迎佛骨於鳳翔，御樓以觀，舁入大內，又令諸寺遞相迎養。……百姓愚冥，……見陛下如此，……皆云天子大聖猶一心敬信，百姓何人，豈合更惜身命？焚頂燒指，百十爲羣，解衣散錢，……惟恐後時。……若不即加禁遏，……必有斷臂臠身以爲供養者。傷風敗俗，傳笑四方，非細事也。

夫佛本夷狄之人，……假如其身至今尚在，奉其國命來朝京師，陛下容而接之，不過宣政一見，禮賓一設，賜衣一襲，衞而出之於境，不令惑衆也。況其身死已久，枯朽之骨，凶穢之餘，豈宜令入宮禁？……臣實恥之。乞以此骨付之水火，永絕根本，斷天下之疑，絕後代之惑。……佛如有靈，能作禍祟，凡有殃咎，宜加臣身。上天鑒臨，臣不怨悔。……

此疏上去，憲宗大怒，怪他說奉佛的皇帝都短命遭禍殃，因此說他毀謗，要加他死罪。因有許多人營救，得貶爲潮州刺史。不久(同年十月)改袁州刺史。當他諫佛骨時，氣概勇往，令人敬愛。遭了挫折之後，他的勇氣銷磨了，變成了一個卑鄙的人。他在潮州時，上表謝恩，自述能作歌頌皇帝功德的文章，『雖使古人復生，臣亦未肯多讓』；並勸皇帝定樂章，告神明，封禪泰山，奏功皇天！這已是很可鄙了。他在潮州任內，還造出作文祭鱷魚，鱷魚爲他遠徙六十里的神話，這更可鄙了。他在袁州任內，上表說他的境內『有慶雲現於西北，……五采五色，光華不可偏觀。……斯爲上瑞，實應太平。』這眞是阿諛獻媚，把他患得患失的心理完全托出了。

這樣的悔過獻媚，他遂得召回作國子祭酒，轉兵部侍郎，又轉吏部侍郎。長慶四年(八二四)死，年五十七。

韓愈提倡古文，反對六朝以來的駢偶浮華的文體。這一個古文運動，下編另有專章，我在此且不討論。在這一章裏，我們只討論他的詩歌。

宋人沈括曾說：

韓退之詩乃押韻之文耳。雖健美富贍，而格不近詩。（引見胡仔苕溪漁隱叢話卷十八）

這句話說盡韓愈的詩：他的長處短處都在此。韓愈是個有名的文家，他用作文的章法來作詩，故意思往往能流暢通達，一掃六朝初唐詩人扭扭捏捏的醜態。這種『作詩如作文』的方法，最高的地界往往可到『作詩如說話』的地位，便開了宋朝詩人『作詩如說話』的風氣。後人所謂『宋詩』，其實沒有什麼玄妙，只是『作詩如說話』而已。這是韓詩的特別長處。上文引他寄盧仝的詩，便是很好的例子。今錄其全文如下：

寄盧仝

玉川先生洛城裏，破屋數間而已矣。一奴長鬚不裹頭，一婢赤脚老無齒。辛勤奉養十餘人，上有慈親下妻子。先生結髮憎俗徒，閉門不出動一紀。至令鄰僧乞米送，僕忝縣尹能不恥？俸錢供給公私餘，時致薄少助祭祀。勸參留守謁大尹，言語纔及輒掩耳。水北山人(石洪)得名聲，去年去作幕下士。水南山人(溫造)又繼往，鞍馬僕從塞閭里。少室山人(李渤)索價高。兩以諫官徵不起。彼皆刺口論世事，有力未免遭驅使。先生事業不可量，惟用法律自繩己。春秋三傳束高閣，獨抱遺經究終始。往年弄筆嘲同異，怪詞驚衆謗不已。近來自說尋坦途，猶上虛空跨綠駬。去年生兒名添丁，意令與國充耘耔。國家丁口連四海，豈無農夫親耒耜？先生抱才終大用，宰相未許終不仕，假如不在陳力列，立言垂範亦足恃。苗裔當蒙十世宥，豈謂貽厥無基阯？故知忠孝生天性，潔身亂倫安足擬？昨晚長鬚來下狀：『隔牆惡少惡難似，每騎屋山下窺闞，渾舍驚怕走折趾。憑依婚媾欺官吏，不信令行能禁止。」先生受屈未曾語，忽此來告良有以。嗟我身為赤縣令，操權不用欲何俟？立召賊曹呼伍伯，盡取鼠輩尸諸市。先生又遣長鬚來：「如此處置非所喜。況又時當長養節，都邑未可猛政理。」先生固是余所畏，度量不敢窺涯涘。放縱是誰之過歟？效尤戮僕愧前史。買羊沽酒謝不敏；偶逢明月曜桃李，先生有意許降臨，更遣長鬚致雙鯉。

這便是「作詩如作文」，也便是「作詩如說話」。

八月十五夜贈張功曹（張功曹名署。愈與署以貞元二十一年二月二十四日赦自南方俱徙掾江陵，至是俟命於郴，而作是詩。）

纖雲四卷天無河，清風吹空月舒波，沙平水息聲影絕，一杯相屬君當歌。君歌聲酸辭且苦，不能聽終淚如雨：「洞庭連天九疑高，蛟龍出沒猩鼯號。十生九死到官所，幽居默默如藏逃。下牀畏蛇食畏藥，海氣濕蟄熏腥臊。昨者州前搥大鼓，嗣皇繼聖登夔皋。赦書一日行萬里，罪從大辟皆除死。遷者追迴流者還，滌瑕蕩垢清朝班。州家申名使家抑，坎軻祗得移荆蠻。判司卑官不堪說，未免捶楚塵埃間。同時輩流多上道，天路幽險難追攀！」

君歌且休聽我歌。我歌今與君殊科：

「一年明月今宵多。人生由命非由他。有酒不飲奈明何？」

這種敘述法，也是用作文的法子作詩，掃去了一切駢偶詩體的濫套。中間一段廣用極樸素沒有彫飾的文字（如「州家申名使家抑」等句），也是有意打破那浮艷的套語。

山石

山石犖确行徑微。黃昏到寺蝙蝠飛。升堂坐階新雨足，芭蕉葉大梔子肥。
僧言人壁佛畫好，以火來照所見稀。鋪床拂席置羹飯，疏糲亦足飽我飢。
夜深靜臥百蟲絕，清月出嶺光入扉。天明獨去無道路，出入高下窮煙霏。
山紅澗碧紛爛漫，時見松櫪皆十圍。當流赤足蹋澗石，水聲激激風吹衣。

> 人生如此自可樂，豈必局束爲人鞿？嗟哉吾黨二三子，安得至老不更歸？

這眞是韓詩的最上乘。這種境界從杜甫出來，到韓愈方才充分發達，到宋朝的蘇軾黃庭堅以下，方才成爲一種風氣。故在文學史上，韓詩的意義只是發展這種說話式的詩體，開後來『宋詩』的風氣。這種方法產出的詩都屬于豪放痛快的一派，故以七言歌行體爲最宜。但韓愈的五言詩也往往有這種境界，如他的送無本師（卽賈島）歸范陽云：

> 無本於爲文，身大不及膽。吾嘗示之難，勇往無不敢。……

又如東都遇春云：

> 少年氣眞狂，有意與春競。行逢二三月，九州花相映。川原曉服鮮，桃李晨妝靚。荒乘不知疲，醉死豈辭病？飮噉唯所便，文章倚豪橫。……爾來曾幾時？白髮忽滿鏡！……心腸一變化，羞見時節盛。得閑無所作，貴欲辭觀聽。……

這裏的聲調口吻全是我所謂說話式。更明顯的如他的贈張籍：

吾老嗜讀書，餘事不挂眼。有兒雖甚憐，教示不免簡。君來好呼出，踉蹡越門限。懼其無所知，見則先媿赧。昨因有緣事，上馬插手版，留君住廳食，使立侍盤餞。薄暮歸見君，迎我笑而莞，指渠相賀言，『此是萬金產。』……

這裏面更可以看見說話的神氣。這種詩起源于左思嬌女，陶潛責子自挽等詩；杜甫的詩裏最多這種說話式的詩。七言詩裏用這種體裁要推盧仝與韓愈為大功臣。盧仝是個怪傑，便大胆地走上了白話新詩的路上去。韓愈却不敢十分作怪。他總想作聖人，又喜歡『掉書袋』，故聲調口吻儘管是說話，而文學却要古雅，押韻又要奇僻隱險，於是走上了一條魔道，開後世用古字與押險韻的惡風氣，最惡劣的例子便是他的南山詩。那種詩只是沈括所謂『押韻之文』而已，毫沒有文學的意味。

他並不是沒有作白話新詩的能力，其實他有時做白話的詼諧詩也很出色，例如

贈劉師復

羨君齒牙牢且潔，大肉硬餅如刀截。我今牙豁落者多，所存十餘皆兀臲。
匙抄爛飯穩送之，合口軟嚼如牛呞。妻兒恐我生悵望，盤中不飣粟與梨。
祇今年纔四十五，後日懸知漸莽鹵。朱顏皓頸訝莫親，此外諸餘誰更數？
……

但他當時以『道統』自任，朋友也期望他擔負道統，——張籍勸戒他的兩封書，便是好例子，——故他不敢學盧仝那樣放肆，故他不敢不擺出規矩尊嚴的樣子來。他的示兒詩中有云：

嗟我不修飾，事與庸人俱。安能坐如此，比肩於朝儒？

這幾句詩畫出他不能不『修飾』的心理。他在那詩裏對他兒子誇說他的濶朋友：

開門問誰來，無非卿大夫。不知官高卑，玉帶懸金魚 問客之所為，峩冠講唐虞……凡此座中人，十九持鈞樞。

他若學盧仝劉乂的狂肆，就不配『比肩』於這一班『玉帶懸金魚』的濶人了。

試把他的示兒詩比較盧仝示添丁抱孫的兩首詩，便可以看出人格的高下。左思陶潛杜甫盧仝對他們的兒女都肯說眞率的玩笑話；韓愈對他的兒子尙且不敢眞率，尙且敎他羨慕濶官貴人，敎他做作修飾，所以他終于作一個祭鱷魚賀慶雲的小人而已。做白話詩並不是什麼了不得的事，却也要個敢於率眞的人格做骨子。

第十六章　元稹白居易

九世紀的初期——元和長慶的時代——眞是中國文學史上一個很光榮燦爛的時代。這時代的幾個領袖文人，都受了杜甫的感動，都下了決心要創造一種新文學。中國文學史上的大變動向來都是自然演變出來的，向來沒有有意的，自覺的改革。只有這一個時代可算是有意的，自覺的文學革新時代。這個文學革新運動的領袖是白居易與元稹，他們的同志有張籍，劉禹錫，李紳，李餘，劉猛等。他們不但在韻文方面做革新的運動。在散文的方面，白居易與元稹也曾做一番有意的改革，與同時的韓愈柳宗元都是散文改革的同志。

元稹，字微之，河南人，本是北魏拓跋氏帝室之後。他九歲便能作文，少年登「才識兼茂，明於體用」科，他爲第一，除右拾遺；因他鋒芒太露，爲執政所忌，屢次受挫折，後來被貶爲江陵府士曹參軍，量移通州司馬。他的好友白居易那時也被貶爲江州司馬。他們往來贈答的詩歌最多，流傳於世；故他們雖遭貶逐，而文學的名譽更大。元和十四年（八一九），他被召回京。穆宗爲太子時，已很賞識元稹的文學；穆宗即位後，升他爲祠部郎中，知制誥。知制誥是文人最大的榮譽，而元稹得此事全出於皇帝的簡任，不由於宰相的推薦，故他很受相府的排擠。但元稹用散體古文來做制誥，對於向來的駢體制誥詔策是一種有意的革新。（看他的元氏長慶集，四部叢刊本。）新唐書說他『變詔書體，務純厚明切，盛傳一時。』舊唐書說他的辭誥『夐然與古爲侔，遂盛傳於代』。

穆宗特別賞識他，兩年之中，遂拜他爲宰相（八二二）。當時裴度與他同做宰相，不很瞧得起這位驟貴的詩人，中間又有人挑撥，故他們不能相容，終于兩人同時罷相。元稹出爲同州刺史，轉爲越州刺史；他喜歡越中山水，在越八年，做詩很多。文宗太和三年（八二九），他回京爲尚書左丞；次年（八三〇），檢校戶部尚書，兼鄂州刺史，御史大夫，武昌軍節度使。五年（八三一）七月，死于武昌，年五十三(生于七七九)。

白居易，字樂天，下邽人，生於大歷七年(七七二)，在杜甫死後的第三年。他自己敍他早年的歷史如下：

僕始生六七月時，乳母抱弄於書屏下，有指「之」字「無」字示僕者，僕口未能言，心已默識。後有問此二字者，雖百十其試，而指之不差。……及五六歲，便學爲詩。九歲，暗識聲韻。十五六，始知有「進士」，苦節讀書。二十已來，晝課賦，夜課書，間又課詩，不遑寢息矣。以至于口舌成瘡，手肘成胝，既壯而膚革不豐盈，未老而齒髮早衰白，……蓋以苦學力文之所致。又自悲家貧多故，年二十七方從鄉試。既第之後，雖專於科試，亦不廢詩。(與元九書)

貞元十四年(七九八)，他以進士就試，擢甲科，授秘書省校書郎。憲宗元和二年(八〇七)，召入翰林爲學士；明年，拜左拾遺。他既任諫官，很能直言。元稹被論，他屢上疏切諫，沒有效果。五年（八一〇），因母老家貧，自請改官，除爲京兆府戶曹參軍。明年，丁母憂；九年（八一四），授太子左贊善大夫。當時很多人忌他，說他浮華無行，說他的母親因看花墮井而死，而他作賞花詩，及新井詩，「甚傷名敎」。他遂被貶爲江州司馬。他自己說這回被貶逐其實是因爲他的詩歌諷刺時事，得罪了不少人。他說：

凡聞僕賀雨詩，衆口籍籍以爲非宜矣。聞僕哭孔戡詩，衆面脉脉盡不悅矣。聞秦中吟，則權豪貴近者相目而變色矣。聞登樂遊園寄足下詩，則執政柄者扼腕矣。聞宿紫閣村詩，則握軍要者切齒矣。……不相與者，號爲沽譽，號爲詆訐，號爲訕謗。苟相與者，則如牛僧孺之誡焉。乃至骨肉妻孥皆以我爲非也。其不我非者，擧世不過三兩人。……

元和十三年冬（八一八——八一九），他量移忠州刺史。他自潯陽浮江上峽，帶他的兄弟行簡同行；明年三月，與元稹會於峽口；在夷陵停船三日，他們三人在黃牛峽口石洞中，置酒賦詩，戀戀不能訣別。

元和十四年冬（八一九—八二〇），他被召還京師；明年（八二〇），升主客郎中，知制誥。那時元稹也召回了，與他同知制誥。長慶元年（八二一），轉中書舍人。舊唐書說：

> 時天子荒縱不法，執政非其人，制御乖方，河朔復亂。居易累上疏論其事，天子不能用，乃求外任。〔二年〕（八二二）七月，除杭州刺史。俄而元稹罷相，自馮翊轉浙東觀察使，交契素深，杭越鄰境，篇詠往來，不間旬浹。嘗會于境上，數日而別。

他在杭州秩滿後，除太子左庶子，分司東都。寶曆中（八二五—六），復出爲蘇州刺史。文宗即位（八二七），徵拜秘書監，明年轉刑部侍郎，封晉陽縣男，食邑三百戶。太和三年（八二九），他稱病東歸，求爲分司官，遂除太子賓客分司。舊唐書說：

居易初……蒙英主特別顧遇，頗欲奮厲效報。苟致身於訏謨之地，則兼濟生靈。蓄意未果，望風爲當路者所擠，流徙江湖，四五年間，幾淪蠻瘴。自是宦情衰落，無意於出處，唯以逍遙自得，吟詠情性爲事。太和以後，李宗閔李德裕用事，朋黨事起，是非排陷，朝昇暮黜，天子亦無如之何。楊穎士楊虞卿與宗閔善，居易妻，穎士從父妹也。居易愈不自安，懼以黨人見斥，乃求致身散地，冀於遠害。凡所居官，未嘗終秩，率以病免，固求分務，識者多之。

太和五年(八三一)，他做河南尹；七年(八三三)，復授太子賓客分司。(洛陽爲東都，故各官署皆有東都「分司」，如明朝的南京，清朝的盛京；其官位與京師相同，但沒有事做。)他曾在洛陽買宅，有竹木池館，有家妓樊素蠻子能歌舞，有琴有書，有太湖之石，有華亭之鶴。他自己說：

水香蓮開之旦，露清鶴唳之夕，拂楊石(楊貞一所贈)，舉陳酒(陳孝仙所授法子釀的)，援崔琴(崔晦叔所贈)，彈姜秋思(姜發傳授的；舊唐書脫「姜」字，今據長慶集補)，頹然自適，不知其他。酒酣琴罷。又命樂童登中島亭，合奏霓裳散序，聲隨風飄，或凝或散，悠揚於竹煙波月之際者久之。曲未竟，而樂天陶然石上矣。(池上篇自序)

開成元年(八三六)，除同州刺史，他稱病不就；不久，又授他太子少傅，進封馮翊縣開國侯。會昌中，以刑部尚書致仕。他自己說他能「栖心釋梵，浪跡老莊」；晚年與香山僧如滿結香火社，白衣鳩杖，往來香山，自稱香山居士。他死在會昌六年(八四六)，年七十五。(舊唐書作死于大中元年【八四七】，年七十六。此從新唐書，及李商隱撰的墓誌。)

白居易與元稹都是有意作文學改新運動的人：他們的根本主張，翻成現代的術語，可說是爲人生而作文學！文學是救濟社會，改善人生的利器；最上要能「補察時政」，至少也須能「洩導人情」；凡不能這樣的，都「不過嘲風雪，弄花草而已』。白居易在江州時，作長書與元稹論詩（白氏長慶集卷二十八，參看舊唐書本傳所引），元稹在通州也有『敘詩』長書寄白居易（元氏長慶書卷三十）。這兩篇文章在文學史上要算兩篇最重要的宣言。我們先引白居易書中論詩的重要道：

聖人感人心而天下和平。感人心者，莫先乎情，莫始乎言，莫切乎聲，莫深乎義。詩者，根情，苗言，華聲，實義。上自賢聖，下至愚騃，微及豚魚，幽及鬼神，羣分而氣同，形異而情一，未有聲入而不應，情交而不感者。聖人知其然。因其言，經之以六義；緣其聲，緯之以五音。音有韻，義有類。韻協則言順，言順則聲易入。類舉則情見，情見則感易交。於是孕大含深，貫微洞密，上下通而二氣泰，憂樂合而百志熙。

這是詩的重要使命。詩要以情爲根，以言爲苗，以聲爲華，以義爲實。託根於人情而結果在正義，語言聲韻不過是苗葉花朶而已。

洎周衰秦興，採詩官廢，上不以詩補察時政，下不以歌洩導人情。用至於諂成之風動，救時之道缺，于時六義始刓矣。國風變爲騷辭，五言始於蘇李。詩騷皆不遇者各繫其志，發而爲文，故河梁之句止於傷別，澤畔之吟歸于怨思，彷徨抑鬱，不暇及他耳。然去詩未遠，梗概尙存，……雖義類不具，猶得風人之什二三焉。于時六義始缺矣。

這就是說，楚辭與漢詩已偏向寫主觀的怨思，已不能做客觀地表現人生的工作了。

晉宋已還，得者蓋寡。以康樂（謝靈運）之奧博，多溺于山水；以淵明之高古，偏放於田園。江鮑之流又狹於此。如梁鴻五噫之例者，百無一二。于時六義寖微矣。

陵夷至於梁陳間，率不過嘲風雪，弄花草而已矣。噫！風雪花草之物，三百篇中豈捨之乎？顧所用何如耳。……皆興發于此，而義歸于彼。反是者，可乎哉？然則『餘霞散成綺』，『澄江淨如練』，『歸花先委露』，別葉乍辭風』之什，麗則麗矣，吾不知其所諷焉。故僕所謂嘲風雪，弄花草而已。于時六義盡去矣。

他在這裏固然露出他受了漢朝迂腐詩說的惡影響，把三百篇都看作『興發于此而義歸于彼』的美刺詩，因此遂抹煞一切無所為而作的文學。但他評論六朝的文人作品確然有見地，六朝文學的絕大部分真不過『嘲風雪，弄花草』而已。

唐興二百年，其間詩人不可勝數。所可舉者，陳子昂有感遇詩二十首，鮑防感興詩十五篇。又詩之豪者，世稱李杜。李之作，才矣，奇矣，人不逮矣，索其風雅比興，十無一焉。杜詩最多，可傳者千餘首；至於貫穿古今，覼縷格律，盡工盡善，又過於李。然撮其新安，石壕，潼關吏，塞蘆子，留花門之章，『朱門酒肉臭，路有凍死骨』之句，亦不過十三四。（舊唐書作『三四十』，誤。今據長慶集。）杜尙如此，況不逮杜者乎？

以上是白居易對於中國詩的歷史的見解。在這一點上，他的見解完全與元稹相同。元稹作杜甫的墓誌銘，前面附了一篇長序，泛論中國詩的演變，上起三百篇，下迄李杜，其中的見解多和上引各節相同。此序作於元和癸巳(八一三)，在白居易寄此長書之前不多年。(看元氏長慶集卷五十六。)

元白都受了杜甫的絕大影響。老杜的社會問題詩在當時確是別開生面，爲中國詩史開一個新時代。他那種寫實的藝術和大膽諷刺朝廷社會的精神，都能夠鼓舞後來的詩人，引他們向這種問題詩的路上走。元稹受老杜的影響似比白居易更早。元稹的敘詩寄樂天書(元氏長慶集卷三十)中自述他早年作詩的政治社會的背景，最可以幫助我們了解當時一班詩人作『諷諭』詩的動機。他說：

> 稹九歲學賦詩，長者往往驚其可教。年十五六，粗識聲病。時貞元十年(七九四)已後，德宗皇帝春秋高，理務因人，最不欲文法吏生天下罪過。外閫節將動十餘年不許朝覲，死於其地，不易者十八九。而又將豪卒愎之處，因喪負衆，橫相賊殺，告變駱驛。使者迭窺，旋以狀聞天子曰，某色

邑？）將某能遏亂，亂衆寧附，願爲帥。名爲衆情，其實逼詐。因而可之者又十八九。前置介倅，因緣交授者，亦十四五。由是諸侯敢自爲旨意，有羅列兒孩以自固者，有開導蠻夷以自重者。省寺符篆固几閣，甚者礙詔旨。視一境如一室，刑殺其下，不啻僕畜。厚加剝奪，名爲進奉，其實貢入之數百一焉。京城之中，亭第邸店，以曲巷斷。侯甸之內，水陸腴沃，以鄉里計。其餘奴婢資財生生之備稱是。朝廷大臣以謹愼不言爲朴雅。以時進見者，不過一二親信。直臣義士往往抑塞。禁省之間，時或繕完隤墜，豪家大帥乘聲相扇，延及老佛，土木妖熾。習俗不怪。上不欲令有司備宮闈中小碎須求，往往持幣帛以易餅餌。吏緣其端，剽奪百貨，勢不可禁。僕時孩騃，不慣聞見，獨于書傳中初習理亂萌漸，心體悸震，若不可活，思欲發之久矣。適有人以陳子昂感遇詩相示，吟翫激烈，即日爲寄思玄子詩二十首。……又久之，得杜甫詩數百首，愛其浩蕩津涯，處處臻到，始病沈宋之不存寄興，而訝子昂之未暇旁備矣。不數年，與詩人楊巨源友善；日課爲詩；性復僻，懶人事；常有閑暇，閒則有作。識足下時，有詩數百篇矣。習慣性靈，遂成病蔽。……又不幸年三十二時，有罪譴棄，今三十七矣。五六年之間，是丈夫心力壯時，常在閑處，無所役用；性不近道；未能淡然忘懷；又復懶於他欲，全盛之氣注射語言，雜糅精粗，遂成多大。……

八世紀末年，九世紀初年，唐朝的政治到了很可悲觀的田地，少年有志的人都感覺這種狀態的危機。元稹自己說他那時候竟是『心體悸震，若不可活』。他們覺得這不是『嘲風雪，弄花草』的時候了，他們都感覺文學的態度應該變嚴肅了。所以元稹與白居易都能欣賞陳子昂感遇詩的嚴肅態度。但感遇詩終不過是發點牢騷而已，『彷徨抑鬱，不暇及他』，還不能滿足這時代的要求。後來元稹發見了杜甫，方才感覺大滿意。杜甫的新體詩便不單是發牢騷而已，還能描寫實際的人生苦痛，社會利弊，政府得失。這種體裁最合於當時的需要，故元白諸人對於杜甫眞是十分崇拜，公然宣言李杜雖然齊名，但杜甫遠非李白所能比肩。元稹說：

……至於子美，蓋所謂上薄風騷，下該沈宋，言奪蘇李，氣吞曹劉，掩顏謝之孤高，雜徐庾之流麗，盡得古今之體勢，而兼人人之所獨專矣。……能所不能，無可不可，則詩人以來，未有如子美者。……（杜甫墓誌銘序）

這還是大體從詩的形式上立論，雖然崇拜到極點，却不曾指出杜甫的眞正偉大之處。白居易說的話便更明白了。他指出李白的詩，『索其風雅比興，十無一焉』；而杜甫的詩之中，有十之三四是實寫人生或諷刺時政的；如『朱門酒肉臭，路有凍死骨』一類的話，李白便不能說，這才是李杜優劣的眞正區別。當時的文人韓愈曾作詩道：

李杜文章在，光焰萬丈長。不知羣兒愚，那用故謗傷！蚍蜉撼大樹，可笑不自量。

有人說，這詩是譏刺元稹的李杜優劣論的。這話大概沒有根據。韓愈的詩只是借李杜來替自己發牢騷，與元白的文學批評沒有關係。

元白發憤要作一種有意的文學革新運動，其原因不出於上述的兩點：一面是他們不滿意於當時的政治狀況，一面是他們受了杜甫的絕大影響。老杜只是忍不住要說老實話，還沒有什麼文學主張。元白不但忍不住要說老實話，還要提出他們所以要說老實話的理由，這便成了他們的文學主張了。白居易說：

僕常痛詩道崩壞，忽忽憒（長慶集作「憤」）發，或食輟哺，夜輟寢（此依長慶集）不量才力，欲扶起之。

這便是有意要作文學改革。他又說：

自登朝來，年齒漸長，閱事漸多，每與人言，多詢時務，每讀書史，多求理道。（唐高宗名治，故唐人書諱「治」字，多改為「理」字。此處之「理道」即「治道」；下文元氏敘詩書的「理務因人」，「理亂萌漸」，皆與此同。）始知文章合為時而著，歌詩

台爲事而作。……（與元九書）

最末十四個字便是元白的文學主張。這就是說，文學是爲人生作的，不是無所爲的，是爲救人救世作的。白居易自己又說：

是時皇帝（憲宗）初即位，宰府有正人，屢降璽書，訪人急病。僕當此日，擢在翰林，身是諫官，手請諫紙啓奏之外，有可以救濟人病，裨補時闕，而難於指言者，輒詠歌之，欲稍稍遞進聞於上。

『救濟人病，裨補時闕』便是他們認爲文學的宗旨。白居易在別處也屢屢說起這個宗旨。如讀張籍古樂府云：

張君何爲者？業文三十春，尤工樂府詞，舉代少其倫。爲詩意如何？六義互鋪陳；風雅比興外，未嘗著空文。……上可裨教化，舒之濟萬民。下可理情性，卷之善一身。……

又如他寄唐生詩中自敘一段云：

我亦君之徒，鬱鬱何所爲？不能發聲哭，轉作樂府詩。篇篇無空文，句句必盡規。……非求宮律高，不務文字奇，惟歌生民病，願得天子知。……

唐生即是唐衢，是當時的一個狂士，他最富於感情，常常爲了時事痛哭。故白居易詩中說：

唐生者何人？五十寒且饑；不悲口無食，不悲身無衣，所悲忠與義，悲甚則哭之。太尉擊賊日（段秀實以笏擊朱泚），尚書叱盜時（顏眞卿叱李希烈），大夫死兒寇（陸長源爲亂兵所害），諫議謫蠻夷（陽城謫道州），每見如此事，聲發涕輒隨。……

這個人的行爲也可以代表一個時代的嚴肅認眞的態度。他最賞識白居易的詩，白氏與元九書中有云：

有唐衢者，見僕詩而泣，未幾而衢死。

唐衢死時，白居易有傷唐衢二首，其一有云：

憶昨元和初，忝備諫官位。是時兵革後，生民正憔悴。但傷民病痛，不識時忌諱。遂作秦中吟，一吟悲一事。貴人皆怪怒，閑人亦非訾。天高未及聞，荊棘生滿地。惟有唐衢見，知我平生志。一讀興嘆嗟，再吟垂涕泗。因和三十韻，手題遠緘寄，致吾陳（子昂）杜（甫）間，賞愛非常意。……

總之，元白的文學主張是『篇篇無空文，……惟歌生民病』。這就是『文章合爲事而著，歌詩合爲事而作』的註脚。他們一班朋友，元白和李紳等，努力作諷刺時事的新樂府，即是實行這個文學主義。白居易的新樂府五十篇，有自序云：

……其辭質而徑，欲見之者易喻也。其言直而切，欲聞之者深戒也。其事覈而實，使采之者傳信也。其體順而肆，可以播於樂章歌曲也。總而言之，爲君爲臣爲民爲物爲事而作，不爲文而作也。

總而言之，文學要爲人生而作，不爲文學而作。

這種文學主張的裏面，其實含有一種政治理想。他們的政治理想是要使政府建立在民意之上，造成一種順從民意的政府。白居易說：

天子之耳不能自聽，合天下之耳聽之而後聽也。天子之目不能自明，合天下之目視之而後明也。天子之心不能自聖，合天下之心思之而後聖也。若天子唯以兩耳聽之，兩目視之，一心思之，則十步之內（疑當作「外」）不能聞也，百步之外不能見也，殿庭之外不能知也，而況四海之大，萬樞之繁者乎？聖王知其然，故立諫諍諷議之官，開獻替啟沃之道，俾乎補察遺闕，輔助聰明。猶懼其未也，於是設敢諫之鼓，建進善之旌，立誹謗之木，工商得以流議，士庶得以傳言，然後過日聞而德日新矣。……（策林七十，長慶集卷四十八）

這是很明白的民意政治的主張。（策林七十五篇，是元白二人合作的，故代表他們二人的共同主議。）他們又主張設立採詩之官，作爲採訪民意的一個重要方法。故策林六十九云：

問：聖人之致理（理即治，下同）也，在乎酌人言，察人情；而後行爲政，順爲教者也。然則一人之耳安得徧聞天下之言乎？一人之心安得盡知天下之情乎？今欲立採詩之官，開諷刺之道，察其得失之政，通其上下之情，子大夫以爲如何？

這是假設的問，答案云：

臣聞聖王酌人之言，補己之過，所以立理本，導化源也，將在乎選觀風之使，建採詩之官，俾乎歌詠之聲，諷刺之興，日採於下，歲獻於上者也。所謂言之者無罪，聞之者足以自誡。

他的理由是：

大凡人之感於事則必動於情，然後興於嗟嘆，發於吟詠，而形於歌詩矣。

> 故聞蓼蕭之詩，則知澤及四海也；聞華黍之詠，則知時和歲豐也；聞北風之言，則知威虐及人也；聞碩鼠之刺，則知重斂於下也；聞『廣袖高髻』之謠，則知風俗之奢蕩也；聞『誰其穫者婦與姑』之言，則知征稅之廢業也。故國風之盛衰由斯而見也，王政之得失由斯而聞也，人情之哀樂由斯而知也。然後君臣親覽而斟酌焉：政之廢者，修之；闕者，補之；人之憂者，樂之；勞者，逸之；所謂善防川者，決之使導；善理人者，宣之使言。故政有毫髮之善，下必知也；教有錙銖之失，上必聞也。則上之誠明何憂乎不下達，下之利病何患乎不上知？上下交和，內外胥悅，若此，而不臻至理，不致昇平，自開闢以來，未之聞也。

這個主張又見於元和三年（八〇八）白居易作府試官時所擬進士策問的第三問，意思與文字都與策林相同（長慶集卷三十，頁二一—二二），可見他們深信這個採詩的制度。

白居易在元和四年（八〇九）作新樂府五十篇，其第五十篇為采詩官，仍是發揮這個主張的，我且引此篇的全文如下：

采詩官　監前王亂亡之由也

采詩官，采詩聽歌導人言。言者無罪聞者誡，下流上通上下泰。周滅秦興至隋氏，十代采詩官不置。郊廟登歌贊君美，樂府艷詞悅君意。若求興諭規刺言，萬句千章無一字。不是章句無規刺，漸及朝廷絕諷議。諍臣杜口爲冗員，諫鼓高懸作虛器。一人負扆常端默，百辟入門兩自媚。夕郎所賀皆德音，春官每奏唯祥瑞。君之堂兮千里遠，君之門兮九重閟，君耳唯聞堂上言，君眼不見門前事。貪吏害民無所忌，奸臣蔽君無所畏？君不見厲王胡亥之末年，羣臣有利君無利。君兮君兮願聽此：欲開壅蔽達人情，先向歌詩求諷刺。

這種政治理想並不是迂腐不能實行的。他們不期望君主個個都是聖人，那是柏拉圖的妄想。他們也不期望一班文人的一字褒貶都能使『亂臣賊子懼』，那是孔丘孟軻的迷夢。他們只希望兩種『民意機關』：一是許多肯說老實話的諷刺詩人，一是採訪詩歌的專官。那時候沒有報館，詩人便是報館記者與訪員，實寫人生苦痛與時政利弊的詩便是報紙，便是輿論。那時沒有議會，諫官御史便是議會，采詩官也是議會的一部分。民間有了什麼可歌可泣的事，或朝廷官府有了苛稅虐政，一班平民詩人便都趕去採訪詩料：林步青便編他的灘簧，劉寶全便編他的大鼓書，徐志摩便唱他的硤石調，小熱昏便唱他的小熱昏。幾天之內，街頭巷口都是這種時事新詩歌了。於是采詩御史便東採一隻小調，西抄一隻小熱昏，編集起來，進給政府。不多時，苛稅也豁免了，虐政也革除了。於是感恩戴德的小百姓，飲水思源，發起募捐大會，銅板夾銀毫並到，鷹洋與元寶齊來，一會兒，徐志摩的生祠遍於村鎮，而小熱昏的銅像也矗立街頭。猗歟休哉！文學家的共和國萬歲！

文學旣是要『救濟人病，裨補時闕』，故文學當側重寫實，『刪淫辭，削麗藻』，『黜華於枝葉，反實於根源』。白居易說：

凡今秉筆之徒，率爾而言者有矣，斐然成章者有矣。故歌詠詩賦碑碣讚詠之製，往往有虛美者矣，有媿辭者矣。若行於時，則誣善惡而惑當代；若傳於後，則混眞僞而疑將來。……

且古之爲文者，上以紐王教，繫國風，下以存炯戒，通諷諭。故懲勸善惡之柄執於文士褒貶之際焉，補察得失之端操於詩人美刺之間焉。今褒貶之文無覈實，則懲勸之道缺矣。美刺之詩不稽政，則補察之義廢矣。雖雕章鏤句，將焉用之？

臣又聞，稂莠秕稗，生於穀，反害穀者也。淫辭麗藻，生於文，反傷文者也。故農者耘稂莠，簸秕稗，所以養穀也。王者刪淫辭，削麗藻，所以養文也。

伏惟陛下詔主文之司，論『養文』之旨，俾辭賦合炯戒諷諭者，雖質，雖野，採而獎之；碑誄有虛美媿辭者，雖華，雖麗，禁而絕之。若然，則爲文者必當尚質抑淫，著誠去僞，小疵小弊蕩然無遺矣。（策林六十八）

『尚質抑淫，著誠去僞』，這是元白的寫實主義。

* * * * *

根據於他們的文學主張，元白二人各有一種詩的分類法。白居易分他的詩爲四類：

(1)諷諭詩：『自拾遺來，凡所適所感，關於美刺興比者；又自武德訖元和，因事立題，題爲新樂府者。』

(2)閒適詩：『或退公獨處，或移病閑居，知足保和，吟玩情性者。』

(3)感傷詩：『事物牽於外，情理動於內，隨感遇而形於歎詠者。』

(4)雜律詩：『五言七言，長句絕句，自一百韻至兩韻者。』

他自己只承認第一和第二兩類是值得保存流傳的，其餘的都不重要。都可删棄。他說：

> 僕志在兼濟，行在獨善。奉而始終之，則爲道；言而發明之，則爲詩。謂之諷諭詩，兼濟之義也。謂之閒適詩，獨善之義也。……其餘雜律詩，或誘於一時一物，發於一笑一吟，率然成章，非平生所尙者，……略之可也。（與元九書）

元稹分他的詩爲八類：

(1)古諷：「旨意可觀，而詞近往古者。」
(2)樂諷：「意亦可觀，而流在樂府者。」
(3)古體：「詞雖近古，而止於吟寫性情者。」
(4)新題樂府：「詞實樂流，而止於模象物色者。」
(5)律詩

(6)律諷：『稍存寄興，與諷爲流者。』

(7)悼亡

(8)艷詩

（見叙詩寄樂天書）

元氏的分類，體例不一致，其實他也只有兩大類：

（一）諷詩
- (一)古諷
- (二)樂諷
- (三)律諷

（二）非諷詩——古體，律體等。

元稹在元和丁酉（八一七）作樂府古題序，討論詩的分類，頗有精義，也可算是一篇有歷史價值的文字。他說：

樂府古題序　丁酉

詩訖於周，離騷訖於楚。是後詩之流爲二十四名：賦，頌，銘，贊，文，誄，箴，詩，行，詠，吟，題，怨，嘆，章，篇，操，引，謠，謳，歌，曲，詞，調，皆詩人六義之餘，而作者之言（長慶集作「旨」，全唐詩同。今依張元濟先生用舊抄本校改本）。

由操而下八名，皆起於郊祭軍賓吉凶苦樂之際，在音聲者，因聲以度詞，審調以節唱，句度短長之數，聲韻平上之差，莫不由之準度。而又別其在琴瑟者爲操引。采民甿者爲謳謠，備曲度者總得謂之歌曲詞調，斯皆由樂以定詞，非選調以配樂也。

由詩而下九名，皆屬事而作，雖題號不同，而悉謂之爲詩，可也。後之審樂者，往往采取其詞，度爲歌曲。蓋選詞以配樂，非由樂以定詞也。而纂撰者，由詩而下十七名，盡編爲『樂錄』『樂府』等題。除鐃吹，橫吹，郊祀，清商等詞在樂志者，其餘木蘭，仲卿，四愁，七哀之輩，亦未必盡播於管弦，明矣。

後之文人達樂者少，不復如是配別，但遇興紀題，往往兼以句讀短長爲歌詩之異。……況自風雅至於樂流，莫非諷興當時之事，以貽後代之人。沿襲古題，唱和重複，於文或有短長，於義咸爲贅賸。尚不如寓意古題，刺美見事，猶有詩人引古以諷之義焉。曹劉沈鮑之徒，時得如此，亦復稀少。近代唯詩人杜甫悲陳陶哀江頭兵車麗人等，凡所歌行，率皆即事名篇，無復倚傍。余少時與友人白樂天李公垂輩謂是爲當，遂不復擬賦古題。

昨南（各本無「南」字，依張校）梁州，見進士劉猛李餘各賦古樂府詩數十首，其中一二十章咸有新意。余因選而和之。其有雖用古題，全無古義者，若出門行不言離別，將進酒特書列女之類，是也。其或頗同古義，全創新詞者。則田家止述軍輸，捉捕詞先螻蟻之類，是也。劉李二子方將極意於斯文，因爲粗明古今歌詩同異之音（似當作「旨」）焉。

他的見解以爲漢以下的詩有兩種大區別：一是原有樂曲，而後來依曲調而度詞；一是原來是詩，後人采取其詞，製爲歌曲。但他指出，詩的起源雖然關係樂曲，然而詩却可以脫離音樂而獨立發展。歷史上顯然有這樣的趨勢。最初或採集民間現行歌曲，或樂人製調而文人造詞，或文人作詩，而樂工製調。稍後乃有文人仿作樂府，仿作之法也有兩種：嚴格地依舊調，作新詞，如曹操曹丕作短歌行，字數相同，顯然是同一樂調，這是一種仿作之法。又有些人同作一題，如羅敷故事，或秋胡故事，或秦女休故事，題同而句子的長短，篇章的長短皆不相同，可見這一類的樂府並不依據舊調，只是借題練習作詩，或借題寄寓作者的感想見解而已。這樣擬作樂府，已是離開音樂很遠了。到杜甫的兵車行麗人行諸篇，諷詠當時之事，『即事名篇，無復倚傍』，便開『新樂府』的門徑，完全脫離向來受音樂拘束或沿襲古題的樂府了。

當時的新詩人之中，孟郊張籍劉猛李餘與元稹都還作舊式的古樂府，但都

『有新意』，有時竟『雖用古題，全無古義』。（劉猛李餘的詩都不傳了。）這已近於作新樂府了。元稹與白居易李紳（公垂）三個人做了不少的新樂府，（李紳的新樂府今不傳了。）此外如元氏的連昌宮詞諸篇，如白氏的秦中吟諸篇，都可說是新樂府，都是『即事名篇，無復倚傍』的新樂府。故我們可以說，他們認定新樂府為實現他們的文學主張的最適宜的體裁。

元稹自序他的新體樂府道：

……昔三代之盛也，士議而庶人謗。又曰，『世理（治）則詞直，世忌則詞隱。』余遭理世而君盛聖，故直其詞，以示後，使夫後之人謂今日為不忌之時焉。

白居易的新樂府的自序，已引在上文了，其中有云：

其辭質而徑，欲見之者易喻也。其言直而切，欲聞之者深誡也。其事覈而實，使采之者傳信也。其體順而肆，可以播於樂章歌曲也。

要做到這幾個目的，只有用白話做詩了。元白的最著名的詩歌大都是白話的。這不是偶然的事，似是有意的主張。據舊時的傳說，

白樂天每作詩，令一老嫗解之，問曰，『解否？』曰，『解』，則錄之。不解，則又復易之。（墨客揮犀）

這個故事不見得可靠，大概是出於後人的附會。英國詩人華次華斯（Wordsworth）主張用平常說話做詩，後人也造成一種傳說，說他每做詩都念給一個老嫗聽，她若不懂，他便重行修改。這種故事雖未必實有其事，却很可暗示大家公認這幾個詩人當時確是有意用平常白話做詩。

近年敦煌石室發見了無數唐人寫本的俗文學，其中有明妃曲，孝子董永，季布歌，維摩變文，……等等（另有專章討論）。我們看了這些俗文學的作品，才知道元白的著名詩歌，尤其是七言的歌行，都是有意做效民間風行的俗文學的。白居易的長恨歌，元稹的連昌宮詞，與後來的韋莊的秦婦吟，都很接近民間的故事

詩。白居易自序說他的新樂府不但要『其辭質而徑，欲見之者易喻』，還要『其體順而肆，可以播於樂章歌曲』。這種『順而肆，可以播於樂章歌曲』的詩體，向那裏去尋呢？最自然的來源便是當時民間風行的民歌與佛曲。試引明妃傳一段，略表示當時民間流行的『順而肆』的詩體：

昭軍(君)昨夜子時亡，突厥今朝發使忙。三邊走馬傳胡令，萬里非(飛)書奏漢王。解劍脫除天子服，披頭還着庶人裳。衙官坐位刀離面，(離面即杜詩所謂『花門剺面』)，九姓行哀截耳璫。口口口口口口口，枷上羅衣不重香。可惜未央宮裏女，嫁來胡地碎紅粧。……寒風入帳聲猶苦，曉日臨行哭未殃(央)。昔日同眠夜即短，如今獨寢覺天長。何期遠遠離京兆，不憶(意)冥冥臥朔方。早知死若埋沙裏，悔不教君還帝鄉！(明妃傳殘卷，見羽田亨編的燉煌遺書，活字本第一集，上海東亞研究會發行。)

我們拿這種俗文學來比較元白的歌行，便可以知道他們當日所採『順而肆』的歌行體是從那裏來的了。

因爲元白用白話做詩歌，故他們的詩流傳最廣。白居易自己說：

再來長安，又聞有軍使高霞寓者，欲聘倡妓，妓大誇曰，『我誦得白學士長恨歌，豈同他妓哉？』由是增價。……又昨過漢南日，適遇主人集衆樂娛他賓。諸妓見僕來，指而相顧曰，『此是秦中吟長恨歌主耳！』自長安抵江西，三四千里，凡鄉校，佛寺，逆旅，行舟之中，往往有題僕詩者。士庶，僧徒，孀婦，處女之口，每每有詠僕詩者。……（與元九書）

元稹也說他們的詩，

二十年間，禁省觀寺郵候牆壁之上無不書，王公妾婦牛童馬走之口無不道。至於繕寫模勒，衒賣於市井，或持以交酒茗者，處處皆是。（『勒』是雕刻。此處有原注云：『揚越間多作書模勒樂天及予雜詩，賣於市肆之中也』。此爲刻書之最早記載。）其甚者，有至於盜竊名姓，苟求是（日本本白氏長慶集作『自』）售，雜亂間廁，無可奈何。

予於平衆市中（原注：鏡湖傍草市名。），見村校諸童競習詩，召而問之，皆對曰，『先生教我樂天微之詩』，固亦不知予之爲微之也。……

自篇章已來，未有如是流傳之廣者。……（白氏長慶集序）

不但他們自己如此說，反對他們的人也如此說。杜牧作李戡的墓誌，述戡的話道：

自元和以來，有元白者，纖艷不逞，……流於民間，疏於屏壁；子父女母交口教授；淫言媟語，冬寒夏熱，入人肌骨，不可除去。……

元白用平常的說話做詩，他們流傳如此之廣，『入人肌骨，不可除去』，這是意料中的事。但他們主張詩歌須要能救病濟世，卻不知道後人竟詆毀他們的『淫言媟語，纖艷不逞』！

這也是很自然的。白居易自己也會說：

> 今僕之詩，人所愛者，悉不過雜律詩與長恨歌已下耳。時之所重，僕之所輕。至於『諷諭』者，意激而言質；『閑適』者，思澹而詞迂：以質合迂，宜人之不愛也。（與元九書）

他又批評他和元稹的詩道：

> 頃者在科試間，常與足下同筆硯，每下筆時，輒相顧語，患其意太切而理太周，故理太周則辭繁，意太切則言激。然與足下爲文，所長在於此，所病亦在於此。……（和答詩十首序）

他自己的批評眞說的精闢中肯。他們的諷諭詩太偏重急切收效，往往一氣說完，不留一點餘韻，往往有史料的價值，而沒有文學的意味。然其中確有絕好的詩，不可一筆抹煞。如元稹的連昌宮詞，織婦詞，田家詞，聽彈烏夜啼引等，都可以算是很好的詩的作品。白居易的詩，可傳的更多了。如宿紫閣山北村，如上陽白髮人，如新豐折臂翁，如道州民，如杜陵叟，如賣炭翁，都是不朽的詩。白居易最佩服杜甫的『朱門酒肉臭，路有凍死骨』兩句，故他早年作秦中吟時，還時時摸倣老杜這種境界。如秦中吟第二首云：

……昨日輸殘稅，因窺官庫門，繒帛如山積，絲絮如雲屯。……奪我身上暖，買爾眼前恩！進入瓊林庫，歲久化為塵。

如第三首云：

……廚有臭敗肉，庫有貫朽錢。……豈無窮賤者，忍不救肌寒？……

如第七首云：

……尊罍溢九醞，水陸羅八珍。……是歲江南旱，衢州人食人。

如第九首云：

……歡酣促密坐，醉煖脫重裘。秋官為主人，廷尉居上頭；日中為一樂，夜半不能休。豈知閿郡獄，中有凍死囚！

如第十首云：

……一叢深色花，十戶中人賦。

這都是模倣老杜的『朱門酒肉臭，路有凍死骨』兩句，引申他的意思而已。白氏在這時候的詩還不算能獨立。

他作新樂府時，雖然還時時顯出杜甫的影響，却已是很有自信力，能獨立了，能創造了。如新豐折臂翁云：

是時翁年二十四，兵部牒中有名字。夜深不敢使人知，偸將大石搥折臂。張弓簸旗俱不堪，從茲始免征雲南。……

這樣樸素而有力的敘述，最是白氏獨到的長處。如道州民云：

……城云『臣按六典書，任土貢有不貢無。道州水土所生者，只有矮民無矮奴。』……

這樣輕輕的十四個字，寫出一個人道主義的主張，老杜集中也沒有這樣大力氣的句子，在這種地方，白居易理解與天才融合爲一，故成功最大，最不可及。

但那是一個沒有言論自由的時代，又是一個朋黨暗鬭最厲害的時代。韓愈，柳宗元，劉禹錫，元稹，白居易都是那時代的犧牲者。元白貶謫之後，諷諭詩都不敢作了，都走上了閑適的路，救世主義的旗子捲起了，且做個獨善其身的醉吟先生罷。

■　■　■　■　■

元稹的詩

連昌宮詞　　元稹

連昌宮中滿宮竹，歲久無人森似束。又有牆頭千葉桃，風動落花紅蔌蔌。
宮邊老翁爲余泣：小年進食曾因入。上皇正在望仙樓，太眞同凭闌干立。
樓上樓前盡珠翠，炫轉熒煌照天地。歸來如夢復如癡，何暇備言宮裏事？
初過寒食一百六，店舍無煙宮樹綠。夜半月高弦索鳴，賀老琵琶定場屋。

力士傳呼覓念奴，念奴潛伴諸郎宿。須臾覓得又連催，特敕街中許然燭。春嬌滿眼睡紅綃，掠削雲鬟旋裝束。飛上九天歌一聲，二十五郎吹管逐。逡巡大徧涼州徹，色色龜茲轟錄續。李謩擫笛傍宮牆，偷得新翻數般曲。（念奴，天寶中名倡，善歌，每歲樓下酺宴累日之後，萬衆喧隘，韋黃裳輩闢易不能禁。衆樂爲之罷奏。明皇遣高力士大呼於樓上曰：「欲遣念奴唱歌，邠二十五郎吹小管篴。」看人能聽否。未嘗不悄然奉詔。其爲當時所重如此。然而明皇不欲奪俠遊之盛，未嘗置在宮禁。或幸歲湯泉，時巡東洛，有司潛遣從行而已。又明皇嘗於上陽宮夜後按新翻一曲。屬明夕正月十五日，潛遊燈下，忽聞酒樓上有笛奏前夕新曲。大駭之。明日密遣捕捉笛者詰驗之，自云「其夕竊於天津橋玩月，聞宮中度曲，遂於橋柱上插譜記之。臣即長安少年善笛者李謩也。」明皇異而遣之。）平明大駕發行宮，萬人歌舞塗路中。百官隊仗避岐薛。（岐王範薛王業，明皇之弟）楊氏諸姨（貴妃三姊，帝呼爲姨。封韓虢秦國三夫人）車鬭風。——明年十月東都破。（天寶十三年祿山破洛陽）御路猶存祿山過。驅令供頓不敢藏，萬姓無聲淚潛墮。兩京定後六七年，却尋家舍行宮前。莊園燒盡有枯井，行宮門閉樹宛然。爾後相傳六皇帝，（肅代德順憲穆）不到離宮門久閉。往來年少說長安，玄武樓成花萼廢。去年敕使因斫竹，偶値門開暫相逐。荊榛櫛比塞池塘，狐兔驕癡緣樹木。舞榭敧傾基尙在，文窗窈窕紗猶綠。塵埋粉壁舊花鈿，烏啄風箏碎珠玉。上皇偏愛臨砌花，依然御榻臨階斜。蛇出燕巢盤鬭拱，菌生香案正當衙。寢殿相連端正樓，太眞梳洗樓上頭。晨光未出簾影黑，至今反挂珊瑚鈎。指似傍人因慟哭，却出宮門淚相續。自從此後還閉門，夜夜狐狸上門屋。』——我聞此語心骨悲，太平誰致亂者誰？翁言『野父何分別，耳聞眼見爲君說。姚崇宋璟作相公，勸諫上皇言語切。燮理陰陽禾黍豐，調和中外無兵戎。長官清平太守好，揀選皆言由相公。開元之末姚宋死，朝廷漸漸由妃子。祿山宮裏養作兒，虢國門前鬧如市。弄權宰相不記名，依稀憶得楊與李。廟謨顚倒四海搖。五十年來作瘡痏。今皇神聖丞相明，詔書纔下吳蜀平。官軍又取淮西賊，此賊亦除天下寧。年年耕種宮前道，今年不遺子孫耕。老翁此意深望幸，努力廟謀休用兵。」

人道短　（樂府古題）

古道天道長，人道短。我道天道短，人道長。天道晝夜迴轉不曾住，春秋冬夏忙，顛風暴雨雷電狂。晴被陰暗，月奪日光。往往星宿，日亦堂堂。天既職性命，道德人自強。堯舜有聖德，天不能遣壽命永昌。泥金刻玉與秦始皇。周公傅說何不長宰相？老聃仲尼何事栖遑？莽卓恭顯皆數十年富貴。梁冀夫婦車馬煌煌。若此顛倒事，豈非天道短，豈非人道長？堯舜留得神聖事，百代天子有典章。仲尼留得孝順語，千年萬歲父子不敢相滅亡。殁後千餘載，唐家天子封作文宣王。老君留得五千字，子孫萬萬稱聖唐　謚作玄元帝，魂魄坐天堂。周公周禮二十卷，有能行者知紀綱。傅說說命三四紙，有能師者稱祖宗。天能天人命，人使道無窮。若此神聖事，誰道人道短？豈非人道長？天能種百草，猶得十年有氣息，蕣纔一日芳。人能揀得丁沈蘭蕙，料理百和香。天解養禽獸，餧虎豹豺狼。人解和麴蘗，充礿祀烝嘗。杜鵑無百作，天遣百鳥哺雛不遣哺鳳凰。巨蟒壽千歲，天遣食牛呑象充腹腸。蛟螭與（與是授與，給與）變化，鬼怪與隱藏。蚊蚋與利觜，枳棘與鋒鋩。賴得人道有揀別，信任天道眞茫茫。若此撩亂事，豈非天道短，賴得人道長？（這篇詩很少文學意味，止是一篇有韻的議論文而已。但其中思想却很大胆，可破除許多宗敎迷信。參看上章引盧仝詩云：『暫時上天少問天，蛇頭蠍尾誰安著？』卽此詩『蚊蚋與利觜，枳棘與鋒芒』之意。）

將進酒（樂府古題）

將進酒，將進酒，酒中有毒酖主父。言之主父傷主母。母爲妾地父妾天，仰天俯地不忍言。陽爲僵踣主父前，主父不知加妾鞭。旁人知妾爲主說，主將淚洗鞭頭血。推椎主母牽下堂，扶妾遣升堂上牀。將進酒，酒中無毒令主壽。顧主廻恩歸主母。遣妾如此由主父。妾爲此事人偶知，自慙不密方自悲。主今顚倒安置妾？貪天僭地誰不爲。

上陽白髮人　（新題樂府）

天寶年中花鳥使（天寶中密號采取豔異者爲花鳥使），撩花狎鳥含春思，滿懷墨詔求嬪御，走上高樓半酣醉。醉酣直入卿士家，閨闈不得偸廻避。良人顧妾心死別，小女呼爺血垂淚。十中有一得更衣，九配深宮作宮婢。御馬南奔胡馬蹙，宮女三千合宮棄。宮門一閉不復開，上陽花草靑苔地。月夜閑聞洛水聲，秋池暗度風荷氣。日日長看提象門，終身不見門前事。近年又送數人來，自言興慶南宮至。我悲此曲將徹骨，更想深冤復酸鼻。此輩賤嬪何足言？帝子天孫古稱貴，諸王在閤四十年，七宅六宮門戶閟。隋煬枝條襲封邑（近封前代子孫爲二王三恪），肅宗血胤無官位（肅宗已後諸王並未出閤。）王無妃媵主無壻，陽亢陰淫結災累。何如決壅順衆流，女遣從夫男作吏？

（此詩也只是一篇有韻的議論文而已。其中所記唐朝諸王的待遇，可供史料。此詩當與下文白居易的上陽宮人比較着，可以知道元白的詩才的優劣。）

織婦詞

織婦何太忙！蠶經三臥行欲老。蠶神女聖早成絲，今年絲稅抽徵早。早徵非是官人惡，去歲官家事戎索。征人戰苦束刀瘡，主將勳高換羅幕。繰絲織帛猶努力，變緝撩機苦難織。東家頭白雙女兒，爲解挑紋嫁不得。（余據荊時，目擊貢綾戶有終老不嫁之女。）檐前嫋嫋游絲上，上有蜘蛛巧來往。羨他虫豸解緣天，能向虛空織羅網。

田家詞

牛吒吒，田确确，旱塊敲牛蹄趵趵，種得官倉珠顆穀。六十年來兵簇簇，月月食糧車轆轆。一日官軍收海服，驅牛駕車食牛肉。歸來收得牛兩角，重鑄鋤犂作斤劚。姑舂婦擔去輸官，輸官不足歸賣屋。願官早勝讎早覆，農死有兒牛有犢，誓不遺官軍糧不足！

遣悲懷三首　（元稹哀悼亡妻之詩有一卷之多。）

謝公最小偏憐女，嫁與黔婁百事乖。顧我無衣搜畫篋，泥他沽酒拔金釵。野蔬充膳甘長藿，落葉添薪仰古槐。今日俸錢過十萬，與君營奠復營齋。

昔日戲言身後意，今朝皆到眼前來。衣裳已施行看盡，針線猶存未忍開。尚想舊情憐婢僕，也曾因夢送錢財。誠知此恨人人有，貧賤夫妻百事哀。

閑坐悲君亦自悲，百年都是幾多時。鄧攸無子尋知命，潘岳悼亡猶費詞。同穴窅冥何所望？他生緣會更難期！唯將終夜長開眼，報答平生未展眉。

聽庾及之彈烏夜啼引　（也是追憶亡妻之作）

君彈烏夜啼，我傳樂府解古題。良人在獄妻在閨，官家欲赦烏報妻。烏前再拜淚如雨，烏作哀聲妻暗語。後人寫出烏啼引，吳調哀弦聲楚楚。四五年前作拾遺，諫書不密丞相知。謫官詔下吏驅遣，身作囚拘妻在遠。歸來相見淚如珠，唯說閑宵長拜烏。君來到舍是烏力，粧點烏盤邀女巫。今君爲我千萬彈，烏啼啄啄歌瀾瀾。感君此曲有深意，昨日烏啼桐葉墜。當時爲我賽烏人，死葬咸陽原上地。（此詩在元氏集中可算是最上品。參看上章引張籍的烏夜啼。）

過東都別樂天二首　（樂天在洛，太和中，稹拜左丞，自越過洛，以二詩別樂天。未幾，死於鄂。樂天哭之曰：「始以詩交，終以詩訣，茲筆相絕，其今日乎？」）

君應怪我留連久，我欲與君辭別難。白頭徒侶漸稀少，明日恐君無此歡。

自識君來三度別，這回白盡老髭鬚。戀君不去君須會，知得後迴相見無。

？（元白兩人終身相愛，他們往還的詩最多至性至情的話。舉此兩章作例。）

＊　＊　＊　＊　＊

白居易的詩，我們且依他自己的分類，每一類選幾篇作例。

第一類是諷諭詩：

宿紫閣山北村

晨遊紫閣峰，暮宿山下村。村老見余喜，爲余開一尊。舉杯未及飲，暴卒來入門，紫衣挾刀斧，草草十餘人，奪我席上酒，掣我盤中飧。主人退後立，斂手反如賓。中庭有奇樹，種來三十春，主人惜不得，持斧斷其根。口稱采造家，身屬神策軍。——主人愼勿語：中尉正承恩。

買花（秦中吟之一）

帝城春欲暮，喧喧車馬度。共道牡丹時，相隨買花去。貴賤無常價，酬直看花數。灼灼百朶紅，戔戔五束素。上張幄幕庇。旁織巴籬護。水灑復泥封，移來色如故。家家習爲俗，人人迷不悟。有一田舍翁，偶來買花處，低頭獨長歎，此嘆無人喩：一叢深色花，十戶中人賦。

上陽白髮人　愍怨曠也（新樂府）

上陽人，紅顏闇老白髮新。綠衣監使守宮門，一閉上陽多少春？玄宗末歲初選入，入時十六今六十。同時采擇百餘人，零落年深殘此身。憶昔吞悲別親族，扶入車中不敎哭。皆云入內便承恩，臉似芙蓉胸似玉。未容君王得見面，已被楊妃遙側目，妬令潛配上陽宮，一生遂向空房宿。宿空房，秋夜長。夜長無寐天不明。耿耿殘燈背壁影，蕭蕭暗雨打窗聲。春日遲，日遲獨坐天難暮。宮鶯百轉愁厭聞，梁燕雙棲老休妬。鶯歸燕去長悄然，春往秋來不記年。唯向深宮望明月，東西四五百迴圓。今日宮中年最老，大家遙賜尚書號。小頭鞋履窄衣裳，青黛點眉眉細長。外人不見見應笑：天寶末年時世妝。上陽人，苦最多！少亦苦，老亦苦，少苦老苦兩如何？

君不見昔時呂向美人賦？又不見今日上陽白髮歌？（天寶末，有密采艷色者，當時號『爲花鳥使。』呂向獻美人賦以諷之。）

道州民　美賢臣遇明主也（新樂府）

道州民，多侏儒，長者不過三尺餘。市作矮奴年進送，號爲『道州任土貢』。任土貢，寧若斯！不聞使人生別離，老翁哭孫母哭兒，一自陽城來守郡，不進矮奴頻詔問。城云『臣按六典書，任土貢有不貢無。道州水土所生者，只有矮民無矮奴。』吾君感悟璽書下，歲貢矮奴宜悉罷。道州民，老者幼者何欣欣！父兄子弟始相保，從此得作良人身。道州民，民到于今受其賜。欲說使君先下淚。仍恐兒孫忘使君，生男多以『陽』爲字。

賣炭翁　苦宮市也（新樂府）

賣炭翁，伐薪燒炭南山中。滿面塵灰烟火色，兩鬢蒼蒼十指黑。賣炭得錢何所營？身上衣裳口中食。可憐身上衣正單，心憂炭賤願天寒。夜來城上一尺雪，曉駕炭車輾冰轍，牛困人飢日已高，市南門外泥中歇。翩翩兩騎來是誰？黃衣使者白衫兒。手把文書口稱敕，廻車叱牛牽向北。一車炭重千餘斤，官使驅將惜不得。半匹紅紗一丈綾，繫向牛頭充炭直。

新豐折臂翁　戒邊功也（新樂府）

新豐老翁八十八，頭鬢眉鬚皆似雪，玄孫扶向店前行，左臂憑肩右臂折。問翁臂折來幾年，兼問致折何因緣。翁云貫屬新豐縣，生逢聖代無征戰，慣聽梨園歌管聲，不識旗槍與弓箭。無何天寶大徵兵，戶有三丁點一丁。點得驅將何處去？五月萬里雲南行。聞道雲南有瀘水，椒花落時瘴煙起。大軍徒涉水如湯，未過十人二三死。村南村北哭聲哀，兒別爺娘夫別妻，皆云前後征蠻者，千萬人行無一廻。是時翁年二十四，兵部牒中有名字，夜深不敢使人知，偷將大石搥折臂。張弓簸旗俱不堪，從茲始免征雲南。骨碎筋傷非不苦，且圖揀退歸鄉土。此臂折來六十年，一肢雖廢一身全。

至今風雨陰寒夜，直到天明痛不眠。痛不眠，終不悔，且喜老身今獨在。
不然當時瀘水頭，身死魂孤骨不收，應作雲南望鄉鬼，萬人冢上哭呦呦。
老人言，君聽取。君不聞開元宰相宋開府，不賞邊功防黷武？又不聞天寶宰相楊國忠，欲求恩幸立邊功？邊功未立生人怨，請問新豐臂折翁。

醉後狂言酬贈蕭殷二協律

餘杭邑客多羈貧，其間甚者蕭與殷，天寒身上猶衣葛，日高甑中未拂塵。
江城山寺十一月，北風吹沙雪紛紛。賓客不見綈袍惠，黎庶未霑襦袴恩。
此時太守自慚愧，重衣複衾有餘溫。因命染人與鍼女，先製兩裘贈二君，
吳縣細輭桂布密，柔如狐腋白似雲。勞將詩書投贈我，如此小惠何足論？
我有大裘君未見，寬廣和暖如陽春，此裘非繒亦非纊，裁以法度絮以仁。
刀尺鈍拙製未畢，出亦不獨裹一身。若令在郡得五考，與君展覆杭州人。

（比較他少年時作的『新製布裘』一首，命意全同，技術大進步了。）

第二類是閑適詩。白居易晚年詩多屬於這一類。這一類的詩得力於陶潛的最多，他早年有『效陶潛體詩十六首，』自序云：『因詠陶淵明詩，適與意會，遂傚其體，成十六篇。』我們鈔其中的一首，作這一類的引子：

效陶潛體詩十六首之一

朝亦獨醉歌，暮亦獨醉睡。未盡一壺酒，已成三獨醉。勿嫌飲太少，且喜歡易致。一杯復兩杯，多不過三四，便得心中適，盡忘身外事。更復強一杯，陶然遺萬累。一飲一石者，徒以多爲貴。及其酩酊時，與我亦無異。笑謝多飲者，酒錢徒自費。

洛陽有愚叟

洛陽有愚叟，白黑無分別。浪跡雖似狂，謀身亦不拙。點檢盤中飯，非精亦非糲。點檢身上衣，無餘亦無闕。天時方得所，不寒復不熱。體氣正調和，不飢仍不渴。閑將酒壺出，醉向人家歇。飲食或烹鮮，寓眠多擁褐。

抱琴榮啟樂，荷鍤劉伶達。放眼看青山，任頭生白髮。不知天地內，更得幾年活？從此到終身，盡爲閑日月。

途中作

早起上肩舁，一杯平旦醉。晚憩下肩舁，一覺殘春睡。身不經營物，心不思量事。但恐綺與里，只如吾氣味。

贈夢得

前日君家飲，昨日王家宴，今日過我廬，三日三會面。當歌聊自放，對酒交相勸。爲我盡一杯，與君發三願：一願世清平，二願身強健，三願臨老頭，數與君相見。

夏日閑放

時暑不出門，亦無賓客至。靜室深下簾，小庭新掃地。褰裳復岸幘，閑傲得自恣。朝景枕簟清，乘涼一覺睡。午餐何所有？魚肉一兩味。夏服亦無多，蕉紗三五事。資身既給足，長物徒煩費。若比簞瓢人，吾今太富貴。

問少年

千首詩堆青玉案，十分酒寫白金盃。迴頭却問諸年少，作箇狂夫得了無？

新沐浴

形適外無恙，心恬內無憂。夜來新沐浴，肌髮舒且柔。寬裁夾烏帽，厚絮長白裘。裘溫裹我足，帽暖覆我頭。先進酒一杯，次舉粥一甌。半酣半飽時，四體春悠悠。是月歲陰暮，慘冽天地愁。白日冷無光，黃河凍不流。何處征戍行？何人羈旅遊？窮途絕糧客，寒獄無燈囚。勞生彼何苦，遂性我何優？撫心但自媿，孰知其所由？

醉後聽唱桂華曲

詩云：「遙知天上桂華孤，試問嫦娥更要無？月宮幸有閑田地，何不中央種兩株？」此曲韻怨切，聽輒感人，故云爾。

桂華詞意苦丁寧，唱到嫦娥醉便醒。此是人間腸斷曲，莫教不得意人聽。

他早年有折劍頭詩云：『莫輕直折劍，猶勝曲全鉤』。晚年不得意，又畏懼黨禍，故放情於詩酒，自隱於佛老，決心作個醉吟先生，自甘作『曲全鉤』了。讀上文的兩首詩，可以知他的心境。

達哉樂天行

達哉達哉白樂天！分司東都十三年。七旬纔滿冠已挂，半祿未及車先懸。或伴遊客春行樂，或隨山僧夜坐禪。二年忘却問家事，門庭多草廚少烟。庖童朝告鹽米盡，侍婢暮訴衣裳穿。妻孥不悅甥姪悶，而我醉臥方陶然。起來與爾畫生計，薄產處置有後先。先賣南坊十畝園，次賣東都五頃田。然後兼賣所居宅，髣髴獲緡二三千。半與爾充衣食費，半與吾供酒肉錢。吾今已年七十一，眼昏鬚白頭風眩，但恐此錢用不盡，即先朝露歸夜泉。未歸且住亦不惡，飢餐樂飲安穩眠。死生無可無不可，達哉達哉白樂天！

正誤

頁	行	誤	正
三	十一	一統之後；	一統之後，
五	三	書。	書，
十二	十一	窩祖本紀	高祖本紀
二六	六	酒持與客	酌酒持與客
二七	九	上高堂行取殿，下	上高堂，行取殿下
		堂孤兒淚下	堂，孤兒淚下
二七	十	足爲無菲	足下無菲。
二七	十一	腸肉中愴欲悲。	腸肉中，愴欲悲。
二九	六	白從地	白然地

正誤

二九	十一	說了他們的歌	唱了他們的歌
三十	四	李延年的	李延年爲
三二	三	郊際	郊祭
三六	八	詣劾	詣赦
三九	七	武其侯傳	武安侯傳
五五	五	覆典雅	深覆典雅
五七	三	倚門邊，	倚門邊。
六三	十二	有浮雲。	有浮雲，
六九	七	把 詩	把這詩
八三	八	列粱旁	列肆旁
八三	九	濺飛粱	濺飛梁
一一〇	八	攬枕北窗臥	攬枕北窗臥

一一〇	九	攬枕未結帶	攬裙未結帶
一一七	七	阿呵嗚呼	阿啊嗚呼
一四二	二	說的話，	說的話。
一四三	六	補納	補衲
一四五	六	風齡	夙齡
一四六	七	此聞	比聞
一五三	五	緣珠	綠珠
一六二	十二	聞這	聞道
一六四	五	文鑿鉢	的鑿鉢
一六四	九	從此門來	從北門來
一七九	四	蚢蛇	蚖蛇
一七九	四	鼬蜓	蚰蜒

頁	行	誤	正
一八〇	十二	蚰蜓	蚰蜒
一八一	六	蚢	蚢
一八二	八	經編	經論
二二八	八	北齊書卷四十二說	北齊
二三五	二	喫一個	喫一個，
二四一	九	青虬䔄燕	青虬紫燕
二四四	二—五	五代時也沒有一個年號有十一年之長的：保大乃遼時年號，當宋宣和三年至六年（一一二一—一一二四）。這可見	保大是南唐中主李景的年號，保大十一年當後周廣順三年（九五三）。這明是一個南方和尚給一個北方和尚揑造

頁	行	誤	正
		編者之捏造。	的事蹟。
二四四	九	遼金之際	南方
二四九	十二	咽喃	喃喃
二七三	二	置洒	置酒
二七五	二	鄉書嬾醉題	鄉書醉嬾題
二七九	六	迴	廻
二八五	十二	寞寂	寂寞
二八六	九	陽襄歌	襄陽歌
三〇九	十	有些還搶着	有些人還搶着
三二〇	十二	懶情久	懶惰久
三二二	五	災熱	炎熱
三二三	八	見裳	衣裳

頁	行	誤	正
三四六	九	餘恣	餘姿
三六二	八	『新樂府』	『新樂府』。
三七六	十二	七之二	七之五
四〇六	七	春聲	春風
四三五	十一	要來	要求
四三六	九	凍死首	凍死骨
四三六	九	使	便
四五六	二	元稹	元白
四五六	十二	楊越間	揚越間

一九二八年六月初版

甲種實價二元一角

著作者　胡適

發行者　新月書店

總發行所　上海望平街一六一號　新月書店